KB078732

죽

시 온
소 설

좋은땅

머리말

It is an ancient Mariner,

And he stoppeth one of three

"by the long grey bears and glittering eye,

Now whereof stopp´st thou me?"

이것은 고대 뱃사람의 이야기입니다.

그 뱃사람은 세 명 중에 한 명만을 막았습니다.

"긴 회색 수염과 반짝이는 눈을 가진 그대여.

그대는 지금 나를 여기에 멈추게 하려는가?"

The Bridegroom´s doors are opened wide,

And I am next of kin,

The guests are met, the feast is set,

May´st hear the merry din."

"신랑의 문이 활짝 열렸고, 난 그의 친척이지. 손님들이 만나고,

잔치가 준비되고, 즐거운 소음이 들리기 시작하잖아."

He holds him with his skinny hand,

"There was a ship." quoth he.

"hold off! Unhand me, grey-beard loon!"

Eftsoons his hand dropt he.

그는 그의 마른 손으로 손님을 붙들었다.

"배가 하나 있었어." 그가 말했다.

"손 떼. 회색 수염의 개자식!"

그러자, 그 뱃사람은 손을 치웠다.

The Wedding-Guest sat on a stone.

He cannot choose but hear,

And thus spake on that ancient man,

The bright-eyed Mariner.

마침내 결혼식 손님이 돌 위에 앉았다. 그는 선택의 여지없이 들을
수밖에 없었다. 그래서 그 고대인과 말을 나누었군요. 반짝이는 눈의
늙은 뱃사람, 노수부와.

- 사무엘 테일러 코리지, 《노수부의 노래》 중에서

프롤로그

이야기가 시작되는 방은 조용한 편으로, 한산한 느낌마저 들었다. 그럼에도 불구하고, 뭔가 부드럽지만 단호한 '무드' 같은 것이 방을 든든히 채우고 있어서, 마치, 있어야 할 것들이 다 갖추어진, '그런 곳'같이 느껴졌다.

이곳에 서 있는 '그녀'의 모습조차 이 공간과 어울리지 않는 면이라곤 일도도 없는 것처럼 보였는데, 창문에 스며든 빛의 무리가 하늘거리면서, 짙은 곤색과 크림색의 커튼에 드리워지다가 곱슬곱슬한 '그녀'의 앞머리를 스치는 것이, 이 공간과 '그녀'라는 존재의 어울림과, 동화에 대해 생각해 보게 하는 것이었다.

공간과 존재

이 부드러운 빛은, 잘 정돈되었지만 아직 밝지 않은 이 개인적인 '방'을 밝혀주고 있었다.

이 방은 필요한 가구들로 잘 꾸며져 있었는데, 이 가구들은 따뜻한 유자 머핀과 모닝커피, 피넛버터와 함께 나온 깨끗한 샐러리로 준비된 브런치 카트를 포함한 것이었다.

이 모든 먹거리들은 하얀 우윳빛 도자기에 담겨있었는데, 그녀는 이것이 오히려 자신이 처한 진정한 '현실'을 파악하기 힘들게 한다고 생각했다.

자기(磁器)라는 것에는 새로운 점도 없고, 또 별다른 이유도 없으니까……
그러나 그녀는 이미 어떤 확고한 결심을 한 듯 보였다.

그녀가 벽에 달린 모니터를 켰을 때에는, 뉴스 프로그램이 진행 중이었다. 뭔가 분주한 소리는 멀리 있는 듯 들리지 않았지만, 스크린에서 보이는 사람들의 무리들과 색색한 움직임들이 방에 드리워졌다.

"이게 내 인생이지."

"이건 내 일이기도 하고,"
"페이도 나쁘지 않았으니……."
그녀는 이렇게 중얼거리고는 켜놓은 TV를 보지도 않고 그대로 방을 나갔다.

멀리로부터 들리는 듯한 시끄러운 소리도 조금 열린 문틈 사이로 그녀와 함께 복도로 빠져나갔다.
복도는 로열블루와 짙은 노란색으로 장식된 카펫이 통일되게 깔려 있었다. 이 동 전체가 매우 조용함을 보건대 이 두꺼운 카펫 역할이 큰 것 같다.

어찌 되었든지 이 '빌딩'은 어떠한 인간 존재 초연의 무언가도 인간의 무언의 것으로 만드는 듯. 그녀의 발걸음과, 분주함의 소리 또한, 그녀의 발걸음과 함께 조용히 그녀의 발치에서, 이 조용한 공간의 위엄에 자연히, 그리고 부드럽게 흡수되어 버렸다.

제1편

커다란 빌딩에서 다른 입주자들과 거주하면서 그곳에서 일하는 '신입사원'인 것만 빼고는 그녀는 보통의 일반적인 여자였다.

그녀는 어느 주간잡지에 채용되어 이것저것에 관해 쓰는 소박한 기자 출신이었는데, 그녀 담당은 대체적으로 '라이프 스타일과 문화'였다.
가끔 그녀는 자신이 쓰는 기사가 사소한 신변잡기 글이라는 생각이 들었지만, 어느 순간에도 그녀는 이 일이 그렇게까지 싫지 않았다.

어떻게 보면 '채워 내는 것'이 그녀의 일이었는지도 모른다.

흰 종이 안에 일상을 담고, 느낌을 넣고, 이웃들의 이야기를 담았다.
'일이 얼마나 의미가 있는지', 얼마나 실질적이고 정확한 가는 그녀 일의 주요 관점은 아니었던 것처럼 보인다.

　그녀는 그녀의 직장이 그녀의 숙소에서 자전거를 타고 갈 수 있는 거리라는 것과 회사 옆에 있는, 도시에서 가장 훌륭한 애견가게에서 그녀의 고양이 '먼치'가 좋아하는 간식들을 집에 잔뜩 사 갈 수 있다는 그런 점들이 마음에 들었다.

　이런 그녀의 소소한 일상과 직장생활에 변화를 가지고 온 것은 그녀의 대선배가 그녀에게 개인적으로 연락했을 때부터였다.

　그녀 회사의 잘나가는 저널리스트였던 경제부 시니어 기자가 갑작스럽게 교통사고로 회사에 나올 수 없는 상황이라고 알려준 대선배는, 이 저널리스트가 쓴 칼럼을 읽는 고정 독자들이 많다는 점을 잘 알고 있었기 때문에 회사가 이 저널리스트의 칼럼을 유지하고 싶어 한다고 말했다.

　회사에서는 단지 회사 안에서 그녀의 자리를 메꿔줄 사람을 찾고 있었다. 기자들이 빼곡히 모여 일하고 있는 이 공간에서 시니어 기자가 빠진 모양새가 좋지 않다고 생각했기 때문이었다. 또한 저널리스트를 찾는 전화와 이메일들을 정리해줄 '비서' 같은 인물이 필요했고, 회사 측에서 보기에 '그녀'가 최적이었던 것이었다.

여유 있는 존재의 유연성

샐러리 인센티브와 넓은 공간의 햇살이 들이치는 개인 오피스. 그녀가 이 갑작스러운 회사의 제안을 거절할 이유가 없었다. 다만 그녀는 곧 이 선배 스타 저널리스트가 일상적으로 다루던 정보의 양에 진이 빠져버리는 것을 느끼게 되었는데, 무슨 그래프들이며 2, 3년 혹은 십여 년이나 된 기사 자료들과, 외신에서 매일 업데이트되는 이메일들, 증시 및 금융권에서 일하는 지인들과 광고사의 연락들, 개인적인 강연 부탁 및 후배 기자들의 안부 전화도 잦았으며, 관련 분야 책들과 강사들의 글들도 한쪽에 파일 다발과 함께 어지럽게 놓여져 있었다.

그녀는 포스트잇으로 덮여 있는 새 공간의 오피스 컴퓨터 화면을 흘 깃 쳐다보았다. 그녀가 확인한 바로는 엑셀 프로그램이나 오피스 매니 지 프로그램이 없는 것은 아니었다. 다만, 시니어 기자는 여기저기에 메모를 해놓는 습관이 있는 것 같았다.

경제학부로 매우 유명한 모 학교로부터의 자랑스러운 경제학 학사, 석사 학위가 벽 위에서 바쁜, 오피스의 새 이방인을 내려다보고 있었다.

처음 몇 주 동안, 그녀는 그녀의 일상과 인생의 변화의 정도를 가늠 할 수 없었다. 한동안 그녀는 오는 전화를 받고, 들어오는 문의에 답하 는 데 빠져 있었다. 그러나 그녀가 몇 시간 외근 후에 집으로 돌아온 어느 날, 그녀는 그녀의 고양이가 변했다는 것을 알아챘다. 항상 부한 털을 비비며 행복하게 야옹거리던 먼치는 지금 예민한 신음소리를 내며, 그녀가 아끼는 호두나무 찻장을 연신 긁어대고 있었다. 그녀는 순간적으로 이 영리한 선배 기자 대신으로, 그 뒷감당 일을 해주는 것을 집어치우고 싶은 허망함을 느꼈다.

제2편

그녀가 꽤 잘 알려진 투자회사의 마케팅부서 팀장으로부터 사내잡지 기사 요청 문의를 받고 있었을 때, 그녀는 컴퓨터 모니터를 들여다보고 있었다. 혹시 다른 회사에서 보낸 것 같은 보고서나 리서치 자료들을 붙여 넣은 이 메일이 도착했는지 보기 위해서였다. 그들의 회사가 얼마나 금융적으로 탄탄하며, 얼마나 투자할 만한 가치가 있는 회사인가에 대해 보여주는 자료들이었다. 그녀의 선배 기자는 꽤 오랫동안 이 회사를 위해 글을 써 주었는데, 오피스 한편에 자리한 럭셔리한 인장의 회사 로고가 달린 고무나무나 주홍색 테두리를 두른 손타월 등은 그런 관계를 보여주는 '자료'인 셈이었다.

어쨌든 이 투자회사는 중요한 거래처 중의 하나였다. 그녀가 막 다른 생각을 떠올리려고 하는데, 방문을 두드리는 소리가 세차게 났다.

"당신이 여기서 근무하는 경제부 기자 임바다 씨 맞습니까?"

"네?"

방문을 밀고 들어온 우편배달부. 그는 그녀, 곧 '주'의 얼굴을 잠시 의구심 섞인 눈초리로 물끄러미 쳐다보더니, 벽에 걸린 액자를 보고는, 전화통을 붙잡고 있는 그녀가 뭐라고 답할 사이도 없이 금세 휙 나가 버렸다. 물론 그 전에 무슨 메시지를 준 것 같았는데, 그 대충 요지는, 배달된 소포가 무언가 매우 중요하다는 것이었다.

마침내, 그녀가 집에 도착했을 때, 그녀는 우선 차가운 물로
샤워를 했다. 그리고 머리에 물이 뚝뚝 흐르는데도, 허리에는 수건을 감고 스포츠브라톱을 입은 채 소파의 모서리에 걸터앉아 전화기를 돌렸다.
전화를 걸자 감미로운 팝송이 흘러나온다.
"누구세요?"
"안녕하세요. 주간 위클리 유니버스의 임바다 선배님이시지요? 저는……."
'딸깍!'
삐삐삐…….

선배가 전화를 끊었다······.

'이건 뭐지?'

'······'

'좋게 생각하자.'

'다시 전화해야겠지?'

'혹시 연락이 끊어진 건 아닐까? 순간적으로 폰이 바닥에 떨어졌든 가······.'

이런저런 생각을 뒤로하고, 밀려오는 졸음에 그녀는 미끄러지듯이 방으로 들어가서 그녀의 애완동물 먼치가 침대 위로 폴짝 내려앉자마자 잠에 빠져들었다.

제3편

'링링링링'

이런! 아침이닷!

'주'는 졸음이 덜 깬 얼굴을 하고는 재빨리 후드티를 주워 입고, 입에 식빵 하나를 물고는, 집을 뛰쳐나왔다. 자전거를 타면서 토스트를 오물 거리는 것이 프로 직장인같이 보인다. 아니면 평범한 학부 학생이든지. 아무튼 옅은 계피향이 도는 토스트는 꿀과 갈릭버터 맛이 났다. 문화 생활부 기자인 덕에 주워들은 것이 많아서, 미리 토스트를 '양념'해놓은 덕이다.

뛰어 들어간 까칠한 스타 기자의 오피스에는 오늘도 그녀를 위한 많은 일거리가 '준비'되어 있었다.

점심시간이 가까운 즈음에 대선배가 갑자기 방문 앞에 나타났다. 반쯤 가린 블라인드 너머 보이는 그의 제스처를 보건대, 무슨 심각한 일이 있는 것이 분명해 보인다. 한때는 꽤나 슬림했던 상사는 위클리 유니버스에 정치경제부 기자로 입사한 지 8년차 만에 파트너로 승진한, 말쑥한 비즈니스맨의 모습을 하고 있었다. 임 경제부 기자와 같은 학교 동년배이기도 하며, 모 여성잡지의 편집부장과 동거했다고 하는데, 지금은 어떻게 됐는지 아무도 모른다.

그의 언행은 세련된 편이었는데, 적당히 도시적이고 이지적이고 쿨하다. 또, 그의 이성과 감성은 이상적으로 안정적이다. 그러나, 그의 정장은 한 몇 년 전쯤 것으로, 그때에 비해서 약간 살이 올랐는지 팔을 들 때마다, 이음새 부분에 살짝 주름이 간다. 세련된 감색에 매치된 셔츠의 패션 감각에 비해 무난한 원단이다.

'나는 그러나, 속물이 아니라 인텔리다.'라고 말하고 싶어 하는 듯.

〈썸츄어스〉 여성잡지 편집장과 사귈 때와는 또 다른 모습이다.

사람은 멈추지 않는 이상 어떤 방향으로든지 자란다.

그는 위클리 유니버스 커뮤니티 밭을 길들이기 위해 자랐다.

형태와 실존의 성향

❋

이런 양면적이라고 할 수 있는 점 때문에, 어떤 기자들은 그가 그저 수완이나 운이 좋았던 정경부의 기자라고 알고 있는데, 여느 사람과도 잘 어울리고 말을 섞는 것을 보면서 어떤 여자 기자들은 필시 그가 어떤 스포츠 프로팀의 주장이었을 법하다고 생각해 보았을 것 같다. 특별히 어떠하지는 않았지만, 그 포스 때문에 어려워하는 신입 직원들도 많았다.

그 상사가 어떤 전화를 한 통 받고는 '그녀'가 회사의 유명한 시니어 기자 대신 앉아 있는 오피스 바로 앞에서 얼굴을 찡그리고 있으니, 그녀가 싱숭생숭할 만도 한데, 한 가지 짚이는 것은 그 '소포'뿐이다.

아니나 다를까, 오피스에서 샌드위치를 꺼내 드는 '주'에게 다가온 그 상사가 꺼내는 얘기는 그 꾸러미에 관한 것이었다.

"중요한 소포라고 하던데, 제대로 임 기자님에게 전달했습니까?"

문득, 호일에 싸인 샌드위치를 내려놓고 그녀는 "예!"라고 대답해 버렸다.

"오늘 오후 3시까지 재배송 돼야 하는 서류라고 하더군요. 확인 부탁드립니다."

역시…… "예." 하고 대답해버렸다. 이런…….

제4편

'

Yes는 No보다 쉬운가?

'예' 하기가 더 수월할 때가 있다. 어린 아이는 '예'에 과자, 털북숭이 강아지, 생일선물로 받을 새 장난감이라고 생각하고, '노'는 브로콜리나 콩 같은 야채, 숙제를 하지 않았을 때 받는 처벌이라고 생각한다.

다 자란 어른들도 형상과 본질이 같을 것이라고 가정한다.

'그녀'는 유소년기의 아이가 새로이 도덕의식을 장착하고 인지하는 것처럼 자신도 그렇게 해야 한다고 생각하고 있는 중이었다.

마음으로는 계속 '오~노', '노' 하지만, 솔직히 이 상황이 그녀 잘못이 아니라고 투정하고 싶은 것을 부정할 수 없었다.

그녀는 벌써 12번째 다이얼을 돌리고 있지 않은가!

주는 시니어 기자의 벨소리 음악의 한 소절도 외워버리게 되었다.

그렇게 시니어 기자의 연락을 기다리며, 소포꾸러미만 물끄러미 쳐다보던 그녀의 가슴이 두근거렸다.
그리고 약간의 망설임 끝에 노란색 소포꾸러미를 조심스럽게 끌렀다.

A4 크기의 책자가 들어있었다. 앞표지에는 이름과 주소를 기입하고 몇 가지 사항에 동의하고 사인하는 칸이 있었다.
앞에는 80분용이라고 적혀 있었다.
80분.
시계를 올려다보았다. 2시다…….
80분 뒤면 3시 20분. 너무 늦다.
휘리릭 책자를 넘기니 문제가 있었다.
40문제.

'이게 뭐지?'
마치 수능에 나오는 기본 논리, 분석, 추측에 관한 언어 문제와 수리 문제가 섞여 있는 것도 같았다. '주'는 어렸을 때 수학올림피아드 문제를 접한 적이 있었는데, 어렴풋이 기억나는 올림피아드 종류의 문제와 비슷한 것 같았다.

'어쨌든 시작해보자.' 하며, 이름란에 이름을 적었다.

그녀는 노란 연필을 심이 길게 나오게 다부지게 깎고는 수학 문제풀이에 몰입하기 시작했다.

언어추리 몇 문항을 제쳐놓고 10분 전 3시에 시험지의 답안을 다 작성한 '그녀'는 문항지와 답지를 다시 조심스럽게 빛바랜 노란 소포꾸러미에 넣고, 테이프로 입구를 막았다. 그녀를 거슬리게 하는 '컨피덴셜'(기밀서류)이라는 딱지가 크게 붙어 있는 그 소포꾸러미를 들고 그녀는 회사 전용의 퀵서비스 배달 주문을 완료했다. "3시까지 가 볼게요. 뭐, 요 근방이네." 하며 어슬렁거리는 배달원의 엉덩이를 걷어차 주고 싶은 것을 참으며, '주'는 다시 '그녀'의 오피스로 돌아왔다. '휴~ 긴 하루였어.'

시간은 상대적이다. 의미도 상대적인가?

제5편

'소프트아이스크림…… 엄마~ 사주세요!'

주가 아주 작은 아이일 때 그녀의 어머니는 그녀의 손을 잡고, 10분 정도 거리에 위치하는 중앙공원으로 산책을 가곤 했다. 그 무렵 공원 입구에는 조그만 카트를 끌고 나와 분홍색 딸기 아이스크림과 초코 크림 소프트 아이스크림을 파는 아주머니가 계셨다.

주의 어머니는 불량식품에 대해 특별히 엄격했는데, 그 많은 형형색색의 '먹지 말 것들', '먹어서는 안 되는 것들' 그녀의 어머니가 '몬스터'라고 부르는 많은 간식 중에 이 소프트아이스크림이 있었다.

깐깐한 그녀의 눈에는 이 아이스크림의 꿈같은 파스텔 연분홍색이야말로 주에게 금기하는 인공색소의 증거였던 것이다.

다른 부분에서는 비교적 관대하고, 항상 친절하게 남을 대하는 주의 어머니는 이런 그녀의 엄격한 가정교육이 식품영양학과 교수인 할머니

22

의 영향이라고 생각했다. 주의 어머니에게는 교수였던 자신의 어머니야말로 올곧은 사람이었고, 모든 일에 엄격한 잣대와 기준을 가지고 생활하는 깐깐한 완벽주의자였다.

그러나 어느 햇살 좋은 오후, 주의 어머니는 주에게 소프트아이스크림을 사주었다.

그날은 그녀의 어머니의 얼굴이 유난히 붉었던 날로, 얼굴은 곱게 분으로 가렸을망정 어린 주가 보기에도 슬픈 안색과 눈물방울이 맺힌 그 얼굴에는 복잡한 심정이 그득했다. 그날 오전에 들이닥친 손님이 마음에 불편하고, 문제가 되었던 모양이었다.

이른 아침에 전후 없이 들이닥친 이 새 손님이 어머니와 하는 대화를, 이층 방에서 자고 있다 깨어난 주가 듣게 됐는데, 먼 친척 고모라고 하는 이 낯선 손님은 우선 목소리가 컸고, 말투가 거칠고 신경질적이었다.

먼저 어머니의 음식을 비난하며, 간이 형편없고 맛이 없다고 했으며 다음으로는 어머니의 부엌살림이 민망하고, 알뜰하지 못하다고 비난했다.

그녀는 마지막으로는 어머니가 가장 아끼는 접시에 관해서도 비평했다.

어린 주는 그러나 평소와 다름없이 부드럽게 손님을 대하려는 어머니의 목소리의 떨림을 가만히 듣고 있었는데, 마치 어머니의 온순한 조

23

용함의 감정, 그 감각이 전달된 듯이, 주는 어떠한 감정이 도리어 엷어져버린 듯, 화도, 반발도, 미움도 없는 놀란 어린 동물처럼 하얀 마음이 되어버린 것 같았다.

주의 어머니는 주가 낮잠 자기 전에 주에게 속삭여 주었는데, 그녀의 아버지 친척들은 유능한 예술가이며 평론가들이라서 성격이 괄괄하다는 것이었다.

그렇게 주는 그날, 뛰어난 비평가가 존재할 수 있는 것은, 비평가의 옆을 지키며 변함없이 사랑하는 사람이 있기 때문이라는 사실을, 어린 아이 방식으로 이해해버렸다.

그리고 자신이 세상에서 어떤 사람이 되든지 비평가가 아닌 다른 사람이 될 것이라고 다짐했다. 어쨌든 비평가가 아닌 사람들이 있으므로 비평가가 존재하므로, 그날 그녀는 흑이 아닌 백의 인간 유형이 되어버렸다. 어떤 연유에서든지 어린 아이들 또한 어떤 유형의 사고방식을 가진 인간이 되어버리는 순간들이 있는데, 주에게는 이날이 그런 날이었다.

어쨌든 꿈같이 잠을 자고 나간 산책길에서 주는 처음으로 그 연분홍색 소프트아이스크림을 먹었다. 아이스크림은 새콤한 딸기향이 났는데, 맛은 여느 소프트아이스크림같이 달콤하기만 했다. 그러나 주가 소프트아이스크림에 집중하고 있는 동안 그 햇살 따뜻한 날에 그녀의 어머니는 분명 복잡한 심정과 억울한 마음을 털어내기 위해 애쓰고 있었을 것이다.

항상 부지런하며, 모든 일에 최선을 다하는 주의 어머니는 다른 어떤 비난보다 그녀의 어머니가 물려준, 그녀가 평소 소중히 여기는 접시에 비난을 한 그 친척 손님이 미워지고, 괜히 그 접시를 꺼냈다고 스스로에게 자책했다.

거룩한 것을 개에게 주지 말며 너희 진주를 돼지 앞에 던지지 말라
  - 마 7: 6

'소프트아이스크림…'

'링링링링!!!!'
어린 시절에 자던 낮잠처럼 깊은 잠에 든 주를 깨운 것은 세차게 울리는 휴대폰 벨소리였다.

창 너머로 비치는 햇살은 잘 익어서, 나른하게 먼치의 털을 비추고 있었다. 마치 주일 아침 같은 분위기였다. 단지 그날은 분명 목요일이었고, 시계를 흘깃 본 주는 가끔 먼치가 털을 세우는 듯 온몸의 털이 쭈뼛 쭈뼛 서는 느낌을 받았다.

25

10:00

열시였다. 매섭게 울리는 휴대폰 벨소리는 포기할 줄 몰랐다.

그녀를 찾는 그녀의 상사였다!

"주! 지금 어디예요? 회사에 오는 겁니까?"

위클리 유니버스는 매주 금요일에 인쇄 작업을 하므로 목요일은 기사의 마감뿐 아니라 검수까지 마쳐야 하는 가장 바쁜 날이었다. 보통 목요일은 당연히 야근이 있으려니 하고 위클리 기자들은 여기는 것이었다.

"네! 거의 다 도착했습니다! 죄송합니다. 어제 기사의 초본을 완성해 놔서 도착하는 대로, 마무리해서 편집부로 넘기겠습니다!"

"그 말이 아니에요!"

"무슨 일이시죠?"

"임바다 기자님과 연락이 됩니까?"

"예?"

"중요한 일이라서 그래요."

"그녀와 연락이 안 되고 있어요. 그때 그 소포는 잘 전달된 겁니까?"

"예?"

"우선 빨리 좀 오세요. 얘기 좀 해야겠어."

셔츠인지 조끼인지 침대 옆에 있는 것을 입고, 주는 회사로 달음질하 듯 갔다. 너무 속도를 내어서 그녀의 자전거의 납작해진 타이어가 바닥 과 스치면서 소리를 낼 정도였다. 고급 사양의 하이크용 자전거는 미끄 럼까지 방지하는 돌기가 있는 견고하고 튼튼한 타이어를 장착하고 있 었지만, 둘의 가격 차이는 20만 원 이상이어서 주는 두 번 이상 생각하 지 않고 이 자전거를 선택했던 것이다.

숨을 고르며, 상사의 오피스 방 앞에서 그녀는 바디미스트를 쏴 하고 뿌렸다. 딸기 냄새와 희미한 자몽 냄새가 났다. 주는 자신의 기자 인생 이 대학 일상의 연장 같다는 생각을 다시금 하며 빙긋 웃었다.

자전거와 후드티, 스카프들, 언제 산지 모르는 달콤한 과일 향 바디미 스트까지…….

'휴우~' 그리고 그녀는 한숨을 짧게 내쉬었다.
'세월이 지나도 많이 변하지 않는 게 있다면 그건 바로 나일 거야.'

"똑똑."

말쑥하게 차려 입은 위클리 유니버스의 젊은 이사가 곧 문 앞에 나타 났다.

제6편

결론부터 말하자면, 19개월 동안 실험적으로 세워진 신도시로 가서, 그곳에서 생활하며 글을 쓰는 일에 주가 동의했다는 것이다. 그녀는 그 대가로, 인센티브 수당을 받을 수 있게 됐을 뿐만이 아니라 꽤 괜찮은 회사 주식도 할당받게 되었으며, 새내기 기자인 그녀에게 이 일은 확실한 승진을 보장하는 것처럼 보이기도 했다.

'약간'의 위험 감수에 관한 몇십여 페이지의 설명과 동의서에 그녀는 어렵지 않게 사인을 해버렸는데, 젊은 상사의 사업 수완 및 성공 비결은 그의 설득 능력에 있는 것인지도……

멋진 이성의 판매원은 상품을 사게 만든다고, 행동심리학에서 주장하듯이, 아마 그날 그가 평소보다 더 핸섬하게 보인 것이 주에게 이 '일'

을 쉬이 수용하게 만든 것일 수도 모르겠다.

이 '일'이 위클리 유니버스로서 꽤 의미 있는 일이었는지, 이사회에서의 기대와 압력도 컸던 모양이었다. '임바다 기자'와 연락이 닿지 않자 이 젊은 상사는 다급히 '주'에게 부탁하게 된 것이었다.

묘한 안도감까지 든 주는, 그녀의 상사가 그녀에게 시니어 기자 대신 '아쿠아'로 가는 것을 부탁했을 때, 사실 이미 오케이 하는 마음이었다. 사실 그는 그 소포의 내용도, 그 시험의 작성자도 모르고 있었으므로. 주는 일의 이만저만을 재보기 전에 이미 수용적인 마음이었던 것이었다.

주가 머물며 일하게 될 곳의 이름이 '아쿠아'이다.

아쿠아는 크게 네 개의 구조물의 결합체로 이루어진 건축물로, 꼭 같은 반투명 돔 세 개가 몇 백 미터 내외로 자리하고 있고, 엎어놓은 원기둥 모양의 연구소가 다른 두 돔과 45도 위치에 놓여, 다른 돔을 마주하고 있었다.

가장 먼저 건축이 완공된 동쪽 돔, 그리고 북쪽, 남쪽으로 연구소 및 중앙관리소라고 명칭하는, 작지만 더 투명한 재질로 만든 돔 두 곳이 있고, 저장소가 돔의 남서쪽으로 붙어 있어, 총 7개의 건축물들이 옹기 종기 모여 있는 '신도시'를 이루고 있었다.

헬스장과 수영장 풀, 도서관 시설과 크고 작은 편의시설까지 구비될 이곳은 연구진들 및 전문 잠수부나 잠수함 조종사뿐 아니라 채택된 일반인들의 숙박 시설까지 갖출 예정이었다.

주가 머물 때는 완성 구상도에 있는 대부분의 편의시설들이 아직 정비되지 않은 시점이었다. '그녀'가 입주한 곳은 처음으로 일반 레지던트 입주자를 받은 뉴 마리너였다. 이 뉴 마리너는 두 개의 동으로 이루어져 있었다.

A동 그리고 B동으로.

그녀가 지금 서 있는 곳은 A동과 B동의 교차 지점으로, 이곳은 보통 호텔의 로비나 저택의 응접실처럼 단아하게 꾸며져 있었으나, 어쩐지 포스트모더니즘의 작품처럼, 새로운 무언가를 일으키는, 인식의 전환을 일으키는 장소였다.

두터운 유리 너머로 보이는 여유 있는 움직임들이 주의 눈을 사로잡았다.

건축물들의 아름다움이란, 그 주변 환경과 배경 역사의 무드와 오롯이 조화를 이루며 피어날 때가 많은데, 시간을 잊은 듯이 온화한 빛을 품은 공간을 만들어내는 '아쿠아'는 충분히 겸허하고, 독립적이며, 스마트한 건축물로 여겨졌고, 이 해저신도시 빌딩은 사람들의 관심을 불러모았다.

하지만, 어떤 사람들은 이 '아쿠아'는 오직 오로지 실험적인 '해저 건축물에 관한 프로젝트'로 의미가 있다고 하고, 모던하고 사회적이지만 회의주의적이고, 실리주의적인 젊은 사람들은 이 프로젝트가 언제나 비슷한 맥락의, 또 다른 '사회 이슈'중의 하나라고 믿었으며, 일부 사람들은 이는 황당하게 많은 돈을 들인 실험주의, 시도주의로 부르주아들의 돈놀이라고 공격하기도 했다.

어쨌든지 주에게 '이곳'은 직장 공간이자 주거 공간으로, 밀린 일을 뒤로하고 훌훌 떠난 여행지처럼 많은 스트레스를 유발하지 않는 곳이었다.

적어도 처음에는 그랬던 것 같다고 그녀는 생각했다.

단지 그녀는 고양이 먼치를 두고 오는 것이 마음에 걸렸는데, 마침 봐 줄 사람을 발견해서 다행이라고 생각했다.

그녀는 썸츄어스 매거진에서 근무하는 대학교 동기였는데, 대단한 고양이 애호가로, 고양이를 5마리나 먹이고 있었다.

그녀는 그녀의 고양이들에게 항상 최고의 간식을 먹이고, 한 달에 두 번씩 전문 펫 살롱에 데려갔다. 한 번은 그녀의 고양이 중 한 마리가 꽤 나 화려한 옴브레 염색을 했는데, 그녀는 항상 자신의 고양이들의 사진 을 SNS에 올렸으므로, 주도 알게 되었다.

고양이에게 어울리지도 않는 보랏빛이 도는 염색이라니! 그러나 또 다른 고양이 애호가들이 쓴 열정적이고 우호적인 댓글들을 읽으면서, 그녀는 마치 자신이 자식들을 지극정성으로 세심히 키워내는 가정주부 여인들의 무리 옆에서, 바쁘게 자식을 양육하는 워킹맘 같은 기분이 들 었다.

그녀는 오랜만에 연락한 주에게 푸념부터 쏟아놓았다.

"주! 이게 얼마 만이야. 왜 그렇게 잠수를 탔니?"

"미안해. 잘 있었니?"

"잘 있기는. 내 프리마가 몇 주 전에 교통사고로 죽었잖아. 장례식에도 안 오고······ 어쩜."

　한참 울먹이는 그 고양이 애호가 친구와 통화하면서, 주는 거의 1시간가량 그녀의 고양이 프리마가 얼마나 멋진 고양이었는지 들어야 했다.

　어쨌든 그녀는 생각보다 쾌히 먼치를 맡아주기로 했는데, 다시 5마리의 고양이의 '엄마'가 된다는 생각에 기분이 좋아진 모양으로, 미리부터 주에게, 그녀의 먼치가 일약 '스타'가 될 수도 있을 것이라고 너스레를 떨었다.

　전화통화를 끝내고, 오랜만에 그녀의 웹페이지에 들어간 주는 한 마리 고양이 장례식의 스케일에 입이 떡 벌어졌다.

　프리마가 그 옴브레를 했던 보라색 고양이었나 하고, 주는 한동안 고양이들의 사진들을 들여다보고 있었으나 그녀는 몇 년 동안에 가지각색으로 염색한 5마리의 고양이들의 사진들을 보고는 알아내는 것을 그만두었다.

　집을 떠나기 전에 그녀는 고양이가 긁어댄 그녀의 호두나무 찻장을 버려야 했으므로, 그녀의 친구가 먼치를 보라색으로 염색하더라도 괜찮을 것 같다는 생각이 들었기 때문에, '아쿠아'에 왔을 때에는 오히려 홀가분한 기분이었다.

제1편

수영을 좋아하고, 거의 매해 여름마다 해안가에서 물놀이를 하고 해수욕을 즐겼던 주에게 바다란, 거의 휴양지와 같은 장소였다.

하지만, 깊은 곳으로의 여행은 그녀에게도 이번이 처음이다. 깊은 곳. 물론, 바다의 깊은 곳을 말한다.

뉴 마리너는 깊은 바다에 위치한 두 개의 29층의 콘도 구조의 빌딩이다. 단지 심해에 위치해 있다는 점만 빼면, 휴양하러 놀러 오기 좋게 편의시설이 잘 갖춰진 이 신도시 건물은 최신 과학기술 및 건축공학의 산물이라고 해도 과언이 아니며, 이번 연도의 가장 유망한 가족여행 휴양지로 선정되었다.

많은 유명인과 뛰어난 과학자들도 이번 뉴 마리너로의 여행에 동참
했다.

그래서 주는 생각했다. 이곳이 아마 자신의 30여년 된 아파트에 사는
것보다 덜 위험할 수도 있을 것이라고.

아니, 이는 상사가 주에게 준 여러 가지 수치들과 자료들이 나온 팸플
릿과 서류 어딘가에서 나온 내용을, 주가 읽은 것 같다.

> 해저 신도시 뉴 마리너로의 잠수함행은 자동차나 비행기로 여행하
> 는 것보다 안전하다…… (이하 줄임)

뉴 마리너는 사실 32층까지 있지만, 30층부터는 일반인은 출입할 수
없는 지역으로, 다른 층과는 다르게, 12개의 커다란 산소통과 수십여
개의 작은 산소통들로 차 있었다. 9개씩 두 쌍으로 된 특수 코팅된 강
압 파이프의 시작점도 여기 있었는데, 이들은 산소와 공기, 이산화탄소
및 염기를 제거한 물이 통하는 관이고, 나머지 기계들은 특별히 교육받
은 엔지니어들만 이해할 수 있는 압력조절기 및 온도조절시스템 등으
로 복잡하게 이루어져 있었다.

뉴 마리너에서 '주'의 주요 일과는 간단한 리포팅과 기사 작성으로 그녀가 위클리 유니버스에서 일할 때와 많이 다르지 않았다. 오히려 그녀는 더 여유 있는 시간을 보낼 수 있는 것처럼 보였는데, 그녀의 하루 일과는 대략 이렇다.

10시 전에 일어나서 운동을 하고 샤워(이곳에서의 짐 패스는 선택 사항이 아니다), 브런치 먹기, 그 후에 리포팅 작업을 하고, 일주일마다 4일치의 리포팅 자료를 모아 목요일에 위클리 유니버스로 전송하는 일이었다.

그러나 이 '리포팅'이라는 것은 뉴 마리너에서의 매일 일상을 분석하고 뉴 마리너의 미래 사업의 투자 가치 및 기업섹터 진출의 가능성, 레저타운으로서의 가능성과 가치를 추정, 예측하는 것으로, 확실히 주의 분야는 아니었으므로 회사에서는 그녀에게 이 '리포팅'에 포함되어야 하는 항목의 체크리스트 및 경제·문화의 샘플 기사에 관한 자료를 몇백 개나 주에게 전달했던 것이었다.

그 샘플 기사 중에는 유명 경제학과 교수들이 쓴 것도 꽤 있었는데, '뉴 마리너'에 관한 경제·사회적인 관점에 관한 칼럼 기사로 사기업체 및 공기업에서 제공하는 정보를 바탕으로 쓴, 부동산 및 사업자들이 읽는 칼럼이었다.

대중적인 신문 기사는 오히려 쉬웠는데, 새벽에 전송된 외신 자료를 바탕으로 기사를 쓰기 때문에 비슷한 내용, 중복되는 내용이 많았기 때문이었다.

주의 새 칼럼이 많은 독자들을 모을 수 있을까? 이는 위클리 유니버스의 명불허전인 위상에도 관련된 것이었다. 이사회로서는 그들의 시니어 기자가 진실로 회사를 다니는지를 확인하기도 전에 이미 떠들썩했다.

제8편

뉴 마리너는 통상 좀처럼 시끄러워지지 않는데, 잠수를 업으로 하는 사람들이라면 보통 아는 것처럼, 아무리 파도가 세게 치고 바람이 불어도 깊은 물 안은 잠잠하기만 하다.

몇 백여 미터 위에 있는 세상에서는 폭풍우가 불고, 비가 세차게 내려 집채만 한 파도들이 소형 어선들을 위협하고 있다고 했다. 주가 한 시간에 세 번 확인한 날씨 정보였다.

'주'는 물끄러미 두툼한 창 너머로, 빠르나 한가로운 방법으로 유영하는 물고기들을 지켜보았다.

뉴 마리너에서 지켜보는 깊이감이 느껴지는 짙은 감색의 짠 해수로, 자연의 빛은 초대받지 못했지만, 그 안에 있는 입주자들의 바이오리듬을 위해서 설치된 인공조명은 하루 16시간씩 뉴 마리너에 불을 밝혀 주었다.

그 주홍빛에 유혹되어 몰려든 새로운 해양생물떼는 처음 놀러와 보는 깊은 물이 주는 위엄과 자유로움에 감동하며 빌딩 주위를 맴돌았고 원래 어둡고 조용히 지내던 해양동물들도 뉴 마리너의 존재에 적응하려는 듯했다.

✳

불현듯, 높은 톤의 찢어지는 듯한 소리가 뉴 마리너의 A동을 넘어 B동까지 들릴 정도로 크게 들렸다.

14층 A동과 B동 사이의 로비에 한가로이 앉아 있던 주는 순간 자기의 귀를 의심했다. 정적을 깨는 소리는 주가 앉아있는 곳 가까이에서 난 것 같았다.

누군가가 다투는 소리였다.

"그러니까 내가 그렇게 말한 거 아니야~! 왜 자꾸 계속 말하냐고~!!"

씩씩거리며 소리 지르는 목소리는 그 훤칠한 그림자를 호텔 통로에 드리웠다. 잠시 후 그 그림자는 큰 키를 자랑하는 남녀로 갈라졌다. 여성은 묶어 올린 포니테일을 하고 두툼한 목욕 타월을 두르고 있었는데, 얼핏 보기에도 깊게 선탠한 남다른 골격의 모습으로, 스포츠선수 같은 포스를 풍겼다.

이 눈에 띄는 여성 옆의 남자는 도리어 평범하게 느껴졌는데, 반쯤 탄 희멀건 긴 상체를 내놓고, 야자수 무늬가 있는 녹색 트렁크만 걸치고는 두 팔을 펼치고는 자기변호를 하는 듯했다.

순간, 이 여성은 남자의 가슴을 탁 하고 밀어서는 바깥 복도로 밀쳐내고는 방문을 쾅 하고 닫았다. '찰카닥' 하는 소리가 들리는 것을 보니 문까지 잠근 모양이었다.

코듀로이 느낌의 남색 로비 소파에 앉아 있는 주는 그 상황이 한눈에 들어오는 자리에 있었지만 잽싸게 고개를 푹 숙이고는, 약간 낮게 놓인 로비 테이블 위에 놓인 그녀의 PC 화면에 집중하는 것처럼 연출하기 위해 그녀의 등을 고양이처럼 둥글게 말았다.

그녀가 갑작스럽게 이 포즈를 취했으므로, 그녀의 얼굴이 너무 화면 가까이 위치하게 되어 그녀는 옅은 주근깨가 앉은 콧등에 주름을 잡았다. 뭔가 불편한 일이 생길 때 무심코 나오는 그녀의 버릇이었다. 아직 그녀가 알아차리지 못하고 있는 자기 자신에 관한 많은 사실 중의 한 가지였다.

귀여운 듯한 민망한 얼굴을 하고는, 밝은 색 직모 머리에 얹혀진 물방울을 쓱 하고 털어내고는 이 반나체의 남자는 호기 있게 그 긴 팔다리를 놀려서 성큼성큼 주가 앉아 있는 긴 소파 옆의 일인용 로비 소파에 털썩 앉았다. 멀리서 볼 때는 희멀겋고 평범한 사람인 것 같은데, 가까이 보니 반듯한 이목구비와 눈썹, 다문 입 모양이 이지적인 구석이 있었다. 주가 기억하기에 몇 달 전 다운타운*에 위치한 백화점의 향수 코너를 지나가며 얼핏 맡은 달콤한 배와 우드, 프리지아 향 등이 섞인 남성 향수 냄새가 훅하고 퍼진다. 따뜻한 느낌이다.

이 남자는 하품을 하고는, 장난기 있는 얼굴로 빙긋이 웃으며 주를 쳐다보고는 호탕하게 몸을 펼쳐 소파에 편안히 기댔다.
"오늘 저녁은 여기서 자야 할지도 모르는데, 혹시 그쪽도 돌아갈 방을 점령당한 건 아니겠죠?"

* 다운타운이란 도시 중심가로 보통 대형 상점 및 편의시설이 모여 있는 곳을 일컫는다.

제口편

이수는 생각보다는 알려진 서퍼였다. 서퍼로 시작한 그는 아니지
만, 가끔씩 '기록'을 내는 그는, 월간지 〈더 서퍼〉의 표지에 등장하기도
했다.

그의 누나가 감각적인 광고로 알려진 광고회사를 운영하는 싱어송라
이터와 결혼하는 바람에 가수들과 어울리기도 했다.

그러나 이수가 제대로 알려지게 된 이유는, 전적으로 2년 전 메임산
근처의 해안가에서 개최된 서핑 대회 때문이었다. 메임산은 해안가등
성이에서 1㎞ 내외의 그 주변의 해안가를 마치 껴안고 있는 듯이 위치
하고 있었는데, 메임 비치는 메임산에서 내려오는 담수와 해수가 뒤섞
인 해안가로 유명했다.

새벽에 내린 보슬비로 어둑해진 해안으로 메임산 주변의 돌섬과 돌 등성이에 서식하고 있던 해조류가 밀려 내려와, 대회 장소인 해변가 앞 까지 길고 시퍼런 해조류가 엉켜져서 큰 파도 위를 떠다니고 있었다.

이수의 애장품인 빛바랜 노란색 〈불루 볼던〉 주간지(지금은 단종된) 1호의 카피를 넣은 보드와 이 시퍼런 녹색 빛 바다는 포토그래퍼 조말 톤의 스냅샷에 담겨 월간지 〈더 서퍼〉의 표지에 실렸다.

이수는 이 대회에서 생각보다 좋은 성적을 거두어 메임 비치 서핑 대 회의 우승자가 되었는데, 의식적이고 이성적인 이 사람한테도, 피나콜 라다에 반은 취한 육감적이고 원시적인 서퍼들의 이상한 운이 찾아온 것인가?

메임 비치 서핑 대회에 참석한 쟁쟁한 서퍼들의 미미한 실수 덕에 이 수는 그해의 우승컵을 차지할 수 있었다. 그는 아직 나이가 많지 않았 으므로, 서퍼로의 인생이 열린 듯이 보였다. 팬들도 생겼다.

그러나 솔직히, 이수는 서퍼로 성공하기에는 매우 이성적인 사람이 었다. 그는 파도타기에 미치지 못했고, 파도에도 미치지 못했고, 바다 에 미치지 못했으며, 선천적으로 진과 럼을 잘 마시지 못했다.

어쨌든 그는 뉴 마리너에 오게 되었으며, 사회학과 인류학 교수인 아 버지와 어머니는 이수 같은 서퍼가 해저여행을 할 수 있게 하게 된 것 이 운이 좋았다고 생각했다.

하지만 진짜 서퍼들은 그렇게 생각하지 않을 지도…… 그들은 태닝 및 파도타기에 미쳐 있었고, 바다와 해변에서 항상 신나게 놀 수 있었다. 그곳은 진정한 그들의 놀이터였다.

이수에게는 이 점이 달랐는데, 그는 그의 진짜 놀이터를 찾고 있었다. 그는 전 인류의 답을 찾으려 하는 어떤 고루한 철학자들 사이에서 비교적 가벼운 무언가를 찾으려는 사람이라고 비할 만했다.

그러나 교양 없지 않은 그의 가족들도 눈치채지 못할 만큼 그는 그가 즐기는 해양 스포츠와 여행만큼 철학에 열중하는 편이었다.

소파에 긴 몸을 비스듬히 가누고 누어서는, 곤히 잠들어버린 이 남자의 형체를 덮는 듯, 밖으로 난 창으로 빨판을 가진 어떤 심해 동물이 달라붙어, 마치 커튼처럼 안으로 비쳐지는 주홍빛을 가리었다.

제10편

주가 만났던 두 명의 남자친구에게는 한 가지 공통점이 있었는데, 그것은 잘 때 가끔 다리를 휘휘 젓는 습관이 있다는 것이다. 마치 무언가를 잡으려고 휘휘 젓다가 폈다가 하는 팔처럼, 혹은 바다에서 헤엄칠 때처럼 움직이는 이 다리 때문에, 주는 그들을 같은 별명으로 불렀다.

주는 언제나 이 두 사람의 잠버릇이 이렇게 비슷할 수 있을까 하며 감탄하곤 했는데, 주는 이 남자친구들의 부재 후 갖다 놓은 기다란 봉제인형도 같은 이름으로 불렀다.

잘 익은 포도주 색의 이 인형은 헝겊으로 간단히 만들어진 것으로, 몸통과 팔다리에, 단추 눈과 U 모양의 입을 가진 수공예 작품이었다. 그녀가 처음 남자친구 부재의 허전함을 느꼈을 때, 그녀는 자신의 감정에 대해 부분 부인을 하고 있는 상황이었으므로, 주말에 먹을거리를 사러 유기농 마켓에 갔을 때, 오렌지더미를 쌓아 올린 나무상자 위에 앉아 있는 이 인형을 쓱 하고 한번 보고는 쿨하게 집어 바로 집으로 데려왔다.

사실, 주는 그 전 주에 홈&배스 숍 안에 있는 아동 코너의 인형 가게에서 본 기린 인형도 샀었는데, 이 인형은 생각보다 너무 목만 길다는 사실을 깨달았다. (이상하게도 시중에 있는 다른 기린 인형들도 거의 모두 비슷해 보였는데, 이것은 사실이었다.) 게다가 먼치가 그 인형을 좋아해 차지해 버렸으므로, 그녀는 어쨌든 그런 것이 필요했던 것이었다.

주에게는 애정과 연인에 관해서라면, 다른 옵션은 거의 존재하지 않았다.

'헌신' 외에는…….

마치 흙에 심어진 씨앗이나 꽃을 가꾸고 기르는 행위와도 같이, 시간과 관심, 금전과 노동; 그리고 모든 애정과 애틋함으로 이뤄내는 '동행'은 자신을 너그럽게 해주며, 결국 자기 자신을 키우는 것과도 같다고 생각했기 때문에…….

그녀는 그렇게 자신을 길렀다.

제11편

"조용히~ 조용히."

이수는 자신의 가장 긴 손가락을 오므린 입 앞에 가져다 대며, 주에게 조용히 하라는 시늉을 했다.

주는 지금 일어나는 일이 절대적인 그의 불찰이라고 생각했다. 주라면, 절대 혼자 이런 일을 하지 않았을 것이기 때문이었다.

가로세로로 1m 아니, 90㎝도 안 되는 듯한 어둑한 통로를 기어가는 일은 쾌적하지 않았고, 그녀가 보기에 다 큰 어른들이 할 만한 일도 아니었으며, 또 예의 바른 일도 아니었고, 위험하기까지 하지 않은가!

땀이 다이아몬드 모양으로 엠보싱 된 주의 회색 티셔츠를 적셔서 주가 앞으로 기어가려고 하면, 옷이 자꾸 위로 말려 올라갔다.

그녀가 생각하기에 그들은 그렇게 한 몇백 미터가량 기어온 것 같았다.

무릎이 욱신거렸고, 청바지는 눅눅하게 젖은 느낌이었다. 이 통로는 게스트룸과는 달리 습도 조절이 안 되어 있는 것 같았는데, 굵은 연료 파이프들이 통로로 함께 지나가고 있어서 따뜻했지만, 눅눅했다.

이수는 타월을 찾다가, 그의 룸이 있는 복도 끝에 위치한 날렵한 문이 달린 방에서 이 통로를 발견했다.
생필품들을 보관하는, 벽 안에 내장된 선반인가 했는데, 연료 파이프와 씻는 물을 공급하는 파이프들이 지나가는 통로였다. 이 통로는 입주자의 방들 방들로 연결되어 있었다.

앞서가던 그의 다리가 그녀 앞을 가로막고 있고, 그 그림자 때문에 그나마 앞으로 나 있는 작은 구멍으로부터의 신선한 공기와 정상적인 빛과 또 정상적인 사람의 말소리를 듣지 못해서 그녀는 순간 먼치가 제때 놀아주지 않았을 때 하는 것처럼, 앞에 있는 이 사람을 물어버리거나 꼬집어 주고 싶은 생각이 불쑥 들었다.

물론, 정확히 먼치가 물거나 꼬집는 것은 아니지만…….
그녀의 고양이는 발톱이 금방 길어서, 그녀가 아무리 자주 깎아주어도 할퀴면 아팠다. 반면, 주의 손톱은 거의 항상 길지 않았고, 특히 '뉴 마리너'에 온 후로는 그녀는 늘 둥근 모양을 유지하고 있었다. (그녀의 어머니와 다르게 그녀의 손톱은 조금 길면, 뒤집어져서 그녀는 조금 비싸지만 네일 살롱에서 프렌치 팁을 주문하곤 했다.)

✳

주는 청력이 좋아 작은 소리도 들을 수 있었는데, 말소리는 그런 주에게도 "그래서~ ○○○ 했다는 말입니까? 어느 정도의 ○도였나요?"로 들렸다.

얼핏 듣기에도 남자와 남자의 대화였다.

이수는 그의 여자 친구 엘리스가 싸움 이후 새 남자친구를 사귀고 있다고 의심하고 있었고, 그는 이번 '여정'을 통해 확실히 '확인'하기만 하면 그녀와 아주 갈라설 수 있게 되고, 그러면 그는 다시 예전처럼 그의 방에서, 그의 물품들을 넉넉히 사용할 수 있게 될 것이라고 주를 설득했다.

분명히 엘리스는 그에게 할당된 물건들을 쓰고 있었고, 싸움 이후 이수의 방에 있는 물건 거의를 쓸어갔으므로, 주는 이수에게 비누를 빌려주어야만 했다. 그는 바디워시로 고안된 이 비누로 머리를 감았으므로, 불평이 대단했는데, 안 그래도 직모인 그의 머리가 **빳빳**이 서게 되었을

49

뿐만 아니라, 이상하게도 그는 머리와 몸에서 같은 냄새가 나는 것도 못마땅해했다.

결국, 단순히, 샴푸와 타월들 때문에 불편하고 더러운 이 통로를 기어 오게 된 것도 어처구니가 없는데, 그들은 잘못된 방에서 남의 이야기를 엿듣고 있지 않은가! 그녀는 이수의 바짓가랑이를 세차게 잡아당기며 돌아가자고 보챘다. 그런데 그는 오히려 조용히 하라고 그녀에게 쉬쉬 사인을 주고 있는 것이다.

제12편

어느새 반나절이 지나갔다.

깨끗이 샤워를 하고 따뜻한 카푸치노 잔을 들고서야, 주는 비로소 자기 자신을 되찾은 듯한 기분이 들었다.

'까탈스러운 인간 같으니라고…….'
주는 이수를 떠올리며 콧잔등을 살짝 찌푸렸다.

사실, 이 비누 이슈에 관해서는 주가 이해 못 하는 바는 아니었다. 그녀는 여자였지만, 해변에서는 모래범벅에 젖은 몸으로 집까지 가는 길을 감수할 수 있을 정도의 인내심을 가지고 있었는데, 그녀에게도 뉴 마리너의 물품 절약에 대한 제재는 약간 엄한 편이었다.

이 엄격한 규율에 대해 이해하기 위해서 언급하자면, 뉴 마리너 입주민들은, 이 신도시의 존재를 지지하고 지원하는, 벤처정신을 가지고 있는 사람들이 대부분으로, 보통 온화하고 수용적인 마음을 가진 지식인들 및 경제인들이었다.

그들은 대체적으로 시스템의 평화적 유지를 도모하고 지지하는 편이었다.

그럼에도 불구하고, 그들 내부에서는 의견 대립의 긴장이 없지 않았는데, 이것은 뉴 마리너가 전적으로 과학의 진보로 이루어진 실험적인 해저도시 건물이라는 관점을 가진 사람들과, 뉴 마리너는 '세기의 건축물'이기 때문에 수준에 맞는 편의시설 설치와 독립적인 물품 공급에 더투자를 해야 한다고 주장하는 사람들 사이에서 발현되었다.

후자의 입장을 취하는 사람들은 보통 뉴 마리너에 개인적인 부동산을 소유하게 된 입주자들과 기업과 협회단체들이었다.

그러나 최신과 최초의 시도로 이루어진 해양도시의 총 직무책임자인조나단 피츠버그 박사는 단호했다.
그는 기회가 있을 때마다 "뉴 마리너는 레저 도시가 아니다!"라고 주장했다.

그는 뉴 마리너 내의 에너지 및 자원은 최대한 효율적인 방식으로 소비, 순환되어야 한다고 믿고 있었으며, 그가 주목하는 몇 가지의 프로젝트들은 심해 환경에 머무는 특권에 대한 보상이 될 만큼 성공적이어야 한다는 믿음 아래 고집스러운 근무 스케줄 및 규칙을 고수했다.

때문에, 주는 회사에서 요구하는 매일의 리포트 및 독립적인 기사 작성 외에도 뉴 마리너 B동에 사는 주민으로서, 과제를 수행해야 했는데, 그것은 매일, 기본적인 방의 온도, 압력, 산소 농도 등의 수치들을 확인하고 기록하는 것이었다.

문 옆에 위치한 작은 기기에 밝은 형광 녹색으로 표시되는 이 숫자들은, 작은 버튼 조작으로 소수점까지의 움직임을 감지하는 그래프로 바뀌었고, 변화하는 수치들은 모두 뉴 마리너의 중앙관리센터의 기술자들과 실험 기사들에게 모니터 되었고, 거의 자동으로 유지되고 있었다.

중앙관리센터는 복잡한 기계를 다룰 뿐 아니라 이상하게도, 개인의 방에 제공되는 물품들이 저장되어 있는 곳이기도 했다. 이 보급품들은 특정한 일시에 배분되었는데, 물론 그 책임자는 피츠버그 박사였다.

자동으로 운영되고 있는 이 기기들의 수치들을 개인이 확인 하고 기록하게 한 것도 관료주의의 절차인 보고서 작성의 습관이 고착되어 있는 박사의 덕택이었는데, 특히 그는 이 절차가 특별한 기술 교육을 받지 않고 '뉴 마리너'로 온 B동 입주자들에게 유용할 것이라고 생각했다.

B동의 입주자들은 보통 개인 업종의 사무장들이거나 어느 기업을 대표하여 고용되어 온 사람들이었던 것이다.

A동은 건물 앞뒤로 지어진 둥근 돔 모양의 '연구소'들과 중앙관리센터로 연결되어 있었고, 남동쪽으로는 식료품들과 연료들이 저장되어 있는 몇몇 돔형의 창고가 있었는데, 이곳에 해저탐사용 잠수함인 레인저 및 뉴 마리너 승객들을 해저 혹은 해상으로 나르는 JC-33도 '주차'되어 있었다.

B동의 주민들 대부분의 일차 거주 계약 기간은 7개월 혹은 16개월에서 19개월 정도였고, A동의 과학자들 및 기술자들, 해양탐사팀 및 몇몇 프로젝트를 수행하는 철강 및 해양탐사 관련 기업들의 계약 기간은 18~24개월이었다.

잠수정 JC-33를 운행하는 데에는 생각보다 많은 연료가 들었기 때문에, 대부분의 A동 입주자들은 이 계약 기간에 대해 동의 서명을 했으며, 그 대신 타운에는 8명의 전문 의사가 배치되었고, 그중 두 명은 정신과 전문의 부부였으며, 세 명의 심리상담사들과, 동식물 의사도 있었다. 동물 의사 중 한 명은 해양 동식물에 관해 전혀 지식이 없는 개인 동물병원 의사였는데, 해사 출신이었다.

뉴 마리너에서는 모든 생필품, 특히 소모품들은 최소량만 제공되었고, 대부분의 주민들이 이것에 대해 불편함이 없이 느끼는 것 같았으므로, 그녀 또한 이 환경에 적응하기 위해 노력해야만 했다

　여러 가지 연유로, 부분적으로 뉴 마리너에서의 생활과 규칙들이 다분히 제약이 있다면, 뉴 마리너 행을 주로 담당하는 잠수정 JC-33은 그렇지 않았다.

　온갖 먹을거리들이 준비된 부엌과 잔잔히 흐르는 클래식 음악. 주는 정말로 편안한 시간을 보낸 것 같았다. 갑작스런 여행 준비로 이것저것 신경 쓸 것이 많았던 주는 식사 시간 외에는 거의 잠을 잤는데, 그 와중에 소설책도 한 권 읽을 수 있었다.

　비행기로 여행하는 것과 별반 다르지 않다고 볼 수 있는 잠수정 JC-33행 중에 그녀는 세 번이나 새 타월을 주문했고, 중간에는 휴대용 팩과 스팀 타월도 썼다.

　왜 잠수정 안에 독립적인 스파 공간이 내장되게 되었는지는 잘 알려진 바가 없었는데, 승객들의 주의를 끌지는 못했기 때문에 주는 잠을 자지 않을 때는 이 스파 공간을 이용했다. 한쪽 캐비닛에는 모 크림 및 스파 회사의 협찬으로 팩과 크림이 잔뜩 저장되어 있었고, 새 타월들이

구비되어 있었다.

　그러나 지금 그녀는 그때를 떠올리며 왜 그 흰 타월 몇 개를 챙겨오지 않았을까 후회하고 있었다.

제13편

한 장소에서만 머물러 있을 때에 느껴지는 무료함이란! 뉴 마리너 안에서도 반복되는 정적한 주말 오후가 조금 길다고 느껴질 무렵이었다.

통상 집순이형인 주에게조차 나른하고 조용한 토요일 오후였다. 그녀 같은 사람들에게는 테크놀로지가 주는 혜택과 경험의 확장이 그다지 매력적이지 못한 것 같은데, 마치 현대사회에서 거대한 정보의 제공소인 인터넷이 있지만, 사람들은 여전히 저마다의 페이스와 삶을 영위해 나가는 것과도 같다. 물론, 과학기술 덕분에 새롭게 부를 축척하게 된 어떤 이들은 이 새로운 발달과 변화가 가져온 빠른 페이스야말로 그들의 인생에 다른 차원의 활기와 풍요로움을 약속한다고 믿겠지만 말이다.

어쨌든, 세상이, 그리고 사람들이, 그렇게 '활기' 또는 '순환하기'에 집중하고 있는 동안, 해양도 명랑한 생명들을 품고 있는 호스트로 자신의 역할을 지키고 있었다.

재치 있는 뉴 마리너의 요리사 터프는 이 무료한 주말의 이른 저녁 식사를 위해 재미있는 프로그램을 준비했는데, 이는 여러 차례의 식사가 진행되는 동안 비슷한 음식을 선택한 사람끼리 모여서 담화를 나누고 디저트를 먹을 수 있는 파티였다.

좀처럼은 낮을 볼 수 없는 A동 입주민들과 몇몇의 과학자들을 볼 수 있는 자리이기도 했다. 터프가 이 파티를 기획하고 감독하느라 부엌 뒤에서 바쁜 틈을 타서, '주'는 머랭 5종과 크림브륄레, 시나몬 바와 몽블랑이 진열된 디저트 바에 있는, 캔에서 바로 나온 장식용 체리를 집어 들었다.

두어 차례의 어패류 요리가 메인코스로 나온 테이블을 지나서, 주는 다른 식성의 사람들은 어떤 대화를 하고 있을까 궁금해졌다. 해양생물 과학자들이 모여 있는 어패류 요리 탁자에서는 사람들이 열성을 내며 그들이 발견한, 그리고 새롭게 본 해양생물들에 대해 토론하고 있었다.

한 남자는 흡사 가재와 같이 생긴 거의 투명한 껍질을 가지고 있는 신기한 해양생물의 사진을 보여주었는데, 형광 보라색의 빛이 투명한 생물의 몸에서 나왔다.

터프는 나중에 이 새 해양생물들로 새로운 메뉴를 개발하면 좋겠다고 하면서, 그러면 요리의 장식을 따로 하지 않아도 되니 좋을 것이라고 했다. 뉴 마리너에서는 사이드 장식이지만 먹을 수 있는 야채들과 과일들이 낭비되는 경향이 있다고 말했다.

또 그는 이 버려지는 음식을 처리하기 위해 자신의 애완용 동물을 가지고 올 걸이라고 말하며, 뉴 마리너에서는 음식물 쓰레기를 바다로 투척하지 못하는데, 그 이유인즉, 위협적인 거대한 해양동물을 유인하고 싶지 않아서라고 했다. 날카로운 이빨을 가진 녀석들이 와서 전깃줄 한두 개를 끊어놓기라도 한다면! 끔찍한 일이었다.

한 학자는 자신이 본 거대한 오징어에 대해서 말하며, 만약 이 해양동물들이 뉴 마리너를 덮친다면 뉴 마리너도 안전하지 못할 것이라고 으름장을 놓았다.

가재인지 새우인지 모르는 해양생물을 가지고 온 박사는 형형색색의 해양생물은 독이 있으니 조심하라고 요리사 터프에게 이야기했다.

"그것들도 마치 버섯이나, 여자와도 같군요……."

터프가 말했다.

주는 이 대화 중 그녀가 모르는 것들에 대해 알게 됐는데, 그중 한 가지가 뉴 마리너에서 음식물 쓰레기가 해양으로 바로 투척되지 않고, 분쇄되어 '스토리지 연구소'에서 배양되는 식물들의 거름으로 나간다는 사실이었다. (물론 나머지는 1000m 정도 깊이의 해저에 버려지긴 하지만.)

또 그녀는 많은 식물들이 흙 없이 거름 같은 역할을 하는 액체와 젤의 혼합물에서도 자랄 수 있다는 사실도 알게 되었다. 그러나 유기농식품 상점과 파머즈 마켓을 애용했던 주는 접시 위에 올라가 있는 붉은 토마토가 그렇게 재배된 것임을 알고, 입맛이 떨어져 버렸다.

터프가 고안한 파티의 계획에는 어떤 착오가 있었는지, 시간이 지날수록 다양한 식성을 가진 사람들이 섞이기 시작했다. 사람마다 식사하는 시간이 다르고, 어떤 사람들은 중간 코스를 생략하며, 어떤 나이 많은 학자들은 한 자리에서 저녁 식사를 즐기기 원한다는 사실을 간과했기 때문인 것 같았다.

결국, 서로 식성이 다른 사람들도 함께 앉아 대화를 나누게 되었는데, 이 때문에 저녁 식사 자리가 더욱 요란해져 버렸다. 늘 몰려다니는 조나단 박사를 무던히 힐난하는 그룹이 조나단 박사가 식사 자리에서 얼굴을 맞대게 된 것이 이 파티에서 가장 큰 오류였다.

그들은 박사의 엄격한 규율들을 빗대어서 '피츠버그 코드'라고 비꼬았다. 박사를 대면해 앉아 있는 사람은 주도 알아볼 수 있었는데, Life 25 생명보험회사 소속의 직원이었다.

그들 사이의 묘한 긴장감은 모두에게 전해졌는데, 결국 토크쇼로 이름이 알려진 큰 몸집의 여성이 그들의 테이블에 동석하면서 그 테이블은 더욱 요란해졌다. 그녀는 피츠버그 박사의 금지 사항 중 사적이고 요란한 파티를 금지하는 것에 관한 조항에 대해 심한 반박을 했는데, 그녀는 전에도 애완동물 금지 조약에 대해 반발했던 적이 있었다. 어떤 일이 있었는지는 잘 알려지지 않았지만, 그녀와 인맥이 있는 어느 회사에서 무료로 어떤 시설을 설치해 주었다나, 무슨 비용을 댔다거나 했다고. 그녀는 결국 그녀의 강아지 캐러멜을 데리고 이 심해 해저로 온 것이다.

식사에 늦게 동참한 철제 안경을 쓴 피츠버그 박사의 동료가 나이프로 길게 썬 딱딱한 바게트 종류의 갈색 빵에 노란 버터를 바르며 테이블 너머로 상황을 살폈다. 그 모습을 힐끔 쳐다보는, 잘 차려입은 페루의 여성은 얕게 한숨을 쉬며 자신의 랍스터 위에 색색한 야채조각이 들어있는 과일소스를 드라마틱하게 부었다. 이 여성은 스포츠시계 회사를 운영하는 뉴질랜드인과 결혼했는데, 약간의 쇼맨십과 허영심도 있는 여인이었다. 그녀는 B동에 있는 방 두 개의 소유주였다.

그녀는 시계 침이 오른쪽으로 움직이는 이유가, 시계가 처음으로 북반구에서 만들어졌기 때문이라고 말하며, 뉴 마리너로 오는 것이 얼마나 힘들었는지에 대해 말했다. 그녀의 남편인 제리가 진심으로 원했기 때문에 자신에게도 가능한 일이었다고 손수건으로 코를 훔치며 얘기하는 그녀는 그녀가 다시 뉴질랜드로 돌아갔을 때 할 말을 미리 리허설하는 듯했다.

"그 위쪽 반구에 사는 당신들이 보기에는 우리는 당신들 아래에서 살고 있는 해 아래에서 놀기 좋아하는 사람들 같죠. 그러나 우리는 적어도 겁이 나서 뒤로 물러서지는 않는다고요. 그러니까 일 년에 몇 번씩 상어가 출몰하는 해변으로 서핑을 하러 가기도 하고, 종종 조난자가 나오기도 하는 산으로 하이킹을 다니면서도 기타를 치고, 노래를 부른다고요. 그러니까 방향계가 달린 고무밴드 스포츠워치나 충격흡수 방수 워치 등이 팔리는 거죠."

그러면서 딱딱한 빵과 버터를 먹고 있는 피츠버그 일행의 연구자에게 핀잔했다.
"당신같이 매일 똑같은 음식만으로 연명하는 사람들을 위한 게 종합 비타민제예요."

"내 식성은 단조롭지만, 나는 전혀 단순한 사람이 아닙니다. 난 단지 어떤 중요한 일을 할 때에는 최대한 가볍게 끼니를 때우는 습관이 있는데, 이게 일에 집중하는 데 도움이 되기 때문입니다. 그럼, 이만. 중요한 미팅이 곧 있어서요." 하고 그 연구원은 피츠버그 박사의 테이블로 가서 그를 불러냈다. 그리고 조용히 담언을 나눈 후, 몇몇의 흰 실험실 코트를 입은 사람들과 피츠버그 박사와 함께 식당 복도 너머로 바삐 사라졌다.

"'무임승차'라고, 대부분의 사람들은 그들이 편하게 지낼 수 있는 것이 당연한 것이라고 생각해요. 하지만 우아하게 호수를 가르는 백조도 오리같이 물 아래로는 끊임없이 발을 휘적거린다고요. 나는 그걸 알고 있지요."

칵테일 때문에 얼굴이 벌건 한 신사가 B동으로 나 있는 복도로 나가며 큰 소리로 말했다.
주도 그 소리를 들었다. 오리 같은 백조라…….

"참, 이수 씨는 어디 있지?"
그제야 주는 이수를 찾아 두리번거렸다. 그 사람이야말로 마지막 채식주의자이며, 해산물 요리를 선호하는 타입도 아닌 것 같았고, 왠지 젊은 여자들과 어울리고 있을 듯하기도 했다.

주는 얼굴을 찌푸렸으나, 알 수 없는 호기심이 나서 자리에서 일어났다. 디저트를 챙기는 척하며, 그를 찾아볼 심성이었다.

제14편

로덤셸은 아름다운 섬이었다. 피츠버그 박사가 해양동물을 관찰하고 논문을 쓰기 위해 알아낸 곳이었고, 그의 신혼 여행지이기도 했다. 훤칠한 열대 나무와 따뜻하게 데워진 밝은 색의 모래에 가지각색의 동물들의 서식지이기도 했다. 특히, 이 섬은 앵두앵무새들의 서식지이기도 했는데, 그들 부부는 암수 한 쌍의 앵무새를 지역 주민들에게 선물 받기도 했다.

수컷 타미는 밝은 녹색으로, 아주 밝은 옥수수알 색의 부리를 가지고 있었고, 암수 포포는 빨간색 베레모를 쓴 듯한 모양으로 흰 유리 같은 부리에, 푸른색 몸을 하고 있었다. 그들은 박사 부부처럼 서로 사이좋게 지냈다.

어느 날 그들 부부는 그들의 딸과 함께 여느 때처럼 저녁 식사를 일찍 마치고, 언덕 위에 자리한 그들의 주택에서 별을 관찰하고 있었다. 이른 겨울로 진입하는 시점에서 주위는 별을 관찰하기에 적절하게 어둑했다. 그들이 옥상에서 망원경으로 북극성을 관찰하고 있는 동안, 주위가 쌀쌀해졌으므로, 피츠버그 부인은 집 안으로 들어가 두툼한 판초 몇 장을 가져와서 그들의 어깨에 덮어주었다. 주택을 뻥 두르고 있는 플라타너스와 밤나무의 갈색 잎이 바람과 함께 옥상으로 불어왔다.

"조나단, 날씨가 이상하네요. 비가 올 것 같아요."

피츠버그 부인이 말했다. 그들이 그들의 망원경 및 기기들을 집 안으로 가지고 들어오자마자 가는 비가 나무로 만들어진 옥상의 지붕을 적시는가 하더니 금세 굵은 장대비가 되어 후드득후드득 떨어지기 시작했다. 그들은 거실 소파에 앉아서 태풍이 온다는 뉴스를 듣고 있었다. 그들은 저마다 피츠버그 부인이 준비한 따뜻한 핫초코 머그를 손에 들고 있었다. 그때였다. 타미가 후다닥 높은 거실 천장 위로 날아오르더니 푸드득하고 진한 밤색의 오래된 가죽 소파 위로 그 몸을 떨궜다. 녹색의 앵무새 털이 공중에 날리며 그가 태어난 밝은 에메랄드빛 섬 로덤셀을 상기시켰다.

15살 된 이 앵무새는 만약 비 오는 날이 아니었다면, 거실 소파에 가족과 함께 앉아 태풍 아멜리아의 소리를 흉내 내었을지도 모른다. "아멜리아. 아멜리아." 두 앵무새 모두 활달하고 지능이 높은 편이었는데, 포포는 타미만큼 사람의 언어를 잘 말하지는 못했다.

그로부터 2주 후, 피츠버그 박사는 로덤셸섬이 화산 폭발로 바다 밑으로 사라져 버렸다는 소식을 듣게 되었다.

"그럴 줄 알았으면, 거기 있는 앵무새들을 모두 데려오는 건데……."

피츠버그 박사는 연신 중얼거리며, 액자에 넣은 그들 부부의 신혼여행 사진을 집어 들어 보았다. 박사는 야생동물을 사냥하는 수렵꾼들을 싫어해서 야생동물을 보호하는 NGO에 가입하기도 했었다.

그의 레인저 뒤에는 '그들에게 그들의 자유를!'이라는 문구에, 야생동물 얼굴 위에 드리워진 네트에 X가 표기된 둥근 스티커가 항상 붙어 있었다. 펼쳐진 밝은 모래사장과 에메랄드빛 열대 나뭇잎을 배경으로 어깨동무를 한, 지금보다 훨씬 젊은 피츠버그 부부의 사진에는 어린 앵무새 두 마리가 사이좋게 서로의 부리를 맞대고 하늘을 날아다니고 있었다.

피츠버그 박사는 잠시 생각을 멈추고는 안경알을 닦았다. 이럴 때 메릴이 타주던 핫초코 머그 한 잔이 그리웠다. 천문학자가 된 그의 딸 토비도 보고 싶어졌다. 별 보기 좋아하는 그들이 뉴 마리너에 왔다면, 하늘을 정말 그리워했겠지……. 박사는 그가 방금 마신 커피처럼 씁쓸한 기분이었다.

제15편

'처음을 잘 꿰는 것이 중요하다.'

주는 아주 어릴 적에 이것을 배웠다.

어렸을 때 주의 어머니는 주에게 단추가 길게 달린 코트를 입히곤 했는데, 그렇기 때문에 그녀는 코트의 단추를 잘못 꿴 여러 번의 경험이 있었던 것이었다.

또한 이 때문에 주는 굴러다니는 단추를 종종 볼 수 있었는데, 이 단추들은 어린 주에게 좋은 장난감이 되어 주었다. 주는 그것들을 모아서 놀기도 했고, 연결해서 목걸이로 만들기도 했다.

어떤 단추는 구멍이 네 개나 두 개인데, 구멍이 한 개가 있는 단추도 있었고, 구멍이 아예 없는 단추들도 있었다. 주의 어머니는 감춰진 구멍을 가진 단추를 선호했다. 드러난 구멍의 단추는 실로 박음질해서 옷에 고정시켜야 하는데, 통상 밖에서 보면, X 자나 Ⅱ 자 모양으로 보이기 때문이었다.

둥근 은색의 단추가 쪽 달린 흰 블라우스를 입고 있는 주는 어머니에게 물려받은 '단추 센스'에 옅은 자부심을 가지고 있었다. 그녀는 사람을 볼 때나 연회복을 고를 때도 항상 단추를 유심히 살폈다.

그렇게 때문에 그녀는 이수 셔츠에 달린 적당한 크기에 뭔가가 각인된 단추를 기억하고 있었다.

분명 멋진 단추였지만, 그녀는 그와의 첫 번째 대면을 먼저 기억하고 있었다.

'흥! 염치없는 인간 같으니라고.'

그녀는 갑갑하고 축축했던 그와의 '모험'을 떠올리고는 고개를 도리도리 저었다.

이 사람도 왠지 다리를 휘적휘적 젓는 잠버릇이 있진 않을까 하고 잠시 생각했다.

그는 주를 이상한 통로 길로 데리고 간 데다가 방을 잘못 찾았는데, 누군가 대화하는 것도 유심히 들었던 것이다.

그 뒤로 그녀는 한동안 그를 보지 못했다.

그녀는 비록 이수도 생필품 및 타월이 부족했지만, 그가 보험회사의 직원들처럼 피츠버그 박사에게 직접 가서 따질 것 같진 않았다. 그렇다면, 그는 그동안 계속 남의 방을 탐색하고, 타월 창고 주위를 좀도둑처럼 맴돌고 있었을까?

남의 것을 훔친다는 것은 주에게 있어서는 생각조차 할 수 없는 것이었다. 그녀에게 '죄책감'이란 마치 심이 없지만 잘 깎인 연필과도 같은 것이어서, 그녀를 콕콕 찌르는 것 같은 기분을 들게 만들었다.
그녀가 처음으로 이 느낌을 느꼈을 때 그녀는 어린아이였다.

여느 때와 같이 그녀는 각양각색의 단추들과 놀고 있었다.
같은 파란색 계열의 단추만 엮어서 한 꾸러미의 목걸이를 만들었다. (그녀는 짙은 녹색 및 연두색을 제외한 다른 초록색의 단추도 함께 엮었다. 어린 그녀가 보기에, 연두색은 도리어 노란색에 가까운 색이었던 것이었다.) 이 목걸이는 짙은 감색 리본으로 꿰어져 있었는데, 이는 그녀를 돌봐주는 솔비 언니가 준 것이었다. 보통 그녀는 바쁘게 집 안을 이리저리 왔다 갔다 했는데, 주가 단추와 노는 것을 좋아한다는 것을 알고 있었다.

푸른 목걸이 만들기를 완성하자, 주는 이번에는 분홍색 및 붉은색이 나는 단추만 모아서 목걸이를 만들 심성이었다. 그런데 주는 그때 그녀가 가진 단추들이 거의 다 어두운색이나 파란 계열이고, 오직 몇 개의 분홍색 단추만 있다는 것을 알게 되었다. 붉은 계통의 단추들이 모두 짙은 감색의 리본에 꿰어 있었지만, 목걸이를 완성하기 위해서는, 여전히 많은 단추가 필요했다.

어린 주는 그녀의 어머니가 새로 사준 핑크 코트의 단추가 로즈핑크색이라는 것을 알고 있었다. 그러나 그 코트는 신상이었고, 옅은 꽃무늬 프린트가 소매를 장식하고 있었으며, 자수도 예쁘게 들어간 것이었다.

그녀는 백화점 옷가게 점원 언니가 그 옷을 꺼내 보여주며 한동안 자랑스럽게 코트를 보고 있던 것을 알고 있었다. 그녀는 마치 '우리는 매우 세련된 옷을 취급하는 가게'라는 자부심을 가지고 있는 듯했다. 그녀에게 세련된 옷은 세련된 사람이었다.

주는 옷에 한두 개 단추가 빠졌을 때, 솔비 언니나 어머니가 그들의 반짇고리 안에 있는 단추를 꺼내 달아준다는 것을 기억해 냈으므로, 핑크 계열의 목걸이를 완성할 수 있었다.

그녀는 여러 개의 단추가 필요했으므로, 그 코트를 옷장에서 꺼내 와서, 가위로 '주르륵' 그 작고 예쁜 분홍 단추들을 다 떼어버린 것이다.

그녀가 가위로 핑크 단추들을 새 코트로부터 잘라 내었을 때, 그녀는 처음으로 마음이 콕콕 찔리는 듯한, 그런 기분을 느꼈는데, 단추가 없는 새 코트는 치즈 없는 피자나 흡사 이빨 빠진 호랑이처럼 초라해 보였기 때문이다.

　나중에 그녀는 이 신상 코트에 맞는 로즈 버튼의 여분이 없다는 것을 알았다. 그녀의 어머니는 매우 화가 났고, 결국, 그 코트에는 커다란 원형의 작은 접시 같은 단추들이 달리게 됐는데, 주가 그 단추들을 떼어 낼 때 코트에 작은 구멍을 냈으므로 그녀의 어머니는 구멍을 메꾸기 위해 큰 단추를 달았던 것이었다.
　그렇게 주는 푸른 계열과 붉은 계열의 단추 목걸이를 가질 수 있었는데, 유감스럽게도 이 핑크 계열의 단추 목걸이를 잃어버리고 말았다. 어떤 연유인지 주가 여름캠프로 집을 떠났다가 돌아왔을 때, 그녀는 그녀가 어디에 이 목걸이 꾸러미를 두었는지 잊어버린 것이었다.

제16편

일의 진전을 도모하는 인간이나 가을철에 수확을 바라는 농부, 꽃이 무성한 과일나무로부터 때가 되면 얻을 달콤한 과일을 기대하는 초롱새는 유달리 정리정돈에 관심이 많다. 그리고 그들은 사물을 살피며 시간을 가늠하며 때를 기다린다. 농부는 밭을 경작하는 기구들을 매일 살피며, 해가 뜨면 그들의 식물에게로 돌아가 그들의 낮빛부터 살핀다.

초롱새도 잠에서 깨어나 부스스한 털들을 부지런히 그 부리로 정돈한다. 그리고는 꽃들에게 노래도 불러주고, 그들의 모든 것과 어울린다. 마치 그들을 격려하는 것처럼.

이 모든 것과 그들의 인생은 기다림의 여정이다. 마침내 수확하고, 열매를 얻을 때의 환희를 그들은 갈망하고 고대한다.

주가 가장 좋아하는 책인 『성자의 도시』에서 두 주인공은 사랑하는 이의 도착을 기다린다. 그들 모두는 완전하고 진정한 사랑으로의 도달을 진심으로 원하고 있었으나, 남자 주인공은 일이 완성되고 모든 준비될 '때'가 와야 하고, 여자 주인공은 사실 그로부터의 보호와 애정을 더 갈망한다. 그는 자신이 원하는 것을 확실히 이해하고 있다고 자부하지만 사실은 그도 필요와 본능에 따라 반응한다. 그녀는 꽃이 환하게 피어나는 '때'에 '그'와 함께하기를 원하는 것이다.

반응하고, 이해하고, 온전한 '자기'로 일생을 살아내려 하는 그들의 삶에서, 사랑은 그들이 타야만 하는 기차에 함께 탔을 때 이루어진다.

그녀는 이 책을 몇 번이곤 읽었다.

먹는 것을 꺼리는 요리사가 많지 않듯이, 읽기를 싫어하는 기자도 많지 않다. 먼 바다로 나가는 것을 꺼리는 어선들도 적다.

수없이 많은 해 동안 물고기를 잡으러 먼 바다로 나가는 이 지역 어선들과 어부들은 해상 데이터 및 수집한 정보들을 아쿠아로 보냈다. 그들이 보기에는 아쿠아는 인간 문명과 대륙에 속한 것이고 그들의 산물 같았는데, 아쿠아는 심해 2,000여 미터에 달하는 심해평지에 평정해산 위에 위치하고 있었지만, 육지로부터는 멀리 떨어지지 않은 곳에 있어서, 요컨대, 해안가에서 육안으로 볼 수 있는 수평선 내에 자리한 해저 바닥에 위치하고 있었다.

깊은 바다로 물고기를 잡으러 가는 이 지역의 주민 어부들 다수는 '아쿠아'에 의문을 품고 있었다.

그들은 먼 바다에 나갔을 때, 바다와 하늘의 상태를 통상 살피는데, 그들은 그들이 진정 살피는 것은 신의 얼굴이라고 생각했다. 바다에서의 날씨도, 해양생물들의 도발도 예측할 수 없는 부분이 있다는 것을 그들은 그들의 경험을 통해 인지하고 있었다. 그렇게 때문에 그들은 데이터와 과거 패턴에 깊게 의존하고 있는 '아쿠아'가 인간 문명의 산물이라고 여겼던 것이다.

늙은 어부 토미도 이 점을 이상하게 여겼는데, 똑똑한 과학자들과 지역 사업가, 지역구 정치인들은 어떻게 이곳에다가 해저 마을을 만들게 되었을까? 그들이 말하는, '데이터들'이 증명하는 것처럼 이곳 바다 밑의 광활한 심해 평지가 특별히 안정적이고, 천연자원들과 해양 동물들의 '보고'라서일까? 과거에 한동안 채취로 마을 앞바다가 떠들썩했던 것을 토미는 기억하고 있었다.

그러나 이 지역 주민들은 너무나 기대에 부풀어 있었다. 촌스러운 어촌 동네에서 멋진 해양관광도시로 발전할 것인가! C-33이 첫 손님들을 태우고 해저도시로 들어간 시발점의 몇 해 전부터, 땅값은 오르기 시작했고, 글로벌 브랜드의 프랜차이즈가 하나둘씩 들어오기 시작했다.

그리고 주는 마침내 이수를 찾았다! 그의 뒷모습이 보이자 "이수 씨!" 하고 그녀는 그의 등짝을 가볍게 쳤다. 이수는 밝은 색 카프리 팬츠에 회색 셔츠를 입고 있었다. 물론, 멋진 빈티지의 단추가 달린!

제17편

    채식주의자 루이 씨는 아침마다 찻잎을 내려 마시는 습관이 있었는데, 이는 그에게 있어서는 매우 중요한 일과로, 몇 번 우려낸 차를 마시는 데에만 장장 두 시간이나 걸렸다.

    차를 마시는 이 습관은 그가 어느 아시아인 귀족 혈통의 장교 가족을 만난 후 시작되었다.

    명문 단과대학에서 회계학을 전공한 그는 그 가족의 가계부 정리를 맡게 되었고, 그해 크리스마스 때 그는 그들로부터 상등품으로 선별된 찻잎과 다기들을 받았다.

    그 후로 그는 다도 및 차에 심취하게 되었고, 자연스럽게 채식주의자가 되어 버렸다.

    '베지테리언'(채식) 테이블에 앉아있던 루이 씨의 이야기는 이렇다.

뉴 마리너에는 명백히 해산물 요리를 선호하는 사람들이 다수 있었는데 육식을 선호하는 사람보다 많은 듯했다.

해산물을 먹는 베지테리언인 루이 씨는 그러나, 바다 특히 육지와 떨어진 심해 안에서까지 생선을 먹고 싶지 않았다. '마치 애완용 닭을 기르면서 달걀을 먹는 듯한' 기분이라고 그는 생각했다.

베지테리언은 대체로 어디 가나 수가 적고, 마이너 취급을 받는데, 그것을 증명이라도 하듯 채식주의자를 위한 테이블은 아주 작았다. 거의 5~6석으로 두 테이블 정도 마련해 놓은 것 같았는데, 그나마 꽤나 구석에 위치하고 있어서 중앙 홀에서의 이야기가 거의 들리지 않았다. 대신 음악 소리가 크게 들렸다.

진한 간을 해서 맛을 잘 느낄 수는 없었지만, 뉴 마리너에 온 뒤 루이 씨가 항상 느끼는 것은 야채와 과일 맛이 조금 이상하다는 것이었다. 거의 7주째 접어드는 시점에서 루이 씨는 거의 6.5kg나 몸무게가 줄었다. 컨트렉터(계약서류)에 명시된 대로 이곳 주민들은 자신의 건강 상태를 잘 관리해야 했고, 계약상의 책임이 있었으므로, 루이 씨는 상담사와 영양사를 만나야만 했다. 루이 씨는 어쨌든 치즈 가루를 끼얹다시피 해서 카프레제 샐러드 한 접시를 다 비웠다.

"이 빵은 오징어 같은 맛이 나는군." 머리카락이 없는, 같은 테이블에 앉은 신사가 루이 씨에게 말했다. 태도로 보나 행동으로 보나 A동의 엔지니어 같았다.

"이 녹색 채소라 하는 것이 거의가 해조류네요. 여긴 채식 테이블이라기보다는 거의 해조류 테이블 같아요."

잘 그을린 날씬한 중년의 여자가 루이 씨 앞에 있는 시금치 파스타를 덜며 웃었다.

"이사벨이에요."

쌓아 올린 녹색 무더기가 담긴 그릇을 한 손으로 들면서, 손을 내밀었다.

"루이 루벨입니다."

이사벨은 남편이 육식인이라면서 육식 코너에서 스테이크를 층층이 담고 있는 큰 덩치의 남자를 가리켰다.

이사벨과 대머리 과학자와 동석한 식사 자리는 생각보다 나쁘지 않았다. 그들 모두는 A동에 사는데, 놀랄 만큼 많은 부분에서 루이 씨가 공감하는 성격 구조를 가지고 있었다. 생각해 보면, 그의 부모도 엔지니어 아닌가!

그의 아버지의 차 정비소는 그들 가족이 사는 집 바로 아래에 있었으므로, 루이는 엔진 소리를 듣고, 휘발유 냄새를 맡으며 자랐다.

그의 아버지는 루이가 그의 뒤를 이어 정비원이 되길 바랐지만, 루이는 그런 기계를 다루는 일들이 맞지 않았다. 단과대학에서 회계를 공부해 오피스를 낸 루이는 꽤 사업수완이 좋아서 많은 부자 고객들을 만나서 그들과 어울리게 되었다.

생각해보면, 그들 때문에 루이가 뉴 마리너에 오게 된 것이다. 그는 수영도 할 줄 몰랐다.

요트 클럽 및 자영업을 하는(루이의 고객이기도 한) 배불뚝이 모이드 씨와 그의 동료는 아쿠아가 세금공제구역 혹은 세금이 거의 없는, 그들의 '꿈의 도시'가 될 수 있는지 알고 싶어 했다.

"그이는 아쿠아가 우리 결혼의 탈출구라고 생각해요."

이사벨이 말했다.

'많은 이가 탈출구를 찾지.'

루이가 짐짓 생각했다.

'탈출구 밖에는 무엇이 있을까?'

……

'자유가 있겠군.'

루이는 생각하며 녹황색의 미역 같은 해조 줄기를 집어 올렸다.

'마치 아시아 여자아이의 머리카락과도 흡사하군.'

음식 맛은 다른 때에 비해 괜찮은 것 같았다.

한두 차례 접시들이 바뀐 것 같은데, 한 잔이던 루이 씨의 와인 잔이 연거푸 6개로 늘어난 것은 전형적인 육식가인 시끄러운 조와 어느 서비스 업체에서 나온 자칭 B동 '대변인'이 끝없는 자기주장과 언변을 늘어놓기 시작하면서부터였다.

술기운에 끊임없는 수다소리를 듣자니, 그다지 유쾌하지 않아서 루이는 자리를 옮겨야 했다. 채식이든 육식이든 그는 자리에서 일어났다. 이자벨도 마침 화장실로 갔다.

그렇게 가서 앉은 자리에서는 막 피츠버그 박사와 보험회사 소속 직원들의 '토론'에 불이 붙은 시점이었다. 피츠버그 박사와 일행이 A동으로 사라지고, 보험회사 및 일행들도 맥주를 들고, B동으로 가버리자 루이 씨는 자신도 방으로 가야겠다고 생각했다. 그때 루이 씨는 밖으로 난 두꺼운 창 너머 오리인지 백조인지를 본 것 같았다. 아니 어쩌면, 방금 앉았던 테이블에 있던 오리고기를 먹은 것의 영향일지도 모른다. 그는 방으로 가기 전에 한마디를 남겼는데, 본의 아니게 많은 사람들에게 전해진 일침이 되었다.

제18편

주는 여느 때처럼 손안에 있는 비누를 비벼 비누 거품을 잔뜩 내어 욕실 안을 채우고 있었다.

그러다가 뭔지 모를 찝찝한 기분에 사로잡혔다. 그리고 이상한 취미가 발각된 것처럼 그녀는 얼굴을 붉혔다.

이수는 좋은 사람 같았다. 오랜만의 디너파티도 좋았던 것 같다. 피츠버그 박사가 좀 안 된 것 같았는데, 그녀가 생각하기에 박사는 확실히 합리적이고 똑똑한 사람인 듯했다. 그리고 이런 곳까지 와서 그런 얘기를 하는 보험회사 직원에 대해 생각해 보았다. 그러나저러나 그녀의 가족 모두 그 회사의 생명보험 서비스를 이용하고 있었다. 이런 곳까지 와서 보험회사 직원들을 만나다니…….

관성의 법칙은 무섭다. 한번 고착된 습관이나 버릇. 보험회사를 바꾸는 일도 그러하니…….

신경 써야 할 일은 많고, 뭔가 바꾸거나 하려면 서류 작성 및 복잡한 일이 많아진다.

물을 대충 닦고는 타월로 몸을 감고 나온 주는 화장실 옆에 달려 있는 룸 모니터를 쳐다보았다. 할 일은 빨리 해버리자는 심정이었다.

"오늘의 산소농도는…… 어디 보자…….."

"어라? 이거 좀 높은 것 아닌가?"

흠.

보통 대기 중의 산소 농도는 21%인데, 뉴 마리너 내의 산소 농도는 그것보다 더 높게 유지되고 있었으므로, 그들은 화재 발생 대비에 관해 각별한 교육을 받았다. 어제 저녁파티가 특별했던 이유도 화재 발생 위험 예방 차원으로, 보통 때에는 취급하지 못하던 칵테일과 와인 등의 음료가 나왔기 때문이었다.

지금은 어느 때의 산소 퍼센트보다 7 ± 0.45 정도로 높았다.

'산소통을 생각해보면. 뭐…….'

주는 터프의 부엌으로 놀러 가 카푸치노 한 잔을 더 마실 생각이었다.

　피츠버그 박사와 그의 동료 스티븐 왈도 박사는 그의 팀원들을 데리고, 연구소로 운반되어 온 물품과 음식들의 재고를 점검하는 중이었다. 그는 또한, 이번 주에 소형 탐사용 잠수함을 타고 나가 해양생물 및 천연자원을 탐사할 계획이었다. 작은 소형 잠수함에는 두 명의 조종사와 왈도 박사, 피츠버그 박사와 삼사일 분의 식량이 전부였다. 그들은 좁은 잠수함 사이즈로 불편함을 감수해야 했지만, 이번 탐사에 기대를 걸고 있었다. 이전에 망간 괴의 보고지로 알려진 지역 주벽을 탐사하기 때문이었다. 박사는 새 해양동물의 발견을 대비해 카메라 및 스케치 도구도 챙겨 두었다.

　심해의 해양동물들은 보통 어두운색이나, 붉은색을 띠었는데, 많은 해저 동물은 호롱불같이 반짝이는 신체부위를 가지고 있었다.

　박사는 어두움에 익숙해져 밤눈이 좋아진 기분이었다.

　'당근은 더 이상 먹지 않아도 되겠는걸.'

　박사가 강의하던 도심 한복판에 위치한 대학로 옆에는 온갖 분식 식당 및 소형 푸드트럭이 있었는데, 박사가 애용하는 핫도그를 파는 푸드트럭에는 한 가지 메뉴밖에 없었다. 케첩을 버무린 당근 채가 잔뜩 든 독일 소시지 핫도그였다. 눈 건강을 위해 박사는 10여 년간 이 트럭의 단일 메뉴를 고수했는데, 나이를 먹고 해저탐사를 하러 심해에서 머무는 동안 그의 시력은 많이 좋아져서 안경이 필요 없을 정도였다.

제15편

캐러멜과 스타, 스타와 캐러멜

이젠 나이가 들어서 염색을 해야 짙은 색 머리를 유지하는 '스타'는 토크쇼로 유명한 연예인이었다. 토크쇼를 진행하면서 좋은 점은 다양한 분야에 있는 많은 사람들을 만나볼 수 있는 기회가 있다는 점이었다.

그러면서 만난 사람이 자기계발서의 선구자격인 치 멜 번 이었다. 그는 설득하는 법을 강의했는데, 그녀는 그의 모든 강의를 들었다. 설득하는 것의 시작은, 자신이 설득하는 것이 가치 있는 것이라고 믿는 신념에서 시작된다고 그는 말했다.

그녀는 그녀의 둥근 입술에 차분한 색의 립스틱을 발랐다. '캐러멜, 이리 온."

캐러멜은 유기견으로 어느 탄자니아의 술주정뱅이 집에서 방치됐다가 구조되었다. 긴 털은 보통 그가 지나다니는 바닥을 쓸고 가는데, 이 때문에 그녀는 캐러멜을 입양한 뒤로 바닥 청소를 특별히 말끔하게 해야 했다.

캐러멜은 5년째 그녀의 둘도 없는 친구였다. 그녀가 마침내 장수한 토크쇼를 접고, 그녀의 저택으로 돌아왔을 때, 그녀를 반기고 그녀에게 일거리를 안겨 준 진정한 반려견이었다. 아무리 바다 깊은 곳으로 가더라도 포기할 수 없었다.

그녀가 주치의와 그녀의 골밀도와 건강, 그리고 뉴 마리너에 갔을 때에 발생 가능한 건강위험요소 및 체크 사항들을 재검토하고 있을 때 그녀는 캐러멜까지는 생각하지 못했다. 하지만 주치의가 정신건강 파트로 넘어와서 좋은 기분을 가지는 것의 중요성을 언급하고 있을 때 그녀는 그녀가 설탕과 도넛을 급격히 줄인 다이어트 기간 동안 얼마나 비참한 기분이었는지 떠올랐다. 그녀는 원래가 기가 세고, 힘이 넘치는 유형이었는데, 이 다이어트 기간이 토크쇼의 종영과 겹치면서 우울함과 무기력을 경험하게 되었다.

그러던 중, 치 멜 번에게 듣게 된 90세인 마라토너 할머니나 100세가 되어 고공낙하를 해서 기네스북에 오른 노인들은 그녀에게 영감을 주었다.

특히 그녀가 좋아하는 롤 모델은 모세 할머니*와 KFC 할아버지였다.

그녀는 다른 그녀의 동년배들이 땅 밑에서 쉬고 있더라도, 젊은이들 못지않게 생생하게 일하고 살아 있을 자격이 있다고 생각했다.

또한, 그녀는 곧 그녀의 방 및 큰 홀에서 파티를 열 수 있을 거라고 생각했다.

바다 아래서의 콘서트라 얼마나 멋진가!

그녀는 초콜릿 광고도 나가 보았고, 가방 광고 잡지에 실리기도 했다.

'현대인들은 잘 연결되어 있는 것이 중요하지. 시그니처 아이템', 링크되어 있는 것들로 자아를 정의하는 법은, 아니 가치까지 매긴다는 것을 토크쇼계의 스타가 모를 리 없었다.

비록 바다 아래여서 고글이 필요했으면 필요했지 선글라스가 전혀 필요할 것 같지 않은 데도 그녀는 고급스러운 선글라스를 끼고, 사진기를 메고, 캐러멜을 안고, 셀카를 찍었다. 뉴 마리너의 거의 모든 창문은 크지 않은 데다가 어둑어둑해서 그곳이 심해인지 아닌지 모를 판국이었다.

'스위스로 야간스키 타러 왔다고 해도 믿겠는 걸.'

"언덕 더 씨, 언덕 더 씨~"

홍얼거리는 그녀의 노랫소리가 호기 있게 B동의 복도에 전해졌다. 그녀는 그녀에게 고용된 주치의와 테니스를 칠 셈이었다.

---

* 모세 할머니는 나이 80세에 미술계에 데뷔한 미국의 아티스트로 1,500여점이 넘는 미술작품을 남겼다.

제2o편

피츠버그 박사는 뉴 마리너의 '투털이' 레지던트들이 생긴 이유가 너무나 호사로운 주거환경 때문이라고 생각했다.

깊은 바닷물의 압력에 반해 두껍게 봉해진 유리와 벽은 안락한 환경을 제공해서, 그들의 '현실인지감각'이 둔화됐다고 생각했다.

이곳은 바다였다. 그것도 깊은 해저였다.

단기간 여정의 해저탐사를 위해 연구소에서 통하는 물품 창고 및 주차장으로 가는 입구에서 박사는 다시 한번 깊은 바다의 압력과 시퍼런 물에 그의 이성이 서늘하게 날이 선 것 같았다.

'멍청한 파티 같으니라고…….' 피츠버그 박사는 디너파티를 떠올리며 생각했다. 그 식사에 참여하지 않았으면 인스턴트 햄버거를 먹으면서 루틴(잠수정 경로) 절차를 복습할 수 있었을 텐데……

복잡한 부속물과 거대한 철근으로 이루어진 소형 잠수함의 바깥으로는 비교적 조정하기 까다롭지 않은 탐사용 팔이 달려 있었으나, 엔진 가동기 및 연료 측정기, 백 프로펠러, 수동으로 작동시키는 로봇팔 관절각도 조절기, 연료실의 On-Off 버튼과 잠수정 바스켓의 움직임을 조작하는 버튼 등은 잠수함의 낮은 천장 위에 달려 있었다.

비록 박사팀의 훈련된 조종사들이 함께 동행하기는 하지만, 여전히 박사는 그 프로토콜들(연구 및 일정계획서)과 주의사항을 리뷰할 가치가 있다고 생각하고 있었다.

이 미니잠수함이 바다로 나가기 위해서 그들은 연구소와 주차장 너머 철문으로 나누어진 독립된 방으로 들어가야 했다.

이 방의 온도는 주거 빌딩의 그것보다 18도 정도 낮았으므로, 방에서 일손을 돕고 있는 잠수부들과 연구원들은 모두 방한복을 입고 있었다.

바다의 찬 기운을 견디기 위해 박사도 체온을 유지하는 잠수복을 껴입었다.

공기의 압력을 통해 이 소형 잠수함을 바다 밖으로 밀어내는 작은 구멍으로 박사의 크류들과 잠수부들이 잠수함을 밀어 넣었다. 모든 점검 사항을 마친 상태였다.

극한 자연 환경에서 고도의 기술로 완성된 잠수정을 운전할 때는 크류와 조종사들이 미리 탐사행동양식 및 루틴을 여러 차례 토론하고 점검한다. 모든 일에 집중력과 인내가 동반되는 여정이었다.

박사는 '모든' 뉴 마리너의 레지던트들이 이런 프로페셔널한 지식과 인내심을 가지고 있는지에 관해 확신하지 못했다.

해사 출신의 수의사인 코더가 다른 프로 잠수부팀을 도와 잠수정의 어망 시스템을 체크하고 있는 모습이 보였다. 그는 피츠버그 박사의 이번 탐사에 개인적인 흥미를 보였는데, 물론, 새로운 해양동물에 관한 것이었다.

맞은편 벽 쪽으로 난 작은 유리 패널로 JC-33의 모습이 보였다.

뉴 마리너 JC-33은 소형 잠수정들에 비해 아주 덩치가 크고, 편의시설이 지나치게 고급스러웠다. 그렇기 때문에 운용하는 데 시간과 돈이 들었다. JC-33이 주차된 방은 해저와 바로 맞닿아, 벽이 바깥으로 열리게 고안되었고, 벽들도 해수 부식 방지를 위해 특수하게 설계되었는데, 큰 벽이 닫히면, 마치 작은 어항 안에 들어온 것처럼 되고, 그 후에 물이 펌프기계를 통해 바깥으로 나가게 되는데, 이에만 장장 몇 시간이 걸린다.

박사가 기억하기에 더부룩한 수염에 큰 덩치의 한 아일랜드계의 승객은 JC가 주차되고 몇 시간이 지난 후에도 입을 벌리고 자고 있었다. 기업 소속의 사업가 같았다.

순간 낮아진 온도와 어두워진 주변 환경에 맞춰 웅웅거리던 주변 소리가 위~하는 소리와 함께 조용해지고, 마음이 가라앉으면서 차분해지는 것을 느꼈다. 눈알같이 둥근 모양의 소형 유인 잠수함 '켈퍼'가 부력을 받으며, 천천히 하강해 내려가는 것이 느껴졌다.

박사는 옆에 있는 왈도 박사와 파일럿들이 조용히 어두움과 적막함에 적응하며, 그들의 스케줄과 일을 생각하고 있는 것을 감지할 수 있었다.

박사도 집중력이 올라갔다.

추진 프로펠러가 돌아갔다.

소형 잠수정이 끝도 없는 해저로의 '탈출'을 성공하자 박사는 낮은 한숨을 내쉬었다.

박사는 모든 면에서 능숙하고 완벽한 자였으나 거대한 해양을 마주 대하고 탐험하는 잠수부들과 비교하면 스태미나와 모험심이 부족했다. 이런 위험부담이 있는 인생과 직업은 그가 어렸을 때 생각하고 있던 것과는 거리가 있었다.

박사는 두꺼운 안경을 낀 그야말로 범생 같은 아이였다. 책 읽는 것을 좋아하고 조심성이 많고 소심하기까지 했다.

어둠으로 덮인 20cm 두께의 석영 유리로 만들어진 작은 창 너머를 응시하고 있는 그는 자신이 앞으로 지시해야 할 것과 해야 할 것들을 잘 숙지하고 있었다. 차분하게 정신이 모아진 상태였다.

초등학교 아이들을 위한 스펠링비 경연 대회에 나간 어린 피츠버그 박사는 처음으로 이런 정신 상태를 경험했었다.

스펠링비 대회*에서 몇 차례의 턴이 지나가자 결국 박사를 포함해 두 명의 학생만이 무대 위에 남게 되었다. 그 상대방 학생은 박사보다 두 학년 상급반이었고, 키도 한 뼘 이상 컸는데, 붉은 얼굴을 하고 의욕이 넘치게 다음 차례를 기다리고 있었다. 색종이로 만들어진 금박 목걸이로 장식된 무대 뒤편의 현수막에는 '월 풀 필리마스 제53회 스펠링비 경연 대회'라고 손글씨로 쓰여 있었는데, 학생의 작품인 것 같았다.

자상한 세라 선생님이 무대 아래에 놓여 있는 긴 마이크의 키높이를 조정해주었다. 사회자가 드디어 어떤 단어를 설명했고, 순간 웅성거리는 청중들의 소리가 위, 하고 조용해지며 청중들의 얼굴과 배경이 흐려졌다.

어린 피츠버그는 침을 삼켰다. 박사가 아는 단어였다.

비-블-리-오-필

어떻게 말을 했는지 모르게 말이 밖으로 나갔다.

진행자가 환하게 웃으며 "예, 정답입니다."라고 했고, 와 하는 소리가 들렸다.

그렇게 피츠버그 박사는 그해 월 풀 필리마스의 스펠링비 대회의 최우승자가 되었다.

이 일이 모든 일에 시발점이 되었다고 박사는 생각했다.

박사는 비록 해양생물학을 전공하였지만, 성공적인 편이었다. 그는 해양생물학의 선구자인 마빈 박사 밑에서 공부를 했는데, 대학원 후에도 그와 계속 일을 하다가 8년 전에 자기 회사를 차리려고 나갔으나, 다시 그와 합류해 그의 팀에서 일하면서 '뉴 마리너'로 오게 된 것이었다. 뉴 마리너는 그의 노스승 마빈 박사의 프로젝트이기도 했다. 여든 세가 넘도록 잔병도 없던 마빈 박사이지만, 아흔을 바라보는 시점에서 휠체어를 이용하게 되었는데, 그 때문에 피츠버그 박사가 대신 이곳으로 '발령'받게 되었던 것이었다.

＊ 스펠링비 대회는 영어 단어 맞추기 경진대회이다.

제21편

'나의 아버지는 가장 사치스러운 비즈니스 중의 하나가 교육이라고 생각했다. 왜냐하면, 종종 그 상품을 눈으로 볼 수 없고, 그 가치를 쉽게 상정할 수도 없기 때문이다. 또한 간혹 그 '상품'을 잊고 집으로 가져오지 않는 아이들도 있다.'

빅 조의 이야기

빅 조는 커다란 허니햄을 안고 집으로 오는 길이었다. 어린 빅 조의 어머니가 조에게 시킨 가장 중요한 교육은 산 물건을 잊지 말고 집으로 가져오라는 것이었다.

빅 조의 어린 동생 로렌스(그는 로라고 애칭으로 불렸다)는 종종 그것을 잊어버렸다.

그해에만 벌써 세 번째 일어난 일이었다. 일곱 살 소년이 집 앞의 가게에서 빵이나 우유를 사고 물건을 가지고 오지 않는 것은, 용납할 수 있는 일이라고 생각할 수도 있겠지만, 요즘 일곱 살배기들은 꽤나 총명해져서, 비교적 큰 숫자의 덧셈 뺄셈도 곧잘 하고, 둥근 파이를 꼭 같은 여덟 조각으로 나눌 줄 알며, 식기도도 아름답게 한다.

어쨌든 빅 조는 9살이었고, 어머니의 잔소리에 싫증이 난 상태였다.

그는 어머니가 챙겨준 두툼한 밧줄로 꼬아 만든 주머니가 도리어 성가셔서 조는 그물망을 손목에 걸고, 햄은 품에 안고 오는 길이었다.

거의 금색으로 보이는 녹색 풀들의 물결이, 낮은 언덕 위를 넘어 집으로 향하는 조의 눈에 펼쳐졌다. 따뜻한 바람과 따뜻한 노란색 빛이었다. 언덕 위의 커다란 노란색 느티나무가 보이기 시작할 그때에 조는 따뜻한 바람 끝자락 어디서 시큼한 치즈 냄새를 맡은 듯했다.

욱, 욱, 하는 소리가 들렸다. 조의 어린 동생 로였다.

조는 고목나무까지 달음박질해서 뛰어갔다. 품 안에 꼭 쥔 햄에 땀이 배었다.

황금색으로 보이는 녹색 들풀들이 따뜻한 바람에 굽이치듯 일렁거리고 있었다.

그곳에서 로는 어쩌면 이토록 연약해 보였는지!

작은 체구에 얼굴이 하얗게 된 로렌스를 보니, 조의 눈에 눈물이 맺혔다.

로에게는 선천성 정신지체 진단이 내려지게 됐는데, 실제로 그의 IQ는 정상 수준이고, 읽고 쓰기에 문제가 없으며, 실제로는 미미한 청력 장애가 있을 뿐이라는 것을 알게 된 것은 둘 모두 사춘기를 지나 머리가 컸을 때였다.

로는 실제로 영리한 면이 있는 아이였다.

어쨌든 어린 로를 방치할 수만 없었던, 젊고 바쁜 피어스 부부는 빅 조에게 동생 돌보는 일을 맡겼다. 리틀 로를 붙어서 챙겨줘야 하는 빅 조는 자기보다 나이 어린 학생들과 공부하게 되었는데, 조는 그것에 대해 수치심을 느끼고 있었다. 가령 시험을 잘 치러도 자신보다 어린아이들과 공부했으므로 별반 의미가 없다고 그는 생각했고, 간혹 시험을 못 치르거나 선생님의 질문에 답을 못 하면, 막연한 두려움을 느끼기도 했다.

월반한 아이들이 겪는 정상발달 과정의 스트레스를 조도 겪고 있었는데, 가령 조는 자신이 얼마나 더 어른스럽게 행동해야 하는지에 대해 종종 가늠할 수가 없었다. 그가 12살 여름 처음으로 마을 간이음식점에서 아르바이트를 시작한 것은 다른 또래 아이들이 돈을 버는 것보다 훨씬 이른 때였다.

일찍 공부로 대학 진학하기를 포기한 조는 고등학교 때부터 운동을 시작했고, 쿼터백으로 근방에 있는 학교에 진학하게 되었다.

✻

"헤이, 죠엘. 뭘 그렇게 생각해?" 리사였다.

리사는 조를 죠엘이라고 불렀는데, 둘은 단과대학에서 만나 졸업하기 전 일찍 결혼해 가정을 꾸렸다.

그는 작은 정비소에서 수리공으로 일을 시작했으나, 저녁 수업을 수강해서 결국 대학을 졸업하고, 첫째 아들을 낳고, 둘째 아들을 가졌을 때에 회사의 두 번째 분점을 내게 되었고, 세 번째 아들을 가졌을 때는 작은 샌드위치 회사도 차리게 되었다.

사람들은 특이한 조의 커뮤니케이션 방식을 좋아했고, 그를 '죠엘 노엘'이라고 부르기도 했다. 그는 사물을 꼼꼼히 묘사하고 천천히 말했으며, 또 타인에 대한 기대치가 낮아서 형편없는 업무 능력을 가진 사람들도 조와 일하면 뛰어난 일꾼처럼 대우를 받았다.

샌드위치 회사는 리사를 위해 차린 것이었다. 원래 지역 카페에서 아침 식사를 준비하고 커피를 따르는 웨이트리스였던 리사는 둘째 아들을 가졌을 때 샌드위치에 유난히 집착했고, 그 때문에 매일 샌드위치만 먹게 된 조가 아예 가게를 차려 주게 된 것이었다.

작지만 아름다운 조의 마을로 휴양 온 한 노인 부부는 아보카도가 들어간 리사의 샌드위치를 좋아해서 매일 아침 식사를 하러 들렀는데, 알고 보니 그들은 어떤 위탁관리업체의 사장으로, 이 마을 해안가에 자리한 뉴 마리너의 배수공으로 조를 추천해 주었다.

그 결과 조가 '뉴 마리너'에 고용되어, 뉴 마리너의 수도와 변기, 샤워기, 보일러 등을 검수하는 일을 맡게 되었던 것이었다.

가기 전날 밤, 가족들이 모인 저녁 식사 자리에서 로는 수화로 사랑한다는 언어를 전했다.

그때였다. 조는 처음으로, 문득 멍청한 자신을 보살펴준 것이 사실로였던 것 같다는 생각이 들어서 마음이 찡해졌다.

'내가 기념품을 사다 줄게.' 조가 역시 수화로 말했다.

그의 동생 로렌스가 여러 나라를 다녀 본 것에 반해, 이번 여행은 빅조에게는 거의 첫 번째 것이었다.

손님 리스트들과 가게 장부는 로렌스가 맡게 되었고, 단과대학을 다니느라 떠난 첫째 아들 대신 둘째 아들과 함께 고용된 잭이 정비소를 맡게 되었다.

조는 처음으로 맛보는 해방감을 만끽하며 식사로 나온 스테이크를

다 먹고는 바로 곯아떨어져 버렸다. 자는 동안은 누가 잡아가도 모를 사람이 조였다. 조는 스테이크에 어울리는 잘 익힌 맥주를 계속 마시는 듯한 꿈을 꾸고 있었다. 어린 시절 술꾼이었던 아버지의 젊고 핸섬한 모습이 보이는 듯하기도 했다.

JC-33이 뉴 마리너에 도착했을 때까지도, 조는 입을 크게 벌리고 자고 있었다.

'나의 어머니는 오랜 교직생활 후 학생들의 성격과 특성들이 대부분 가정교육에 의거한다고 믿게 되었다.'

제22편

✳

　해저 아래에 잠수정들을 주차시켜 놓고, 거기서 출발하는 데에는 몇 가지 이득이 있는데, 그중 한 가지가 연료를 아껴, 탐험을 더 오랫동안 할 수 있다는 것이다. 보통 올라가고 내려가는 데에만 다섯 시간 이상을 소비하게 되는데, 그 시간을 해저탐사 하는 데에 더 쓸 수 있게 되는 것이다.

　해저에 도달하는 데까지는 오랜 시간이 걸리진 않았다. 650와트 조명등이 켜지고, 눈앞에 부심증이 생겼지만, 다른 조명등 4개까지 켜니, 암흑 천지였던 심해가 밝아졌다. 그 순간 해저유기물들이 부양하면서, '눈보라가 몰아치는 밤에 운전할 때의 모습처럼' 해저면 아래로 내리는 것이 보였다.

　'바다 눈'이었다.

바다 눈은 심해 동물들의 주식인 영양 있는 '음식물들'로, 해양의 표층에서부터 심해로 수송된 것이다.

'바다 위, 산에도 눈이 내리고 있을까?'

충분히 가능하다고 박사는 생각했다. 늘 이맘때 즈음이면, 박사 가족은 눈 쌓인 산으로 스키를 타러 가곤 했던 것이다.

박사팀은 이번 탐사에서 '2080-NS 열수분출공'*을 관찰하고, 부근 퇴적물 및 해수 샘플을 채취할 예정이었다.

1988년에 화산 활동이 활발한 인근 해저산맥을 조사하던 과학자들에 의해 발견된 이 열구멍들을 통해서 섭씨 350도가 넘는 뜨거운 물이 솟아올랐는데, 빛이 없는 심해에서, 열수분출공에서 나오는 황화수소를 이용해 살고 있는 많은 해저 생물체들을 관찰할 수 있는 좋은 기회였다.

완만한 경사의 해저사면의 산맥 등이로 지나가는 박사의 소형 잠수정 옆에 있는 '세워 놓은 베개 모양'의 현무암으로부터 길이가 거의 3미터나 되어 보이는 관벌레가 그 얼굴을 내밀었다. 많은 수의 심해 대합과 게, 새우들도 활발히 움직이고 있었다.

분명 뜨거운 산성 온천수가 해저로 분출되는데, 해저의 높은 기압 때문에 물은 끓지 않고, 대신 염기성의 찬 바닷물과 섞이면서, 온천수에 녹아 있던 많은 금속들이 광물들로 바뀌는 절경이 펼쳐졌다.

오랜 시간 동안 좁은 잠수정 안에서 한 자세로 앉아 있자니 피츠버그 박사는 다리가 조금 저리기도 한 것 같았다. 몸을 조금 비틀어 기지개를 펴니, 숨을 죽이고 열심히 바다 밑을 관찰하면서 무언가를 기록하고 있는 왈도 박사가 보였다.

마치 역도선수 같은 몸집의 왈도 박사는 아무 문제가 없는 것처럼 보였다.

그는 바다 밑에서나 지상에서나 늘 에너지가 넘치는 것 같았는데, 피츠버그 박사처럼 커피나 홍차 같은 음료를 달고 사는 타입이 아니었다.

잠수정에 부착할 추의 무게를 재기 위해 몸무게를 쟀을 때 왈도 박사는 거의 105㎏이나 나가는 것 같았다. 보통 키였으나, 단단한 몸집에 다부진 체구와 얼굴을 하고 있었다.

그런 왈도 박사가 조나단 박사의 옆구리를 쿡쿡 찌르며, 잠수정 앞에 펼쳐진 풍경을 손가락으로 가리켰다. 망간 단괴들이 듬성듬성 해저 바닥에 널려 있는 모습이 보였다. 왈도 박사는 능숙하게 로봇 팔을 조정해서 망간 단괴와 퇴적물을 채집하기 시작했다.

피츠버그 박사도 잠수정에 달린 디지털 카메라로 심해 생물과 지질의 모습을 담았다. 눈 없는 물고기가 피츠버그 박사 시야에 나타났는데, 그 뒤로는 커다란 부유물 덩어리로 보이는 붉은 물체가 손에 막 올린 쉐이빙크림 덩어리처럼 둥둥 떠다니고 있었다.

불가사리, 해삼, 거미불가사리의 모습도 보였다.

망간 단괴는 100만 년에 평균 6㎜씩 자라는데, 이 때문에 길게 이어진, 마치 검은 기름을 밟고 지나간 열차 바퀴가 만든 '길'처럼 보이는 망간 단괴의 행렬은 그들이 깊은 바다 밑에서 보낸 그 긴 시간의 역사에 대해 말해 준다.

참을성 있게 무거운 침묵을 호연히 견디어 내는 그 존재 덩어리를 왈도 박사가 조심스럽게 잠수정에 달린 로봇 팔로 집어 올리는 동안, 건드려진 주위의 유기물들과 퇴적물들이 부양하며 조나단 박사가 앉아 있던 불투명 체임버의 시야가 지저분해졌다.

오래된 해저 퇴적물이나 유기물을 뒤적거리거나 채집할 때는 많은 주의를 요하는데, 깨끗한 강물도 바닥을 휘저어 놓으면, 진흙과 미생물 등으로 강물이 지저분해지는 것처럼 바다도 무분별한 채집이나 개념 없는 개발을 하면 오염될 여지가 있기 때문이다. 또한, 바닷속 유기물은 많은 해양생물들의 먹이이므로, 그들의 삶의 터전을 훼손하는 것은 결국 인간 생태계에도 영향을 미치게 될 텐데, 커다란 고래의 구첩반

상도, 작은 물고기들의 단출한 식사도 결국 새우와 플랑크톤들이지 않은가!

　수백만 년 전에 죽은 하얀 고래 턱뼈가 해저 바닥 밑에 나타났다. 그리고 그것처럼, 그곳에서는 한동안 아무 말이 없었다.

* 2080-NS 열수분출공은 심해의 온천이라고 여겨진다.

제23편

위클리 유니버스 안은 그 여느 때와 같이 분주했다. 항상 금요일 저녁에 프린트 작업을 했으므로, 금요일은 의례 그러려니 하고, 직원들은 모두 분주히 그리고 부지런히 일했다.. 철자와 문법의 오류를 살피고, 원고들을 돌아가며 감수한 후에야 편집부장이 완성된 사본의 원고를 젊은 이사인 데이비드 잭 스필드에게 보낸다.

그날 저녁도 직원들과 함께 배달 음식으로 요기한 데이비드는 커피한 모금을 마시고, 원고를 집어 들어 읽기 시작했다. 그의 여기자 한 명이 뉴 마리너행을 하면서 쓴 칼럼 덕분에, 많은 광고에서 바다의 이미지나 수영복을 입은 가족. 파란색이 들어간 바탕체를 써서, 위클리 유니버스가 마치 바다낚시나 해양 스포츠를 다루는 월간 잡지같이 느껴졌다.

데이비드는 몇 가지 광고 페이지의 순서를 정리하며, '뉴 마리너에서의 일기' 칼럼을 디자인한 샌디를 호출해서, 파란색과 바다의 이미지로 장식된 이 칼럼을 짙은 겨자색이나 갈색 테두리로 바꾸어 달라고 주문했다. 자잘한 꽃무늬가 들어간 블라우스를 입은 샌디는 얼굴이 시뻘겋게 변하며 거의 울상이 되어, 뭔가 하려던 말을 삼키고는 그의 방을 나갔다.

소매를 걷어 올리고 작업하던 그는 잠시 창밖 거리를 내다보았다. 주홍색 가로등불이 거리로 빛을 길게 늘어 뜨이고 있었다.
"바다 아래 해저도시에 머무는 건 어떤 기분일까?"

그는 다시 한번 '뉴 마리너로부터의 일기' 칼럼을 읽었다.

파랑새의 지저귐, 신선한 새벽 공기가 여는 아침이 이곳에서는 알람으로부터 시작합니다.

일단 알람 소리가 울리면, 인공조명이 켜지고, 사람들은 샤워를 하거나 부엌으로 가는데, 부엌에는 요리사 터프가 스크램블드에그를 만들거나 소시지를 굽고 있고, 대부분의 사람들은 커피를 마시거나 차를 마시며 일에 관한 이야기를 나누거나, 개인의 pc나 패드를 들여다보고 있습니다.

대부분의 모두가 활기 있게 웃는 얼굴로 인사를 나누지만, 모두 조용한 편이라 이곳은 매우 조용합니다.

아침을 먹고 난 후에는 사람들은 방으로 돌아가거나 일을 하기 위해 랩 또는 부엌 등으로 이동하는데, 특별한 스케줄이 없는 사람들은 점심시간 전에 운동을 하러 짐으로 갑니다. 짐 패스는 선택사항이 아니기 때문에 모두 적어도 트레드밀에서 걷기 운동이라도 한 후 기록에 남겨야 합니다.

데이비드 잭 스필드는 처음에는 이 칼럼을 경제면에 실을 생각을 하고 있었다. 뉴 마리너의 미래상장가치 및 레저타운으로서의 위상에 대한 기사를 기대하고 있었다.

그러나 주의 글은 확실히 신변잡기식이었는데, 가령, 처음 발견된 괴상한 해저 물고기 요리에 관한 이야기, 뉴 마리너의 조깅 코스나 토크쇼에 관한 이야기도 몇 개나 되는 것 같았다.

그는 그녀에게 대신 몇 가지 체크리스트와 보고서들을 안겨 주었다. 그리고 이 자료는 경제부 기자 오너스에게 전달되어 그가 '해양레저타운의 경제적인 가치와 의미'에 관한 다른 칼럼을 작성했다. 백 오너스는 학술기자 출신으로 십여 년째 판에 박힌 형식을 고수했다.

데이비드의 오피스 창에서는 오너스의 의자와 뒷모습이 보였는데, 오너스는 호일에 쌓인 브리또를 간식으로 먹고 있었다. 그의 책상 아래 있는 작은 냉장고에 안에는 냉동 브리또 뭉치가 항상 쟁여 있는데, 그는 막 자주색 호일로 쌓인 새 브리또를 꺼내어 입에 넣고 있었다.

데이비드는 주를 떠 올려 보았다. 자전거를 타고 출근하며, 보통 후드 티셔츠에 주름치마나 두꺼운 카디건에 청바지 차림이었던 것 같았다.

한번은 그녀가 퇴근하며 애완용품 가게에 들어가는 것을 보았는데, 그녀가 애완용품의 간식을 고르고 있는 모습이 창 너머의 거리에서 보였다. 별다르게 튀는 점은 기억나진 않지만, 귀여운 데가 있는 것 같았다.

그는 피식 하고 웃으며, 카푸치노 컵을 집어 들었다. 그는 화려하고, 잘나가는 여자들을 사귀어 왔다.

그녀들은 목표물을 잡아채는 육감적인 육식동물과도 같았는데, 위클리 유니버스와 멀리 있는 중심 번화가에 위치한 회사에 다니고 있었다. 그녀들은 언제 어디서든지 여성 잡지에 나오는 최신 패션 코드와 비슷하게 옷을 입고, 늘 세련된 화장을 유지하고 있었다. (주는 그렇게 보면 부숭부숭한 타입의 사람인 것 같았다.) 데이비드는 그녀가 개를 키우고 있을 것이라고 생각했다.

어쨌든, 갈색이든지 짙은 겨자색 레이어드이든지 칼럼은 읽힐 것 같았다. 그는 다시 샌디를 호출했다.

제24편

BF: 시리얼, 달걀, 소시지, 베이글

뉴 마리너의 아침 식사 메뉴이다.

주는 따뜻한 카푸치노를 마시며 터프의 부엌에 있었다. 시리얼 볼에 둥근 튜브 모양의 시리얼이 둥둥 떠 있었다. 터프는 마침 야채들을 거두러 야채 배양실 겸 연구실로 가는 중이었다. 그는 피터와 함께였는데, 큰 양동이들을 들고 있었다.

"헤이, 주. 야채 가지러 '가든'으로 가지 않을래?"

양동이 한 개를 건네며 터프가 물었다.

"그래요. 안 그래도 이번 주 칼럼에 쓸 내용이 필요했어요."

주는 이 좁은 복도로는 처음 지나가는 것 같았다. A동을 지나서 가는 이 통로는 다른 곳과는 달리 통 유리로 된 창이 있어서 바다로의 시야가 환히 보였다.

긴 통로 위로 커다란 물고기의 형체가 스르르 미끄러지듯 얌전히 유영해서 푸른 바다 빛 안으로 모습을 감추었다. 통로가 추운 감이 들어, 주는 두터운 실로 짠 카디건을 걸쳤다.

심해는 1°C 안팎이라고 하는데, 뉴 마리너의 식당은 훨씬 따뜻해 반팔 차림으로 돌아다녀도 추운 줄 모를 정도였다.

'다른 곳은 훨씬 춥구나.'

추위를 싫어하는 주는 두터운 카디건으로, 7부 소매 아래로 드러난 팔까지 감쌌다.

야채 배양실 안에 있는 식물원은 생각보다 좁았다. 연구소의 뒤편의 남는 곳을 이용해 만든 곳으로, 통로처럼 길었지만, 폭이 좁아서 두 사람이 간신히 나란히 걸을 수 있을 정도였다. 좌우로 놓인, 안이 비치는 플라스크와도 같은 화분에는 흙 대신 영양분으로 제조된 색색의 젤들이 가득 차 있었고, 가장자리에는 해수 안에서 자라는 해초류들도 보였다.

터프는 방울토마토를 따고, 피터는 상추를 단단한 젤로부터 몇 개씩 뭉텅이로 뽑아서 양동이에 담았다.

주는 이상한 맛이 나는 토마토 나무를 지나고, 젤 안에 저장되어 있는 감자와 보라색 순무도 지나, 무성하게 높이 자란 옥수수 줄기에서 옥수수를 모으기 시작했다.

청록색 젤 위로 솟아오른 옥수수 줄기는 약간 청록색 빛이 도는 듯도 했다. 옥수수 가루를 내어 만드는 빵을 정말 좋아하지만, 이것을 보고 주는 이 옥수수를 물고기나 해양생물의 먹이로 내어 주면, 그들이 먹을까 하는 생각이 들었다.

아쿠아에서는 식용과 연구용으로 물고기를 키운다는 것을 주는 지난번 파티에서 알게 된 것이다.

주방장 터프는 심해에서 키운 생선이나 해산물 요리를 할 때는 색색한 붉은 소스로 요리하거나 색이 나는 야채의 물을 우려 알게 모르게 음식을 염색했는데, 이는 그가 자기의 요리가 맛있게 잘 소비되었으면 하는 그의 바람에서 시작된 것이었다. (어쩌면 피츠버그 박사의 바람일지도 모르겠지만)

깊은 바다에 사는 대부분의 해저 생물은 식욕을 감퇴시키는 어둑어둑한 색과 해괴한 모양을 한 것이 많았다.

이상한 젤과 인공 빛으로 키워내는 방울토마토도 맛이 이상했다. 그래서 터프는 이 실험실을 맡고 있는 연구원 제리에게 차라리 보통의 흙과 화분에서 식용 채소를 키워 보자고 얘기했다가 핀잔을 먹었는데, 제리와 그의 조교 연구원은 식물원 일은 전적으로 전문 연구원의 소관이라고 선을 그으며 설명하기를, 뉴 마리너로 흙을 가져오는 것이 연료 대비 무겁기도 하고, 원치 않는 벌레들이 낄 수도 있다고 했다. 또, 이 특별한 젤들은 바닷물을 정제한 물에 다른 가루 원료를 섞어 제조된 것으로, 식물의 맛에 영향을 주지 않을 것이라고도 했다.

옥수수를 한 바구니 채워 넣고 있는 주의 등을 살짝 치며, 터프가 가자고 말했다. 터프는 제리 연구원과 그의 일행이 오기 전에 식물원을 나오고 싶었다.

'오늘 저녁에는 옥수수 프리타타나 만들어야겠군.' 하고 터프는 생각했다.

제25편

뉴 마리너에도 크리스마스가 찾아왔다!

"노엘~ 노엘~"

흰 눈 쌓인 거리에서 실내로 돌아온 사람들이 느끼는 안락함과 따뜻함이 이곳에도 있었다.

서늘한 기운의 찬 바다로 둘러싸인 이곳에서 뉴 마리너는, 마치 '북극의 이글루'와도 같았는데, 이 이글루 안이 오늘따라 조용하다.

계약 기간이 끝나서 돌아간 멤버들과 새 멤버들이 다시 오기까지 약한 달 반의 시간이 있었으므로 전에 비해 사람 수가 적었는데, 남은 사람들 중에 60여 명 정도의 사람들이 식당에 모인 듯하다. 터프는 에그녹과 코코아를 배달하며, 그들의 머릿수를 세고 있었다.

옹기종기 모여 있으려니 오히려 차분한 분위기였다. 식당 안에는 크리스마스 재즈가 잔잔히 흐르고 있었다. 주가 받아 든 따뜻한 에그녹이 담긴 머그잔에는 지팡이 모양으로 생긴 시나몬쿠키가 올려져 있었다.

100여 명 안팎의 대원들과 연구자들, 전문 잠수부, 입주자들이 아직 이 심해 아래의 '보금자리'에 남아 있다고 하는 것 같은데, 남아 있는 사람들의 절반은 일과 연구로, 혹은 지상에 있는 가족들과 영상통화를 하며, 개인적인 시간을 보내고 있었다.

조나단 박사는 식당에 내려와 다른 이들과 함께 크리스마스 오후를 즐기고 있었다. 그는 손에 코코아 머그잔을 들고, 몇몇 그의 동료와 함께 브리지 게임을 하고 있었다.

몇몇 사람들도 옹기종기 모여 조용히 이야기를 하거나, 카드나 체스 게임을 하고 있었다.

두터운 붉은 줄무늬 양말을 들고 가짜 솜으로 채워진 쿠션을 옷 아래 넣고, 가짜 수염을 붙인 터프는 붉은 옷을 입고 붉은 콘 모양의 모자를 쓰고 있었지만, 산타로는 보이지 않았다. 터프가 들고 있는 양말 안에는 사탕이나, 껌, 씹는담배, 휴대용 젓가락이나 실리콘으로 만든 휴대용 컵, 민트티 박스 같은 작은 선물들이 있었지만, 모두는 그 양말 안 깊숙이 손을 넣어 크리스마스 선물을 하나씩 집어 올리는 것을 즐겁게 생각하고 자신들의 차례를 기다리고 있었다.

주의 차례가 왔을 때는 선물들이 이미 반 이상 준 상태였다.

주가 잡은 것은 나무로 만든 작은 조각이었는데, 반짝이는 은색 풀로 덮인 모자와 붉은 옷을 입은 병정 모형이었다. 토피 캐러멜 상자 안에 들어 있었을 법하다. 익숙한 토피 냄새가 났다.

젤 위에 키운 야채를 다루는 일을 하고, 주방에서는 디저트를 만드는 피터는 잘 녹지 않는 크림으로 만든 커다란 설탕 케이크를 들고 있었다. 터프가 만든 작은 상어 모양의 케이크 장식이 다른 크리스마스 테마의 장식들에 비해 정말로 돋보였다. 그는 분명 이것이 재미있을 거라고 생각했겠지!

종종 신랄한 면이 있기도 한 터프의 특징적인 농담은 언제나 50%의 확률로 주를 웃겼다.

우연치 않게 '범인 찾기' 게임을 하자는 의견이 생겨서 열세 명의 비교적 젊은 그룹의 사람들이 식당 바닥에 빙 둘러앉았다. 그들은 두꺼운 종이를 자르고 펜으로 직접 그려서 게임판을 만들었다.

언제 왔는지 모르게 이수가 와서 주 옆에 털썩 주저앉았다.

'상어같이 조심히 움직이기는…….'

이수의 걷어 올린 흰 셔츠 소매 밑으로 못 보던 시계가 보였다.

"뽑은 거야."

이수가 말했다.

"시중에 출시되지도 않은 가장 최신이야. 이건 진짜 다이아몬드라는군."

"누더기 양말 안에 보물도 들어있었군요."

"피츠버그 박사는 머그컵을 받았는걸. 머그컵에 그렇게 기뻐하는 분은 처음이야."

"사랑스러운 아이를 가진 분인가 보죠."

그녀는 자신이 어렸을 때, 어버이의 날에 아버지에게 드린 머그컵을 기억하며 말했다.

그때 주의 아버지도 딸 뜻이 기뻐했는데, 그 머그컵에는 '#1 Father in the world'(일약, 세젤아)라고 써져 있었다.

고개를 갸우뚱하는 이수에게 그의 카드가 주어졌다. 그는 카드를 받고 싱긋웃었는데, 곧, 카드 한 장을 주의 눈앞에 들이댔다. 어떻게 보면 광대의 웃는 얼굴처럼도 보이는 이상하게 큰 '바나나 껍질'이었다.

"이건 반칙이잖아요."

"그렇다고 주가 이기려는 것도 아니잖아. 저 사람 좀 보라고."

연필로 종이에 뭔가를 쓰고 있는 대머리 엔지니어를 가리키며 이수가 말했다. 회색 스포츠 후드를 입은 그 남자는 실제로 뛰어난 수학자였는데, 사실 그 사실만으로도 그는 이 게임에 벌써 80% 이상의 확률로 이긴 셈이라고 생각했다.

커다란 저택에서 마침 손님들이 모였다. 머스터드 대령, 그린 교수,

피콕 부인, 화이트 부인, 스칼렛 양.

건너편에 앉은 조가 말했다.

"그곳은 부엌이고, 범인은 화이트 부인입니까?"

"아니에요. 틀렸어요." 하고 주는 말해야만 했다.

주로서는 몇 번 판이 돌아가지도 않은 것 같았는데, 벌써부터 대머리 수학자가 입을 근질근질하며 답을 맞히려고 하는 것을 보고는, 한 노신사가 손을 재빨리 들었다.

"답을 아는 것이 확실해요?"

판을 진행하던 젊은 연구원이 재차 확인한 후에, 봉투 안에 든 카드를 열어보고 놀란 표정을 지었다.

"헉. 어떻게? 거기, 신사 분, 이름이 뭐예요?"

"난 요나요."

"정말 대단하네요. 난 이 게임에서 져본 적이 없는데……?"

대머리의 수학자가 겸연쩍게 웃으며 말했다.

"만약 내가 베이커 부인이었다면, 나는 물론 화분을 집어 들었을 거예요."

요나가 으쓱하며 대답했다.

"그건 아무 상관없잖아요. 운 좋은 아저씨 같으니……." 하고 수학자의 팀의 젊은 연구원이 야유했다.

"그게 왜 상관이 없나요? 당신들이 그렇게 생각하는 것이죠."

늙은 신사 요나가 응수했다.

"당신은 젊은 취히리 경의 수학 법칙*에 도전하는 건가요?" 다른 젊은 연구원이 소리 높여 말했다.

보드게임에 이기고 지는 것은 크리스마스 파티에서 별로 중요한 일이 아닌 것 같은데, 두 청년은 흥분해서 소리쳤다.

"여기 있는 이 사람은, 빌어먹을, 조 패컨 박사란 말이요. 개념수학의 이론을 쓴 천재 수학자요. 당신은 속임수를 쓴 게 분명해요."

"그래요. 나는, 제길, 위대한 수학자는 아니지만, 사실, 빌 헥터요. 수학자는 수학을 쓸 테지만, 빌 헥터는 속임수를 쓴다고."

순간, 장작 불 위로 차가운 물을 들이 부어진 것처럼 웅성임이 조용해졌다.

빌 헥터는 너무나 잘 알려진 시대의 사기꾼이었다. 그는 유럽 전역 및 남미 등지에서 사기로 돈을 갈취해 유로폴이 주목하고 있는 자였다. 그는 유령투자회사를 세운다거나, 보이스피싱 등으로 개인정보 유출 및 사기 혐의로 조사를 받고 있었다.

그런 그가 뉴 마리너에 와 있다니!

"나는 아쿠아가 지어지기 전부터 여기에 있었소. 그때는 공사 행정실 감독관이었지. 연구소의 휴게실이 특별히 안락하게 지어지지 않았소? 박사?" 하고 입을 떡 하니 벌리고 있는 수학자에게 그가 윙크를 보냈다.

수학자는 헛기침을 두어 번 하고는 잠시 고개를 숙이고, 안경알을 닦았다. 그리고 반쯤 넋이 나간 그의 연구원들과 함께 뒷걸음을 치듯 연구소로 돌아갔다.

싸울 채비를 하며 자세에 긴장을 풀지 않고 있는 피터를 향해 빌 헥터는 천천히 고개를 설레설레 저으며, 큰 모직코트 주머니에서 펜을 꺼내 들었는데, 이 펜은 길게 늘어나 '막대기'가 되었다.

"우리 모두는 깊은 바다 아래에 있는 빌라 안에 있죠. 그리고 여기는 많은 유리창들이 있다오."

그는 긴 봉이 된 펜을 위로 치켜들어 올리며 말했다.

차가운 정적이 감도는 이곳 그룹 무리와는 달리 옆에서는 깔깔거리는 큰 웃음소리와 박수소리가 들렸다.

아무것도 눈치채지 못한 벌겋고 기분 좋은 주방장 터프가 "에그 녹 더 드실 분 있으세요?" 하고, 따뜻한 음료와 초코퍼지가 올려진 성탄절 분위기로 장식된 쟁반을, 둥글게 앉아 있던 그룹 안으로 들이밀었다.

모두가 빌 헥터를 돌아보았을 때에는 그의 펜은 그의 코트 안으로 사라진 상태였다.

그리고 헥터는 터프에게 "여기 에그 녹 한 개요." 하고 새 음료를 주문했다.

이수가 주의 팔을 뒤로 잡아채어 주는 벌떡 일어나 방으로 돌아가는 사람들의 무리에 섞였다.

"어떻게 빌 헥터가 여기에 있죠? 어쩌죠, 이제?"

"그를 가둔다고 해도 그는 빠져나올 거야. 게다가 그는 여기 구조를 우리보다 더 잘 알고 있을지도 모른다고."

주는 복잡한 심정이 되어 이수를 올려다보았다.

"주, 크리스마스 예배 보러 가자."

이수가 말했다.

"크리스마스 예배가 있었어요?"

"응~ 케네디 목사님이 곧 말씀을 전하실 거야. 가 보자."

따뜻한 강의실 안으로 녹색 초들이 단정히 불을 밝히고 있었고, 어린 아이만한 나무 십자가가 벽에 기대어 있었다. 강의실 의자에 앉아서 목사님의 말씀에 귀 기울이고 있는 뉴 마리너 주민들은 대부분 어두운색 옷을 입은 경건한 사람들이었다.

주는 연분홍색 후드티셔츠에 카디건을 든 차림이었고, 이수는 흰색 셔츠를 입고 있었다. 목사님은 마태복음 1장 21절 말씀을 전하고 계셨다.

"아들을 낳으리니 이름을 예수라 하라 이는 그가 자기 백성을 그들의 죄에서 구원할 자이심이라 하니라. …… 보라 처녀가 잉태하여 아들을 낳을 것이요 그의 이름은 임마누엘이라 하셨으니 이를 번역한즉 하나님이 우리와 함께 계시다 함이라.

하나님은 어느 곳에서나 우리와 함께 계십니다. 아멘."

여섯 명 남짓한 여성과 두 명의 남성으로 이루어진 합창 그룹이 성탄절 성가를 부르기 시작했다.

* 한정된 변수 안에서 한 사실을 알 때 배제되는 다른 사실을 알게 되므로, 사실 한 가지 이상의 사실을 알게 되는 (이 책을 위해 임의로 고안된 확증되기 전의 개념상의) 수학 법칙.

제26편

새해 연초에 뉴 마리너 내에는, 사기꾼 헥터가 뉴 마리너에 와 있다
는 소문이 조용히 돌았다. 피츠버그 박사도 보고를 받았거나 소문을 들
은 것이 분명했다. 그를 잡아서 가두어야 한다는 사람들도 있는 반면,
박사는 우선은 그와 대화를 나눌 필요가 있다고 생각했으나, 그 후로는
그를 찾을 수 없었다. 그래서 우선은 최대한 자연스럽고 조심스럽게 대
하기로 했다. 그러나 그가 혹시 남의 소지품을 훔치려거나 하면, 신속
히 박사에게 연락 할 것을 당부했다.

코드는 명료했다.
PEACE & Standby(경보: 주의 요망)

그 후로 한동안 뉴 마리너는 한결같이 조용한 듯했으나, 몇몇 사람들

이 그가 부엌에서 식사를 하고 있는 것을 보았다고도 했다. 분명히 그는 뉴 마리너 어디에선가 '살고' 있는 것 같았다.

그러나 특별히 더욱 염려하는 몇몇 사람들과 게임에 참여했던 젊은 연구원들이 폴이라는 이름의 중년 남자의 방에 모였다. 주는 그를 성탄절 예배 때 본 것 같았다. 거기에는 주방장 터프도 있었고, 이수와 주도 있었다. 이수가 가 보자고 주를 설득한 것이다.

"벌써 2월이 다 되어 갑니다. 헥터 같은 사기꾼이 우리와 함께 해저에 머물고 있다는 것이 몹시 우려됩니다."

바리톤의 깊고 공명이 있는 듣기 좋은 목소리를 가진 폴이 말했다.

페퍼민트를 입에 물고, 새해 들어 금연 패치를 붙이고 다니는 피터가 동의하며 말했다.

"그자가 내게 긴 막대기를 보이면서 얘기했다고요. 이곳에는 깨부술 유리창이 많다고요."

"이런, 이런."

주 옆에 서 있는 고운 모습의 아주머니가 알록달록하지만 부드러운 숄로 어깨를 감싸며 작은 목소리로 말했다.

잠시 동안, 모인 사람들이 웅성거리면서 서로의 의견을 교환하기 시작했으나, 많은 사람들이 모인 곳에서 느껴지는 온기와 옆에 서 있는 아주머니로부터의 부드러운 향수 냄새 때문에 주는 불현듯 땅 위에서 살던 때를 떠올리며, 생각에 잠겼다.

그런 주가 무심코 재킷의 작은 속주머니에 손을 넣었을 때에, 작은 스프레이 통이 만져졌다. 몇 년 전 주가 감기에 걸렸을 때 샌디가 건네준 프로폴리스 샘플이었다. '그랜마 프로폴리스'라고 쓰인, 조금 벗어진 코팅 않은 겉 종이 껍질을 옴지락거리며 주머니 안에서 뜯은 주는 프로폴리스의 쏴한 감이 손과 코에 느껴지는 것 같았다.

그랜마 프로폴리스는 프로폴리스 수요의 붐이 일었을 때 다른 지방들의 프로폴리스 제품들과 함께 출시되었다. 작은 갈색 병의 스프레이로 되어 있는 특별히 별다른 광고 없이 시장에서 팔리는 핸드메이드 제품이었다. 이 그랜마의 프로폴리스를 직접 제작하는 바이올렛 할머니는 흰 머리가 암시하는 그녀의 나이에도 불구하고 기관총같이 괄괄하고 시끄럽게 호통 쳐서, 그녀의 고집은 꺾을 사람이 없다고 알려져 있었다.

이 바이올렛 할머니를 주가 취재를 하러 가게 된 것이었다.

바이올렛 할머니는 어느 날 저녁 부엌에서 쿠키를 굽고 있다가, 밖에서 웅성거리는 소리를 들었다. 그리고 곧이어 집 안으로 뛰어 들어온 괴한을 도우 밀대로 때려잡았다.

그 자는 창업 초기 회사들에게 광고서비스 업체 및 인적관리 소프트

웨어 회사 등을 소개해주는 중개업을 하는 사람이었는데, 회사를 키워
준다는 조건으로 많은 돈을 횡령한 혐의가 있었다.

주가 용감한 시민상을 받은 바이올렛 할머니를 인터뷰하러 갔을 때
그녀는 후덕한 모습에 붉게 물든 볼을 하고 환하게 웃으며 주에게 쿠키
를 권했는데, 어떤 연유에서인지 주는 바이올렛 할머니가 그녀의 회사
로고 할머니이겠거니…… 했다가, 그렇지 않다는 것을 알게 되었다.
그랜마 프로폴리스 로고의 할머니는 마르고 깐깐한 모습에 잔잔한 무
늬의 레이스가 있는 블라우스를 입고 있는데, 지금 주 바로 옆에 서 있
는 여성과 더 닮은 모양이었다.
　주는 많은 프로폴리스 샘플 상자를 선물로 받았는데, 그걸 그녀가 회
사로 가져와서 회사의 휴게실에 쌓아두었었다는 것이 마침 떠올랐다.
맞은편에 앉아 있던 이수는 주와 눈이 마주치자 꼬았던 다리를 풀고,
어깨를 으쓱해 보였다.

제27편

로즈메리의 이야기

주 옆에 서 있던 중년 여성의 이름은 로즈메리였다. 로즈메리는 나이가 많은 중년 여성이었으나, 꾸준한 조깅과 산책으로 호리호리한 몸매를 유지하고 있었다.

은은한 회색빛이 도는 진주를 아끼는 그녀는 해안가 목장에서 나고 자랐다. 온화한 날씨에 야자수들이 펼쳐진 아름다운 해변 덕에 그 마을은 관광객들의 제2의 고향이 되었고, 시원한 여름 별장들이 빼곡히 들어섰다.

비교적 풍요로운 환경에서 자라난 그녀는 어쩔 수 없이 느긋하고 나긋나긋한 아가씨로 자라서 여러 지주들이나 지역 정치인, 사진작가 등을 만나고 교제하면서, 세 번 결혼하게 되었다.

세 번째의 결혼식에서 그녀는 사십 대에 접어드는 신부였으나, 여전히 젊었고, 다른 두 번의 결혼식과 비슷하게 아름다운 결혼식을 올렸다.

색색의 들꽃들로 풍성하게 장식된 결혼식장에는 커다란 모자로 얼굴을 가린 젊은 부인들과 노부인들, 신사들이 모여 오히려 넘쳐나는 달고 부드러운 디저트들을 먹으며, 이야기를 나누었고, 전남편들보다 덩치도 크고, 마초 기질도 있는 신랑은 커다란 알이 박힌 반지를 그녀의 손가락에 끼워 주었다.

그녀의 새 남편은 호탕한 성품이었으나, 업무와 일에는 세부 사항들에 과하게 집착하고 세세히 감독하는 편이라 출장이 잦고, 일에 많은 시간을 쏟았다. 그러는 중 로즈메리는 큰 집에서 곧잘 열리는 다과회와 음악회에도 싫증이 났다.

그런 무료함에 젖어 있는 로즈메리에게 다시금 활력을 주게 된 취미 활동이 생겼는데, 그건 바로 원예였다. 그녀는 완벽한 노란 수선화들을 한쪽 정원에 심고, 다른 쪽에는 붉은 벼슬이 달린 듯한 열대 식물을 심고, 뒤쪽에 흰색 이노센트 로즈나무를 심을 참이었다.

햇볕 좋은 나날 동안 정원에서 일하다 보면, 어느새 피부가 벌겋게 달아올랐다가 어둡게 타기도 했지만, 로즈메리는 상관하지 않았다.

그러던 날, 이웃 부인과 아주머니 몇몇이 모인 오후 티타임 자리에서 로즈메리는 몇몇 부인들이 그들의 새 정원에 대해 떠드는 것을 들었다. 그들은 뉴 모던&얼반 스타일로 새 단장을 한 그들의 정원에 대해 얘기하는데 마치 원예 트렌드에 관한 수업을 듣고 온 듯했다.

그녀는 그녀의 이웃들에게 이 새로운 트렌드를 알려주고, 또 가든 리노베이션 공사를 맡아 해준 정원사를 소개받게 되었는데, 그의 이름은 빌 헥터였다.

젊은 빌 헥터는 태운 것처럼 갈색 피부를 하고 있었지만, 약간 마른 체구에 길고 뾰족한 턱을 가진 보기에 나쁘지 않은 상이었다. 거기에 실크로 된 진녹색 양복 조끼를 입으니 날렵해 보이기도 했다.

그는 그녀가 심고 가꾼 수선화를 거듭 칭찬해서 그녀는 기분이 좋았는데, 여러 번 그와 함께 다과를 먹고, 복숭아 티를 마신 뒤에 그녀의 취향을 만족스럽게 반영한 모던&어반 스타일 정원의 대략적인 모습이 나왔다.

이노센트 로즈 대신 사과나무를 심게 된 것은 의례적인 것이었지만, 그녀는 사과나무 꽃이 이렇게 예쁜지 몰랐었다. 게다가 사과를 직접 따서 애플파이를 만들 수도 있으니 일석이조가 아닌가!

이 사과나무는 헥터가 이태리에서 공수했다는 회색빛이 도는 돌들과도 잘 어울릴 듯도 했다.

그녀가 네 번째 결혼식에 대해 생각하게 된 것은 어느 겨울날이었다. 그녀는 차가운 안개가 뿌옇게 낀 창밖으로 아직 완성되지 않은 정원을 보면서 흰 사과나무 꽃이 흐드러지게 피고, 얌전하고 청순한 밝은 회색 돌들로 장식한 자신의 가든이야말로 야외 결혼식을 하기에 적합한 곳인 것 같았다.

그러나 자유롭고 메이는 것 없던 그녀의 인생에 전환점이 찾아온 것이 역시 한 덩치를 하는 그녀의 아버지가 헥터와의 결혼을 반대한 것이다. 그는 항상 로즈메리가 덥석 물면, 설탕과 부스러기가 떨어져 나오는 쿠키디저트의 하나인 것처럼 다뤘는데, 저번의 새신랑을 마음에 들어 했다. 그렇게 응석받이로만 자라고, 원하는 것을 거의 모두 갖고, 할 수 있던 그녀는 한동안 가족을 만나지 않고 자신의 대저택에서 어떻게 그들을 설득할 수 있을까 궁리했다. 그녀는 그녀의 부모님이 결국 이번에도 그녀가 원하고 꿈꾸는 제4의 인생을 살게 해주리라고 믿고 있었다. 그러나 그동안 상처를 입게 된 것은 젊은 빌 헥터였다. 그녀가 잠적한 동안 그는 직접 그녀의 부모님을 만났던 것이었다. 그리고 호기 있는 이 젊은이는 처음으로 그 자신의 인생에 대해 절망감을 느끼게 되었다.

로즈메리가 마침내 그녀의 부모님을 설득했을 때, 그녀는 헥터를 찾을 수 없었다. 그는 잠적한 상태였다. 연노랑색 스웨터를 즐겨 입는 그녀의 이웃이 일과 사랑을 섞지 말라고 조심스럽게 일러 준 것이 그제야 생각났다.

그녀는 다음 날 그녀가 아끼던 수선화를 모두 뽑아버렸다.

그리고 그 다음해에 그녀는 뉴욕의 아파트에서 새 인생을 꾸리게 되었는데, 그녀는 조경과 원예를 더 공부해서, 작은 정원을 꾸며주는 일을 하게 되었다.

그렇게 그녀는 일을 택하게 되었는데, 특별히 새롭지 않음에도 불구하고, 그곳 사람들은 그녀가 고수하는 스타일을 좋아했다.

그것은, 언제나, '뉴 모던&얼반 스타일'이었다.

뉴 마리너에서도 그녀는 작은 정원들을 디자인하고 가꾸는 일을 하게 되었다. 친환경주의적인 차원에서 말이다.

제28편

순응적이다, 라는 것에 대해……

주는 그날도 다음 날에 제출해야 하는 보고서 작성을 위해 부엌에서 원고 자료를 추리며, 우유를 첨가한 커피를 마시고 있었다. 최근 읽은 위클리 유니버스 기사 중에는 수용적인 민주주의의 가정교육에 관한 것이 있었다.

작은 사회를 반영한다고도 하는 가정 내에서는 각각의 가족구성원이 자신의 역할을 수행해 나가는데, 아무래도 전적으로 가정을 유지하고 이끌어 나가는 데에도 이상적인 민주주의로서의 방향이 중요하다고 강조하는 것 같았다.

전문산업 잠수사팀이 아쿠아 내의 수중 시설물들의 상태를 조사하기 위해 소형 잠수함을 타고 나간 사이에 피츠버그 박사는 의료연구·신소재 개발팀 랩으로 발걸음을 옮겼다.

아리스토텔레스는 "모든 기술과 탐구는 물론이고, 모든 행위와 선택이 추구하는 것은 어떤 좋은 것(선)인 것 같다."라고 했는데, 박사는 도리어 지난주에 들었던 메리먼트 목사님의 설교 말씀이 와 닿았다. 신의 뜻 안에서 모든 것이 합하여 선을 이루게 된다는 것이었다. 그가 알기에도 그 자신을 호통치고 잔소리할 준비가 된 사람으로 생각하는 사람들이 뉴 마리너에 있었다.

요컨대 그는 많은 의견들을 '듣는 듯 듣지 않는 듯'이 보였는데, 예를 들어 좋은 목적으로 여는 파티나 다과회 계획에 그는 전적으로 반대하기도 했고, 저녁 시간에도 뉴 마리너의 중앙등을 켜놓자는 의견도 묵인했으며, 그의 건강을 위해 테니스를 치자고 요청한 친절한 제의도 거절했으며, 비누나 샴푸, 휴지 등의 공급도 아주 짜게 해서 몇몇 사람들의 불만을 샀다.

조나단 박사는 구부러진 복도를 돌아 연구소 쪽을 향해 발걸음을 옮기며, 잠시 낮은 한숨을 내쉬었다.

연구소의 책임자인 존 스불론 박사가 나와서 조나단 박사를 맞았다.

"존."

"조나단!"

수염을 기른 해양학자가 조나단 박사를 반가이 불렀다. 스불론 박사는 조나단 박사의 스승이자 멘토인, 마빈 박사의 동료이기도 했다. 나이든 학자는 자신의 친구이자 동료 박사의 제자를 마치 오랜만에 만난 가족처럼 진심으로 기쁘게 맞이했다. 둘은 그간의 성과에 대해 조용히 이야기를 나누었다.

제29편

터프는 이날 페퍼로니 피자를 구웠다. 조나단 박사팀의 여섯 번째 해저탐사를 축하하며, 오랜만에 레저를 담당한다는 레넌이 작은 무대를 마련했다. 레넌은 사실 해변에서 일하는 조난구조대원이었지만, 조각 같은 얼굴에 잘 그을린 모습으로 '파티과' 사람들과 줄곧 어울린 경력이 있는 사람이었다. 이수는 엘리스의 새 남자친구가 이 레넌이라고 추측하고 있었는데, 아니나 다를까 화려한 칵테일 드레스를 입은 엘리스가 두꺼운 팔찌를 찰랑거리면서 레넌과 함께 나타났다.

작은 단에서 아마추어 기타, 드럼 플레이어와 지역합창대회서 몇 차례 수상했다는 혼성 싱어 두 명이 나와 노래를 몇 곡 부르고, 인디 팝가수의 무대에 이어 독백 개그를 보인 엔지니어 과학자가 나왔다.

대머리의 과학자는 왠지 '웃픈' 듯한 시나리오의 극에 연기가 어설펐으나, 큰 박수갈채를 받았다.

박수가 멈추기도 전에 스타가 무대에 등장했다.

"여러분, 아름다운 저녁이에요."

빛나는 소재로 만들어진 긴 드레스를 입고 비슷하게 화장을 한 스타가 단 위에 섰다. 그녀는 그녀가 주체하는 이차 파티가 테니스장에서 있을 것이라고 선전했다.

피츠버그 박사의 일행이 그녀에게 주의를 주기 위해 무대로 가는 사이 피츠버그 박사는 방으로 돌아갔고, 홀에 남아 있는 사람들은 프로젝터 스크린으로 프리미어리그 축구 경기를 보며 땅콩을 먹었다.

시간이 지나 자정에 이르자 이수가 자리를 뜨며, 주의 무릎을 쳤다.

"어디 가게요?"

"땅콩 좀 더 가져오려고. 게임이 끝나면, 스타의 파티에 갈 거야. 같이 갈래?"

"나는 방으로 갈래요. 마저 읽어야 할 게 있어요." 하고 역시 자리에서 일어서서 홀을 빠져나가려고 총총걸음을 내디딘 주는 잠시 머뭇거렸다

'레넌과 엘리스도 파티에 갈 테지.'

왠지 이수 씨가 씁쓸할 것도 같았다. '취해서 레넌을 한 대 칠지도 모르지. 안 되겠다. 나도 따라가서 말려야겠다.' 주는 다시 등을 돌려 자리로 갔다. 이수는 그대로 그 자리에 앉아 땅콩을 먹으며 스크린을 보고 있었다.

"잠깐만요, 이수. 나도 갈게요." 주가 이수 어깨 너머로 말하자 이수가 뭔가를 들어 올리며 말했다.

"돌아올 줄 알았어. 지갑을 놓고 갔더군."

주의 담청색 원피스와 색을 맞춘 클러치 백을 보자 주는 오히려 얼굴이 붉어졌다.

'내가 기껏 생각해서 돌아온 거였는데……'

작은 백을 받아 옆구리에 끼고는 주는 왜 백을 들고 나왔을까 하고 잠시 후회했다.

제3□편

처음에는 잔잔한 재즈 음악과 요깃거리 그리고 약간의 주류와 탄산 음료가 다였고, 사람들은 테니스장 여기저기서 몇 그룹을 지어서 손에 음료를 들고, 일어서서 이야기를 하고 있었다.

그러다가 어느 틈에 빨라진 템포의 음악과 흥이 난 젊은 그룹의 사람들—특히 레넌이 눈에 띄었는데, 그는 랩에서 키우는 해파리들로 테니스 경기를 하자고 제안하기도 했다.—이 춤을 추기 시작했는데, 어느 틈에 스타의 형형색색의 반짝이가루 화장품들이 동원되어 테니스장 위에 뿌려져서, 마치 인도의 염료 축제 같은 분위기가 되었다. 보라색 아이섀도 가루를 맞은 주는 생각보다 센 음료와 짙은 향수 냄새 및 빠른 템포의 큰 노랫소리 때문에 핑 도는 것 같았다.

레넌이 끝내 운반해온 형광빛을 내는 해파리가 공중에 날아다니고 몇몇 사람들이 깔깔거리며 해파리를 던지기 시작하자 이수가 주를 끌고 무리에서 빠져나와 테니스장 가에 있는 의자에 앉았다.

"물 갖다 줄게." 하고는 이수가 눈앞에서 사라졌다.

어떤 여자는 신발을 벗고 맨발로 몽글몽글한 해파리를 밟고 있었다. 노래는 여전히 크고, 요란해서 주는 빨리 방으로 가서 씻고 싶었다.

몸을 숙이고 의자에 앉아 있던 주가 이수인 줄 알고 올려다본 남자는 스페인계 미국인 축구선수 베니스였다. 그는 자기소개를 하고, 골 넣기에 대해 이야기하기 시작하다가, 자신의 정장 속주머니에서 자기 사진을 꺼내 직접 사인을 했다.

"프로모예요. 그리고 이건 내 거 할게요." 감색 정장에 속이 비치는 블라우스를 입은 여자가 칵테일젤리 몇 개를 건네는 동시에 사인이 된 사진을 낚아챘다.

"팬이에요. 베니스 씨."

"전 인권문제를 다루는 국제 변호사 미스 로잘리고, 이쪽은 컴퓨터 공학자인 메릴 콜린이에요."

"브라보! 뉴 마리너 미남 씨."

베니스를 향해 크게 미소 지어 보이는 여자의 머리카락에는 밝은 형광녹색의 반짝이가루가 묻어 있었다.

"우린 당신 같은 사람이 뉴 마리너로 온지 모르고 있었어요. 같은 B동 이웃들 아닌가요?"

"오, 저는 A동에 살아요."

메릴이 손을 저으며 말하자,

"A동 사람들은 왜 이렇게 고리타분해요?"

단발머리를 찰랑거리며 미스 로잘리가 묻자,

"B동 사람들은 그렇게 항상, 늘 투덜대나요?" 하고 메릴이 응수했다.

"두 분 친구 맞죠?"

베니스가 농담처럼 말하며 슬쩍 미스 로잘리의 어깨 위에 손을 얹었다.

베니스를 가운데 두고 두 여인이 잡담을 하는 동안 이수를 찾기 위해 테니스 코트를 둘러본 주는 소름이 돋는 것 같았다.

랩에서 빼내온 몇 개의 해저 동물들이 바닥에 있었는데, 사람들이 뒤집어 쓴 형형색색의 가루들을 그들도 뒤집어쓰고 누워 있는 모습이 보였다.

아직 깨어 있는 사람들은 그들의 뉴 마리너로의 이상한 여정과 일상에 대해 살짝 지친 얼굴로 해죽거리며 이야기를 나누고 있었다. 대체적으로 두뇌 활동이 둔감해진 사람들 사이에는 아예 바닥에 몸을 말고 누워서 자는 사람도 보였다.

그때 펑 하는 소리가 들렸다.

레넌이 샴페인을 땄는데, 코르크가 분리되며 한쪽 벽을 쳤다가 테니스 코트 바닥에 붙었다. 그 벽 쪽이 흔들리는 것처럼 느껴질 정도로 세찬 강타였다.

코트에 모여 있는 사람들은 잠시 정적에 휩싸였으나, 스타의 웃음을 시작으로 모두 깔깔거리기 시작했다. 잠시 후 시끌벅적한 소리를 듣고 랩 연구원이 달려왔다.

그는 놀란 표정으로 한동안 움직임이 없었는데, 그의 시선은 바닥에 꽂혀 있었다. 그는 파자마 차림으로 뒤를 돌아 어둠 속의 복도로 뛰어 나갔다.

조금 뒤에 피츠버그 박사의 일행이 몰려 왔다. 그들이 테니스 코트의 불을 환하게 켰을 때는 새벽 4시가 약간 넘은 때였다. 호출을 받고 뛰어온 일반 진료실 의사는 바닥에 뻗어있는 중년의 남자를 청진해보다가 질질 끌다시피 해서 보건실로 데려갔다.

파자마 차림으로 들어온 랩 연구원은 파자마 위에 코트를 걸치고 다시 나타났는데, 바닥에 팽개쳐 있다시피 한 말미잘과 해파리를 랩 장갑을 끼고 투명한 랩 봉투에 담기 시작했다. 그러면서 붉은 사인펜으로 한 개씩 라벨링하기 시작했다.

반쯤 감긴 눈으로 방으로 돌아가려고 일어서는 주에게 이수가 다가와서 물병을 건넸다.

"찾았군! 여기 있었네. 여기 도수가 생각보다 세더라고. 괜찮은 거지?"

이수 역시 졸린 눈으로 물었다.

제31편

이수도, 주도 아침에 조금 늦게 일어났기 때문에, 같이 짐에 가게 되었다. 주는 다른 때에 비해 3~5마일은 더 뛴 것 같았는데, 이수는 빈둥거리며 누군가와 이야기를 하고 있었다. 스포츠 타월을 목에 두르고 짐 컴퓨터에 로그오프 하는 이수에게 주가 "항상 이런 식이에요? 아예 운동은 하지 않나 봐요." 하고 묻자 이수는 "이래 봐도 푸시업을 매일 100번씩은 한다고……."라고 말하며 그의 마른 상체를 펴서 기지개를 컸다.

"방에서요?"
"응, 그 편이 더 편해서……."
"참, 주. 어제 저녁에 봤던 랩 과학자 기억해?"
"아, 그 파란 파자마 입고 나왔던 분 말이죠?"

"응, 지금 막 저기서 만났는데, 피츠버그 박사가 어제 저녁에 스타의 파티에 참석한 사람들의 명단을 만든다고 한다나 봐. 랩 소유인 해파리와 불가사리를 가지고 장난했다고 장난 아니게 열 받은 모양이더래. 그래서 나랑 주는 그런 거랑은 상관없다고 했지. 중간에 주가 앉고 싶어서 앉히고, 나는 물병만 가지고 파티장에서 나오려고 했다고 했어."

"저는 크루아상 샌드위치로 주시고요. 이쪽은 호밀참치샌드위치로 주세요."

점심 샌드위치를 준비하고 있는 피터에게 이수가 말했다.

"그때쯤 누가 해파리 가지고 들어온 거, 주는 봤어?"

"아니요. 보지는 못 했는데……." 오렌지 주스를 따르고 있던 주는 콧등을 찌푸려 보였다. 주는 누가 해파리 던지기 놀이를 하자고 시작했는지 들었기 때문에 심경이 복잡했다.

제32편

레이몬드 류는 피츠버그 박사의 랩에서 일하는 해양생물학자이다. 박사의 랩에서 진행 중인 몇 가지 프로젝트 중에서 그는 특히 심해 생물을 양식하고 그들을 관찰하는 일을 하고 있었다.

그도 많은 A동 과학자들과 비슷해서, 이목을 끈다거나 문제를 일으키지 않은 조용한 사람 중의 하나였다.

그가 겪은 가장 드라마틱했던 일은 그가 그의 블로그에 태평양에 사는 톡 튀어나온 눈을 가진 물고기 '배럴아이'의 사진을 장난삼아 비슷하게 생긴 인기 개그맨의 얼굴 사진과 함께 올렸던 일이었는데, 그는 예상하지 못한 많은 댓글을 받아서 놀랐었다.

그는 자신의 블로그에 그가 관찰한 해양생물들의 사진들을 간략한 설명과 함께 올리는데, 그가 사람들이 정말 이상한 것들, 가령 가벼운 농담을 하는 토크쇼나 개그들 같은 것들에 더 관심이 있는 모양이라고 그가 생각한 것이 박사가 종-속-강으로 분류해 놓은 다른 해저 생물들 및 바다의 사진들은 거의 관심을 끌지 못했던 것이었다.

그렇기 때문에 그날 저녁 그의 랩에서 해파리가 '도난'당한 일을 겪었을 때 그는 매우 걱정하는 모습이었다.

페퍼로니 피자가 나온 그날 저녁, 그는 빨리 식사를 끝내고 랩으로 돌아와서 그의 소관인 생물들을 관찰하고 돌보고 있었다. 특히 지난번 해저탐사에서 공수해 온 해양생물들을 분류해서 수조에 옮겨 담기 위한 작업 중이었다. 포식자 관계가 아닌 생물들은 한 수조에서 관찰해도 무방했기 때문에 처음에 잘 관찰하는 것이 중요했다.

그러는 중 바닷물에서 리튬을 추출하는 일을 하고 있는 그의 동료 크레이그 박사가 랩으로 들어와서 함께 축구 경기를 보러 가자고 제안했다.

식용으로도 활용하기 위해 양식하고 있는 어류들과 해파리 종들은 랩 밖에 있는 큰 수조에 따로 놓는데, 레이몬드 박사가 그날 밤 랩을 뜰 때에 랩 밖에 있는 수조에 가지 않았다는 것을 크레이그 박사가 입증해 주었다.

랩 밖에 있는 수조는 랩 카드 없이도 지나가는 모든 뉴 마리너의 주민들이 볼 수 있게 되어 있지만, 그것을 열기 위해서는 작은 키가 필요했다.

그 키를 가진 사람들은 피츠버그 박사를 포함해 열 명 내외였는데, 그들은 모두 스타의 파티에 가지 않았을 뿐만 아니라 열쇠를 잃어버린 사람도 없었기 때문에 피츠버그 박사는 이 일은 더 우려하고 있었다.

두 일행이 랩을 뜰 때에는 크레이그 박사의 조교인 제이슨이 랩에 남아 있었는데, 뉴 마리너에 있는 누구도 제이슨에 대해 그날 저녁의 일과 관련해 혐의를 의심하는 사람은 없었다.

제33편

제이슨의 이야기

바닷물 속에는 소금 외에도 금, 우라늄, 마그네슘을 포함해 80종에 가까운 광물 성분이 녹아 있는데, 리튬도 그중의 한 가지이다.

언젠간 이 자원들이 바닷물에서 추출되어 이용될 수 있을 것인가!

실제로 바닷물에서 이 광물 성분을 얻기 위한 실험적인 노력들이 있었는데, 20세기 전반에 독일은 바닷물 100만 톤에 4g가량 녹아 있는 금 추출을 시도하기도 했다.

리튬을 흡착, 분리, 정제해서 잠수함의 원동력인 리튬배터리로 이용하기 위한 프로젝트 역시 뉴 마리너의 실험적인 프로젝트 중에 하나였다.

오늘날의 '실험적'이라는 것은 성공에 관련된 의미만 내포하고 있는 것이 아니라, 어떤 학자들에게 있어서는 기다림과 희망, 꿈같은 것일 수도 있고, 한편으로는 배고프고 지루하고 시간이 걸리는 꺼리는 일들이라고 여길 수 있는데, 당연 그만큼의 낭비 부담이 큰 영역이 되겠다.

크레이그 박사의 조교인 제이슨의 종고모부는 이런 '실험적인' 일에 평생을 헌신한 사람 중에 하나였다. 그는 유리나 렌즈를 가지고서 햇빛으로 어디서나 요리를 할 수 있는 기기를 만들려고 시도했는데, 그가 존경하던 과학자 중 한 명은 평생을 파이 값 연구에 바친 사람으로, 후에 사람들은 그의 묘비에 새겨진 파이 값이 넷째 자리부터 틀린 것을 발견해냈다.

여하튼 제이슨도 그와 같은 과학자들과 많이 다른 것 같진 않았는데, 특히 자신의 연구에 대한 헌신적인 마음 자세가 그랬다. 제이슨은 상당한 시간을 그의 논문을 위한 실험과 논문을 쓰는 데 할애하고 있었는데, 크레이그 박사는 오래전에 그의 조교가 매우 종교적인 사람이라고 레이몬드에게 귀띔해 주었다.

제이슨은 화학 합성을 하는 생물들의 삶을 관찰하는 일과 그 주변의 지질 분석 및 화학적 자료를 수집하고 관리하는 까다로운 일을 맡고 있었는데, 거의 매일 그의 데스크와 실험실을 8시간 이상씩 지켰다. 그리고 그는 종종 연구소에서 끼니를 해결했다. 그렇기 때문에 좀처럼 데스크를 비우지 않는 레이몬드와 많은 시간을 랩에서 보내게 되었다.

레이몬드가 관찰하기에 그는 정해진 시간이 되면, 그의 성서를 펴고 조용히 읽었는데, 그때 그는 마치 그의 주변에 아무도 없는 것처럼 행동했고, 그 시간 동안에는 철저히 그를 방해하지 말 것을 당부했다.

성경을 읽고 난 후에 그는 조용히 기도했는데, 이 같은 기도를 오전과 오후 두 차례씩 했다. 그는 학부 때에도 이 같은 의례를 유지했다고 했는데, 이 때문에 시험시간을 미룬 의례 없는 호의를 베푼 적도 있다고 크레이그 박사가 말했다.

크레이그 박사는 몇 차례 피츠버그 박사 일행과 동행하여 해저탐험을 했는데, 그때마다 자신이 발견한 생물 자료 및 사진들을 그의 조교 제이슨에게 정리하도록 부탁하기도 했고, 또 리튬을 추출하는 프로젝트에 관련된 액셀 보고서 작성도 그에게 맡겼으므로, 일이 많았지만, 제이슨은 맡은 일들을 모두 성실히 잘 해냈다.

그는 유출수의 확산 범위와 탄화수소를 에너지원으로 이용하는 미생물들의 생장을 연구하고 있었으므로, 종종 레이몬드의 수조로 놀러 왔다!

그가 맡고 있는 모니터로는 대형 조개류인 관벌레가 뿌옇게 보였다. 이것은 조나단 박사와 크레이그 박사 일행이 탐사를 갔을 때 발견한 열수분출공 주변에 설치해 놓은 것이었다.

"너희는 준비하고 깨어 있으라."라는 문구가 그의 데스크 앞에 붙어 있는 많은 포스트잇 중에 보였다.

제이슨은 아침 일찍 랩으로 와서 수조에 있는 해양생물들에게 먹이를 주고, 수조들을 청소하기도 했는데, 그날도 그는 차분하게 해파리 수조를 정리하는 것을 도와주고 있었다.

제이슨은 그날 저녁뿐만 아니라, 그가 뉴 마리너로 와서 근무하게 된 이래로, 랩으로 들어온 모든 과학자 및 연구원들은 흰 랩 가운을 입고 있었다고 증언했다.

제34편

이리저리 돌아다니기 좋아하는 이수와는 달리, 주는 벌어지는 일, 다가오는 사람, 보이는 것들에 대해 생각하고 얘기하는 편이었다.

그렇기 때문에 주가 인터뷰한 사람들은 대체로 평범한 사람들이 많았다. 가정주부라든가 지역 빵집 주인, 자수에 능한 할머니 등. 만약 이수 같은 사람이 기자가 된다면, 주와는 차원이 다른 기사를 쓸 것 같다고 주는 생각했다.

위클리 유니버스 사내에서라면, 데이비드 잭 스필드나 임바다 같은 기자들이 쓰는 것 같은 기사를?

손을 괴고 앉아서 물끄러미 창을 바라보는 주는 멀찍이서 주가 모르는 어떤 사람과 얘기를 하고 있는 이수를 볼 수 있었다. 앞에 놓인 도톰

한 도자기 같은 재질의 컵에는 멀건 차가 담겨 있었는데, 주는 지난번에 크램차우더 같은 걸쭉한 스프가 담겨 나왔던 그릇임을 알아보았다.

그녀 옆 테이블로 그녀가 스타의 파티에서 봤던 컴퓨터 공학자 메릴이 랩 가운을 입은 한 남자와 함께 나타났다. 늦은 점심 식사를 하려는 모양으로 접시에는 공 모양을 한 큰 미트볼이 보였다.

메릴이 먼저 주를 알아보고 건너오라고 손짓했다. 주는 쓰다 만 노트를 들고 느릿하게 자리를 옮겨 앉았다.

"저번에 만났죠? 난 메릴이고, 이쪽은 스티브에요."

스티브가 손을 내밀어 악수를 청했다.

"처음 뵙겠습니다."

"이쪽은…… 이름이?" 메릴이 물었다.

"주예요. 위클리 유니버스 기자고요."

"스티브랑 난 중앙관리실에서 일하고 있어요. 좀 처리할 일이 생겨서 이제야 나왔어요. 주는 뭐하고 있어요?"

"저는 이번 주 기사를 좀 정리하고 있었어요."

"인터뷰도 하나 봐요. 들었어요."

주의 노트를 흘깃 보며 메릴은 포크를 집어 들었다.

"네. 사람들을 인터뷰하기도 하고, 보통은 뉴 마리너에서 일어나는 일상에 관한 글을 써요."

"스타도 인터뷰했다면서요."

"네, 스타만 한 네 번은 인터뷰하러 갔던 것 같아요."

"어, 우리도 인터뷰해요."

손가락으로 자신과 스티브를 번갈아 가리키며 메릴이 쾌활하게 말
했다.

"이건 약간 이른 얘긴데, 들은 소식이 있어요. 다음번 쉬프트에 누가
뉴 마리너로 온다는지 알아요?"

메릴의 이야기에 스티브가 웃으며 말을 이었다.

"제 롤모델이기도 했던 짐 히말라야가 온데요!"

"같은 학교를 나왔거든요. 그는 제 인생을 바꿔 놓은 사람이에요."

"그 사람의 '자기 계발' 강연은 한때 유명했죠. 나도 갔다 온걸요."

메릴이 웃으며 말했다.

"그가 온다니 믿을 수가 없어요. 정말 굉장한 것 같아요. 이곳에 있는
것은 축복이에요."

스티브가 얘기하자, 메릴이 접시에 있는 양파가 섞인 그레이비를 숟
가락으로 옆으로 밀어내며 말했다.

"요새 스티브는 그것 때문에 완전 흥분 상태에요." 하더니 주의 노트
를 보며 "한번 봐도 돼요?"라고 물었다.

"네, 그러세요. 아직 완성되지는 않았는데……."

메릴이 노트를 집어 들어 전편의 기사가 쓰인 페이지로 막 넘기려 하는 찰나에,

"어머~앗!" 하고 짧게 외마디 소리를 질렀다.

"어, 괜찮아요?" 하고 주가 무심코 살짝 일어나서, 의자를 앞으로 당겨 앉았다.

"아, 괜찮아요. 종이에 손이 살짝 빈 것뿐이니까." 하고 메릴이 답했다.

"소독약 갖다 줄게요."

스티브가 말하며 자리에서 일어났다.

스티브가 일어나고 몸을 테이블 뒤로 뺀 거의 동시에 그가 차고 있던 호출기가 심히 울리면서, 빨간 불이 반짝이기 시작했다.

"어? 무슨 일이지? 여기 온 이래로 한 번도 긴급 호출을 받은 적이 없는데……."

어리둥절한 스티브에게,

"급한 호출인가요?" 주가 물었다.

"네, 이건…… 뭐."

"소독약은 제가 가지러 갈게요. 얼른 가 보세요."라고 주가 스티브에게 말하자, 접시에 남은 반구가 된 미트볼을 뒤로하고 스티브가 서둘러 부엌을 나갔고, 주도 '양호실'에 가기 위해 일어났다. 메릴은 휴지를 피가 배어 나오는 손에 대고는 늦은 점심 식사를 마저 끝낼 참인 것 같았다.

제35편

팀 티엘은 뉴 마리너의 약사였는데, 그는 또한 해양 동식물로 신약 제품을 만드는 연구팀에도 소속되어 있었다.

"뭐가 필요해서 왔나요?" 그가 물었다.

"어, 소독약이 좀 필요해서요." 주가 말했다.

"ID 카드 가지고 오셨나요?" 티엘이 물었다.

"어, ID 카드 어디 있더라⋯⋯."

ID 카드는 뉴 마리너의 개인 룸키가 될 뿐만 아니라, 피트니스 센터에 로그인할 때도 쓰고, 약 같은 물품을 할당받는 데도 쓰였다.

목에 카드를 걸고 다니는 과학자들도 종종 있었는데, 이수나 주는 룸에 비밀번호를 세팅해 놓았기 때문에, 보통 뉴 마리너 내를 돌아다닐 때 카드를 가지고 다닐 필요가 없었다. 이수는 짐에서도 그렇게 로그인, 로그오프 한다는 것을 주는 알고 있었다. 그러나 주는 피트니스 센터를 이용할 때 카드를 사용했으므로, 주머니 어디엔가 카드가 있을 것이라고 생각했다.

주머니를 뒤적거리는 주에게 팀이 말했다.

"그냥 여기에 써 주세요. 이름과 방 번호요."

"네."

작은 직사각형 모양의 ID 카드를 속주머니에서 만지작거리며 주가 말했다.

"여기 있어요."

팀이 작은 소독약을 건네주었다.

"감사해요."

팀이 웃으며 말했다.

"뭘요. 좋은 하루 보내세요."

제36편

주와 이수는 B동 로비 소파에 앉아 있었다. 주는 짐 히말라야에 관한 이야기를 검토하는 중이었고, 이수는 간이체스판 위에 말을 올려놓고 있었다.

이수는 최근 인기가 불거지는 '자기 계발' 및 '처세술'에 관한 서적들에 대해 회의적으로 말했는데, 그는 그 분야가 마치 생물학에 정신학, 역사학에 인류학 같다고 말했다. 어디로 튈지 모르는 유망함과 매력을 지녔지만, 진리나 사실로의 여정 중인 패기 있는 젊은이 같은. 마치 다져지고 있는 '터' 같은……. 뭐, 아니면 사기꾼들의 학문이거나.
이수는 이어 말했다.
"어디로 가는지 아는 게 중요해."
"요컨대 그는 어떻게 하면 그처럼 '성공한' 사람이 되는지 가르쳐 주고 있는 거라고. 주는 짐 히말라야 같은 사람이 되고 싶어?"

"모르겠어요. 다들 '행복'하게 살고 싶어 하잖아요. 하지만 모두가 히
말라야 같은 사람이 될 수는 없을 거예요."

"짐은 다른 종류의 '스타'야. 아이돌이라고."

"이수 씨는 아이돌을 싫어해요?"

이수는 잠시 입을 다물었다. 이수의 누나는 아이돌의 곡을 써 주기도
하는 싱어송라이터 가수와 결혼했다.

"내 말은 그들도 사람이라는 거야……."

"또 나는 여전히 짐이 말하는 것들을 잘 모르겠어. 인접해 있는 것들
은 의도치 않게도 서로 영향을 주기 때문에, 달걀을 나누어 담듯이 나
누어 관리하라는데, 뭘 나누어 담으라는 건지."

그는 말을 이었다. 테이블에 놓인 크림 도넛이 눈에 들어왔다.

"가령 도넛을 정말 좋아해서, 계속 크림 도넛이 있어야 돼. 크리스피
박스만 봐도 행복하다면, 그 도넛을 만든 사람까지도 좋아하게 될걸?"

"예? 이수는 크리스피크림 좋아해요?"

"크리스피가 '행복'이라는 보상을 보장해주는 게 되는 거지."

"어려워요, 이수. 우리 체스나 해요."

주가 말하면서 말이 올려진 체스판을 그들 앞으로 가지고 왔다.

이수는 잠시 머뭇거렸으나, 이내 체스판을 돌려 자신의 쪽으로 검정 말이 오게 했다.

'전진!' 하고 주가 오른쪽의 폰을 앞으로 옮겼다. 이수도 반대편의 폰을 전진시켰다. 주가 왼쪽의 폰을 전진시키고, 룩을 빼낸 반면, 이수는 왼편의 나이트를 움직이고, 다음 움직임을 위해 손을 뻗은 참이었다.

주는 이상한 떨림을 감지하기 시작했는데, 그 순간 그녀가 쳐다보고 있던 이수의 나이트가 파란색으로, 그녀의 흰색 말이 붉은색으로 변했다. 체스판을 올려놓은 테이블이 흔들려서 몇 개의 말들이 흩어졌다. 빛은 깜빡이며 들어왔다 나가고, 주홍색이 아닌 다른 색으로 서너 차례 깜빡이다가 다시 제빛으로 돌아왔다.
이내 웅성거리는 소리가 맞은 편 복도에서 들렸다. 벌떡 일어선 이수의 얼굴이 창백해졌다.

제37편

 A동 쪽의 불이 다 나갔다고 했다. B동 로비에서도 반대편 너머로 어두둑둑해진 모습을 볼 수 있었다.

 잠시 후 안내 방송이 나왔다.

 미미한 지반 흔들림의 여파로 A동 아파트 쪽의 불이 나갔으나, 곧 정비가 들어갈 것이고, 다른 차질은 없으니 놀라지 말고 대기하라는 내용이었다. 한 시간 후 다시 지침을 방송하니, 자신이 머물던 주변을 정리하고, 차분하게 대기하라는 내용으로 안내방송이 끝났다.

 잠시 후 다른 목소리가 A동 아파트에 있던 연구원들에게 부엌 홀로 나오라고 말했는데, 피츠버그 박사의 목소리 같기도 했다. 혼자 빠져나오지 못하는 사람들은 안전요원들이 라이트를 들고 가니, 걱정하지 말고 방에서 기다리되 방문 쪽으로 가서 안전 요원들이 지나가면 문을 두들기거나 소리쳐 알려달라고 했다.

생각보다 큰 볼륨 소리의 방송이 끝나자 로비는 잠시 무거운 정적에 휩사인 듯 고요해지기까지 했는데, 곧이어 B동 주민들이 한두 사람씩 홀로 나오기 시작해서 시끌벅적해졌다.

째질 듯이 큰 스타의 목소리도 들렸다.

"무슨 일이죠?" 캐러멜도 같이 멍멍거렸다.

반팔의 잠옷 위에 밤색 조끼를 입은 폴도 나와서 두리번거렸다. 숄로 어깨를 감싸고 맨발로 복도로 나온 로즈마리는 거의 울상이었다.

"집에 가고 싶어요……."

"여기 올 때 계약서류에는 이런 언급은 없었잖아요."

"아마 비슷한 조항이 있었을 거예요……."

폴이 말했다.

"하지만 너무 놀라서…… 무슨 일이래요? 정말 괜찮아질 거래요?"

"나는 피츠버그 박사에게 가서 물어봐야겠어요."

"일류 레저타운인지 인류 프런티어라고 해서 우리 회사의 헤드쿼터 팀이 와 있다고요. 이렇게 제대로 지어놓지도 않고 회사 돈만 먹어버리는 게 어디 있어요?"

도리어 성나 보이는 중년의 남자가 말했다.

"처음부터 시설도 그렇고, 타월 하나 제대로 주지도 않고, 나는 당장에 계약 파기하고, 돌아가야겠어요."

스타도 소리 높여 말했다.

"나도 보상을 요구해야겠어요!"

그렇게 몇몇 B동 주민들이 피츠버그 박사를 찾으러 가는 동안, 이수는 주에게 다이닝 홀에 가 있으라고 말했다.

"이수는 어디 가는데요?"

"나는 A동에 가 봐야겠어. 일이 어떻게 된 건지도 알아봐야겠고, 이따가 식당에서 만나. 피츠버그 박사도 거기로 올 거야."

이수는 말을 마치고, 소파 위에 널브러져 있는 재킷을 챙겨서 A동으로 가는 복도로 사라졌다. 주도 왠지 쌀쌀한 느낌이 들어서 카디건을 가지러 방으로 돌아갔다.

제38편

　대부분의 A동의 사람들은 연구실이나 중앙관리실에서 일을 하고 있었으나, 왈도 박사는 이 흔들림이 있었을 때 샤워를 하고 있었다.

　"제길."

　어두움 안에서 더듬더듬 수도꼭지를 찾아 잠근 박사는 수건을 찾기 위해 벽으로 몸을 붙였다. 차가운 타일의 감촉이 피부에 닿았고, 젖은 바닥 때문에 미끄러질 뻔 한 왈도 박사는 다시 욕을 했다.

　세면기 쪽의 벽면에 잘 마른 새 수건을 펼쳐 놓은 것을 기억하면서, 그는 벽타일에 잠시 손을 짚고 있었다. 큰 소리의 방송이 방에 있는 스피커를 통해 울렸다. 왈도 박사는 조용하고 무거운 어둠에 덮여 있었지만, 지침을 들었다.

　원래 다이버 출신인 그는 차갑고, 어두운 심해가 주는 위화감에 대해 알고 있었다.

'바다 밑의 맨션이라니.' 헛소리라고 그는 생각했었다.

그러나 이야기가 나오기 시작하고, 설계 구상도가 나오고 하더니, 설계주관부서의 승인이 나자마자 투자자들이 나타나고, 전문 인력들이 고용되고, 방수 처리된 특수 재질의 철근들과 시멘트들이 바다 밑으로 운반되는가 하더니 소형 해저 잠수함들로 구성된 공사반이 조립을 마치고, 가구들과 기타 시설물들의 세팅까지, 오히려 순탄하게 '아쿠아'가 건설되었다.

채 10년의 반도 넘기지 않아 왈도 박사는 고용 제의 호출을 받은 것이다.

"거기 누구 계세요?"

동그란 모양의 불빛이 복도 끝에 나타났다. 왈도 박사가 소리쳤다.

"여기요~!! 나는 왈도 스티븐스 박사요. 피츠버그 박사의 랩 2L-0012 소속이에요. 해양 탐사선 치피호의 담당자이고요."

"저는 이수예요. B동 살고 있어요. 괜찮으세요? 이쪽 층엔 박사님 외엔 아무도 없나요?"

"아마 그럴 거요. 저쪽 두 사람은 아침 일찍 랩으로 가는 걸 내가 봤고, 이쪽은 피츠버그 박사의 룸이니까……."

"와 줘서 고마워요."

"뭘요."

둘은 둥근 손전등 불빛에 의존해서 어두운 계단을 내려갔다.

제39편

여느 때와 같이 찻잔을 기울이다가, 흔들림에 놀라 뜨거운 물을 손에 흘린 루이는 빨개진 자신의 손등을 응시하고 있었다. 자신의 손등은 데었을망정 그의 다기들은 다 보존된 것 같았다. 그가 일반 보건진료소에 도착했을 때, 팀 티엘은 다른 보건의들과 이야기를 나누고 있었다.

그가 루이에게 말했다.

"심하진 않아요. 뜨거운 물에 데인 거죠?"

"네."

"괜찮을 거예요. 연고를 발라 줄게요."

젤리 같은 연고가 손에 닿으니 시원한 느낌과 함께 증발했다.

"도대체 어떻게 된 거예요?"

루이가 모여 있는 보건의들 쪽을 향해 물었다.

"여기서 약 한 600㎞ 떨어진 곳에서 화산 분출과 함께 지진이 일어났대요. 그게 엊그저께 즈음이라고 하던가? 팀?"

"그럴 거예요. 중앙 랩에서 일하는 직원한테 들었어요. 일하다가 놀라서 거의 기절한 친구예요. 랩에서 비커에 뭔가를 옮기고 있었나 본데, 그걸 떨어뜨리는 바람에 옆에 있는 직원이 다쳐서 꿰맨다고 랩으로 갔다가 들었어요.

그나마 이 정도 지진이었으니 다행이지, 실험실 도구들도 다 옮긴다고 하더라고요."

"이곳이 그렇게 안전한 건물인지 의심스러워요. 어떻게 600㎞나 떨어진 곳에서 난 지진이 여기까지 영향을 줘요? 이런 깊은 바다에서 어디 갈 데도 없고. 원, 무서워서……."

"어떻게 그 정도의 약진에 불이 났죠?"

"밖으로 연결된 케이블을 건드렸나 봐요."

"우선 A동에 머물고 있는 분들이 불편하겠어요."

루이가 팔짱을 끼고, 빙 둘러서 있는 서너 명의 진료소 직원들을 보며 말했다.

"B동은 괜찮은 거죠?"

테 없는 안경을 쓴 한 명이 루이에게 물었다.

"남은 룸이 있는지 물어봐야겠어요."

옆에 서 있던 긴 가운을 입고 청진기를 목에 걸고 있는 직원이 말했다.

165

"빈방은 몇 개 있는 걸로 알고 있는데, 수돗물이 나오는지는 모르겠네요. 조 노엘에게 물어보세요."

"조 누구요?"

"조 피어스라고, 여기 배관공이에요."

"처음 들어보는 사람이에요."

순간 '펑' 하는 큰 소음이 들렸다.

팀과 다른 보건의들이 본능적으로 스프링같이 랩 밖으로 뛰어나간 반면, 루이는 아직 침대에 걸터앉아 있었다.

그는 잠시 동안 두 눈을 꼭 감고, 두 손을 머리 위에 올린 채로 그렇게 앉아 있었다.

제40편

뿌연 연기가 그 층의 복도 안을 가득 메우고 있어서, 가운 소매로 입을 막고는 팀이 다시 보건진료소 클리닉 안으로 뛰어들어왔다.

"이건 또 무슨 일이람."

"지진인가요?"

"제길."

"산소통이 터진 것 같아요."

팀이 벽에 있는 버튼을 누르자 작은 진료실 문이 닫혔다. 하지만 잠시 문 아래의 틈으로 뿌연 연기가 밀고 들어오는가 싶더니 곧 사라졌다.

"일반 산소통이었나요?"

루이가 팀에게 물었다.

"모르겠어요. 콜록."

잠시 후 두 명의 보건의 직원이 룸으로 뛰어들어왔다.

흰 가운이 먼지를 뒤집어쓴 양 더러웠고, 한 사람은 안경을 쓰고 있었는데, 안경알이 뿌옜다.

"콜록콜록."

"괜찮아요?"

"누가 피츠버그 박사에게 가서 좀 알려 줄래요?"

"누가 잠수용 산소통을 방으로 옮기고 있었어요. 남자 둘이었는데, 잠수함용이라 메인보드에 호스로 이어져 있는 걸 떼 와서 뚜껑이 열린 채로 방으로 끌고 가려고 했나 봐요."

"잠수복이랑요?"

"여기서 잠수해서 나가려고 했나 보죠? 원 참."

루이가 어이없다는 듯이 말했다.

"박사님은 아마 A동 연구원들이랑 부엌에 있지 않을까요?"

팀이 말했다.

"소리를 들었을 거예요. '펑' 하고 폭발하는 소리가 났잖아요."

"어떻게 뚜껑이 열린 채로 산소통을 운반했죠?"

"지금 이러고 있을 때가 아니에요. 한 남자 다리가 다쳤는데, 산소통이 넘어지면서 다리를 찧었던 모양이에요."

"놀랐는지, 한 남자는 도망가 버리고, 그 사람만 바닥에 누워 있어요."

"팀, 거즈와 부목 좀 준비해줘요. 론은 거기서 그 남자와 같이 있는데, 괜찮을지 모르겠네요. 그 남자들 좀 이상한 구석이 있었어요. 도망가면서 랩 가운을 벗어 던져버리고 갔는데, 어찌나 빠르던지. 원."

"거기, 저기 피츠버그 박사한테 좀 가서 알려 줄래요?"

안경 쓴 직원이 붕대를 챙기면서 루이를 턱으로 가리키며 말했다.

"알겠어요."

"조심해야 되요. 토치 같은 건, 들고 오지 말라고 해요."

"누가 여기서 토치를 들고 다녀요?"

오기 전 교육받은 기본 매뉴얼의 첫 장에서 명시되어 있는 조항을 기억하며 루이가 말했다.

"혹시 모르잖아요. A동은 아직 정전 상태라……."

"부엌에서는 그런 거 쓸 수도 있어요. 아무튼 조심하라고 해요."

루이가 엉거주춤 클리닉 밖으로 나가며 생각했다.

'이런 상황에 뭐라도 가지고 다녀야 하는 거 아닌가? 영화 같은데 보면 맥가이버칼 이라든지 밧줄이라든지 그런 걸 챙기던데.'

그러나 그 순간 그가 생각할 수 있는 것은 그의 다기들뿐이었다.

제41편

이런 순간에 정말 용기백배해 있는 것은 요리사 터프였는데, 터프는 도리어 예전보다 더 씩씩하게 자신의 소관이 아닌 사람들도 돌보려 했고, 특히 자신의 침대까지도 한 연구원에게 양보했다.

터프의 이야기

터프는 그가 태어나고 자란 동네에서 중고차 비즈니스를 했다. 그곳은 연중, 날씨가 온화한 해안가 지역에 위치해 있어서, 부유한 이웃들과 관광객들이 많이 놀러 오는 동네였는데, 그 덕택에 그의 비즈니스는 순풍을 받은 배처럼 잘 운영되고 있었다. 상태 좋은 중고차는 동네 주위에 널려 있었고, 그의 이웃들은 흔쾌히 그것들을 싼값에 혹은 공짜로 그에게 넘기기도 했다. 반면 놀러 오는 관광객들은 잠시 쓸 차가 필요했으므로, 지역 내에 수요와 공급이 맞았다.

그가 유리로 된 아름다운 감리교 교회를 지은 것도 이맘때쯤이었다.

그의 교회 건물은 처음에는 몇몇의 보수적인 성도들부터 키치하다는 평가를 받았으나, 사실상 유리 패치로 만든 교회는 그 동네의 경관에 잘 어울리는 편이었다.

매일 아침 신선한 바다내음과 햇빛이, 파란 바다를 품은 새로운 스타일의 교회 유리창에 뿌려지듯이 닿았다가 흩어졌다.

경건한 신도들이 드나드는 새 스타일의 교회는 전혀 유치하지 않았고, 자랑스러운 그 지역의 교회로서 점차 인정을 얻어 지역에서 상을 받기도 했다.

그의 첫째 딸이자 두 번째 자녀인 메리가 그해에 태어났다. 많은 외국인들과 이웃들을 초대한 그해의 터프네 추수감사절 만찬은 성대했다.

그로부터 몇 해가 조금 지났을 때 즈음에 터프는 그가 지금까지도 인생의 '변환점'이라고 부르는 일을 맞이하게 되는데, 보통 야심찬 사업가들이 모르지 않는 것, 바로 경쟁이었다. 그러나 터프가 겪은 일은 대부분의 사람들이 피하고 싶어 하는 그런 종류였다. 자신의 열정을 소진시키고 인생을 쓸쓸하게 만드는, 젊은 마음에 상처를 주는 것들 그런 것들 말이다.

운송 사업을 하는 것은 젊은 터프에게 많은 만족을 주었는데, 그중 한 가지는 그것이 그가 생각할 수 있는 가장 덜 여성스러운 사업이라는 것이었다. 그는 큰 덩치에 마초맨 기질이 있는 사람이었다. 그의 오른쪽 팔에 희미하게 남아 있는 매우 마리니시(뱃사람 같은)한 타투는 그가 누구였는지를 잘 표현해 준다고 그는 생각하고 있었다. 예수 그리스도의 능력으로 새로 태어난 터프가 새 비즈니스를 시작했을 때도, 그는 이 타투 자국이 그의 비즈니스에 도움이 될 거라고 생각하고 남겨두었던 것이었다.

게다가 많은 차를 갖게 된다는 장점도 있었다. 새 차든 헌 차든. 그는 특별히 눈에 매우 들어오는 형형한 색들과 디자인의 차들을 좋아했는데(그 때문에 인기가 없어 단종된 차량까지), 그들은 리미티드 에디션으로 대체적으로 수집할 가치가 있는 것들이었다.

종종 그는 중심가로 차를 몰고 나갔으며, 그중 몇몇은 지역구 행사 때 보이기도 했는데, 특히 해마다 열리는 사과 마켓 축제 때면 어김없이 그의 '애마'를 선보였다.

날씨 좋은 어느 날 오후 그는 사과 마켓 축제 주변을 어슬렁거리고 있었다. 사람들이 줄을 서서 지역 사람들이 재배한 사과들과 애플캔디를 사려고 기다리고 있었다.

터프는 피넛버터 샌드위치를 점심으로 먹고 왔지만, 캐러멜을 뒤집어쓴 사과를 먹고 싶었고, 또 그해 우승한 품종의 사과를 그의 사촌 낸시를 위해 사다 줄 참이었다.

아이들이 스틱에 꽂힌 캐러멜 사과들을 들고, 어른들은 이해 할 수 없는 자신들만이 아는 놀이를 하고 있었다. 그는 아이들 쪽을 향해 자신감 있는 큰 웃음을 지어 보였는데, 그 옆쪽에는 자신의 노란 머슬 차가 작게 꾸며진 무대 위에 리본과 테이프로 꾸며져 있었고, 단 아래쪽에는 연락처가 적힌 자신의 비즈니스 카드가 놓여 있었다.

"어이, 잘 지내쇼?"

막대기에 꽂힌 캐러멜 사과를 즐기고 있던 터프는 입안에 든 사과 때문에, 말 대신 고개를 끄덕일 수밖에 없었다. 그는 터프의 어깨에 턱 하니 손을 얹고 끌다시피 터프를 잡아당겨 녹색 사과를 주로 팔고 있는 그의 가판대로 데려갔다.

그의 이름은 밥이었다. 같은 동네에서 오랫동안 산, 터프가 어울려 놀던 친구 중 한 명이었다. 그는 터프만큼 큰 덩치에 권투선수의 코를 가지고 있었는데, 그의 사과농장은 시 북쪽의 산등성이 중간 즈음에 위치하고 있었다.

그는 항상 새로 타운으로 오는 사람들에게 불만 아닌 불만을 품고 있었는데, 요컨대 사과를 주로 재배하는 새로 이사 온 농부 가족에게 그의 사업을 말아먹는다며 욕을 해대곤 했다.

그러던 그가 터프와 같은 중고차 비즈니스를 시작했다는 것은 아이러니에 가까웠다. 터프와 달리, 그는 꼼수를 쓰는 데 주저하지 않았고, 몇 명의 동네 불량배까지 고용해서 터프의 고객들과 공급원까지 완전히 가로채려 했다.

몇 달 동안이나 술로 살던 터프는, 마침내 그에게 일어난 일에 대해 인정하는 것이 매우 어렵다는 것을 알았다. 그를 마치 휘어감은 듯한, 다루기 힘든 감정들은 한때 그에게 많은 녹색 사과를 갖다 준 동네 친구가 그를 배신 했다는 사실과, 동네 사람들이 그가 어떻게 고통받고 있다는 사실을 묵인하는 것처럼 그가 느끼는 데서 비롯되었을 뿐 아니라, 밥이 운영하는 비즈니스가 잘 되고 있다는 점(또한 그는 그의 사과 비즈니스를 접은 것도 아닌데), 종종 정치인처럼 행동하는 밥의 눈치가 뒤에서 험담 같은 것을 흘리고 다니는 것 같았고, 조금 더 시간이 흐르자 그는 자신이 모아놓은 돈이 생각보다 적었다는 것과, 그가 아끼는 '애마'들을 팔게 된 점 등 모든 것이 그를 휘몰아치는 감정의 소용돌이로 밀어 넣는 듯했다.

그의 자존심은 거의 바닥을 내리쳤고, 그가 몇 해 동안 거의 집에서 빈둥거리며 술로 지내는 동안, 밥이 지방선거에 출마한다는 소식을 듣게 되었다.

그는 밥에게 분한 마음이 들었는데, 정치인들에 대한 다른 어떤 유감은 전혀 없는 그로서는, 모든 인기 있는 정치인의 외모는 호감형인 편인데, 밥의 권투선수 같은 코는 그가 그런 종류의 사람들과 같지 않고, 그는 단지 일개 난봉꾼일 뿐이라고 연신 부인에게 말했다.

한 번도 쩨쩨하지 않았던 그였기에, 그는 굳게 입을 다물고 있는 자신이 도 닦는 목각 인형처럼 무력하게 느껴졌던 것이었다.

프라이모스(영국의 지역 이름이다.)에서 나온 라임트리(그의 부인이 이름 붙인 차) 외에 다른 '애마'들을 모두 팔아버린 터프는 잠에서 깨듯이 눈을 뜨고, 적극적으로 비즈니스를 접기로 마음먹었다.

그러나 그가 마지막으로 그 동네를 떠날 결심을 하게 된 것은 밥이 처음으로 그의 교회에 나와 신도가 되어, 성경 공부 시간에 나오기 시작한 때부터였다.

새로운 도시에서 반쯤 술에 취한 터프에게 많은 선택의 여지는 남아 있지 않았다. 그런 그에게 나이든 낸시의 친구는 친절하게도 무료로 요리 수업을 수강할 수 있도록 해 주었다. 그녀는 철저히 옛날 방식으로 요리를 가르쳤는데, 터프는 놀랍게도 그 자신이 요리하는 것을 즐길 뿐만 아니라 저녁식사 파티 등에서 자신을 요리사라고 소개하는 것이 이상하지 않다는 것을 알게 되었다. 그리고 그의 다른 이웃 커플이 뉴욕에 있는 요리 학교를 나왔다는 것을 듣고 그도 뉴욕으로 가기로 마음먹었다. 그렇게 해서, 터프는 월드 클래스의 요리 학교를 졸업하고 전문

적인 요리사가 된 것이었다.

그가 요리사로 자리를 잡았을 때 그는 이미 그의 오십 대였는데, 우습게도 요리사는 그가 항상 가장 여성스러운 직업 중에 하나라고 여기던 것이었다.

어쨌든 뉴 마리너에서 일어난 일은 사람들을 놀라게도 했고, 두렵게도 했지만, 그의 사기를 떨어뜨리지 못했는데, '요리사' 터프의 사기를 꺾을 수 있는 일은 거의 없는 것 같았다.

제42편

피츠버그 박사가 모든 A동 주민들을 안심시키고, 전문 잠수팀과 탐
사팀이 케이블을 고치는 동안, 박사는 B동 입주민들에게 A동 주민들과
같이 방에서 지낼 것을 부탁하고 양해를 구했다.

또 그는 땅 위에 있는 관제탑과 연락을 취해서 앞으로 어떻게 대처할
것인가에 대해 될 수 있는 한 빨리 통보해 주겠다고 말했다.

그러나 흥분한 몇몇의 사람들은 당장 땅 위로 올라가겠다고 소리를
높여 요구했고, 보상을 받아야겠다는 사람도 있었다.

결국, 한 남자가 늘 겸손한 피츠버그 박사의 청색 넥타이를 잡자 그의
랩 대원들이 그를 보호해서 연구실로 데려갔다. 씩씩대던 남자는 큰 덩
치의 터프를 대면하고는, 못내 자신의 방으로 돌아갔다. 같이 불평하던
무리도 소곤거리며 방으로 돌아갔다.

박사는 그 뒤로 일이 진행되는 열흘 남짓 동안 타이도 매지 않았는데, 그는 연구소에 있는 간이소파에서 자고 식사도 했으며, 일주일 뒤에는 면도를 하지 못해 수염이 덥수룩해진 모습으로 연구실들을 들락거리며, 여전히 연구실의 상황을 관리·감독했다.

반면, 왈도 박사의 지휘 아래 A동 주민들은 자신들의 짐을 챙겨서 B동에 배정된 자신의 룸메이트 방으로 향했는데, 룸메이트는 쪽지 뽑기로 결정했다.

이수의 룸메이트로는 팀이 뽑혔고, B동의 빈방은 스티브 박사와 왈도 박사가 함께 쓰기로 했다. 대부분의 A동 과학자들이 스포츠가방이나 배낭에 자신들의 소지품을 간단히 챙겨서 이동했는데, 오직 루이의 룸메이트인 제이미만 그의 모든 취미생활 도구를 비롯한 마라톤 대회에서 딴 메달들까지도 다 가지고 와서 루이는 툴툴거리고 있었다.

제43편

주의 룸메이트로는 중앙관리제어실 직원인 웬디 아줌마가 배정되었다. 마음씨 좋은 이 중년의 아주머니는 방을 옮긴 날 내내, 개인용으로 소지하고 있던 티 워머로 과일 잼을 만들었다. 그녀는 주방에서 빌려온 냄비에 씻은 딸기들을 넣고 흰 설탕을 부어 넣고 젓는 일을 반복하고 있었는데, 잠시 이수를 만나고 온 주가 방으로 돌아왔을 때 방은 달콤한 딸기잼 냄새로 짙게 휩싸여 있었다.

이 병, 저 병에 담은 것이 12병인데, 그녀는 다시 냄비를 씻어 와서 남은 과일을 졸이려고 했다. 잼은 뒤로 갈수록 더 달았는데, 설탕은 넉넉히 남아 있는 반면 과일량은 적어졌기 때문이었다.

"주는 둠즈데이*라고 들어봤어요?"

웬디가 잼을 주걱으로 저으며 물었다.

"들어는 본 것 같아요."

"우리 집은 할아버지 때부터 둠즈데이가 가까워져 오고 있다고 믿었어요. 통일된 독일에서 급격한 인플레이션을 직접 경험하신 분들이시죠. 감자 몇 개를 사기 위해서 지폐를 수레로 지어 날랐어요. 평화는 달콤하죠. 그러나 실제로 늘 그렇지 않다는 것을 주도 알고 있잖아요? 그렇지요?"

"노력 없이 그냥 주어지는 평화는 없다고 난 생각해요. 우리는 늘 우리의 안전을 지키기 위해서, 정의롭고 평화로운 세상을 위해 싸워야 해요."

남은 딸기와 설탕이 졸아지면서 새붉은 물이 걸쭉하게 되면서 달콤하고 끈끈한 냄새가 살결에도 느껴지는 것 같았다. 주는 냄새가 한동안 벽지에도 남아 있을 것 같다고 생각했다.

"우리는 곧 이곳을 떠나게 될까요?"

웬디가 우려하며 말했다.

"난 어릴 땐 우리 집의 가풍에서 도망가고 싶었어요. 그래서 미국으로 갔죠. 그리고 난 한동안 자유를 찾은 듯 느꼈어요. 걱정할 것이 아무것도 없는 것 같았죠."

"옛날 우리 집 다락에는 이런 과일 잼, 통조림 정어리, 버터와 치즈 등이 항상 가득 했어요. 이렇게 내가 저장식품을 만들고 있다니 믿을 수가 없네요. 나는 잼을 만드는 걸 싫어했어요. 어린 나이에 과일을 따고

씻는 것을 도와야 했거든요. 이런 잼 병을 몇 백 개씩 만들었어요. 매해마다요."

"나의 여동생은 너무 어려서, 겨우 걸음마를 뗀 정도였어요. 남동생들도 아버지와 할아버지를 따라서 많은 집안일을 해야만 했죠."

잠시 말을 그치고, 웬디는 티워머의 온도조절기를 줄였다.

"어쨌든 주와 함께 머물게 해줘서 고마워요. 정말 갑자기 A동에 불이 나갔을 때는 정신이 없었어요. 워낙에 똑똑한 분들이라 다들 무엇을 해야 할지 아는 것처럼 보이더군요. 모두 가볍게 짐을 싸서 전등을 들고 밖으로 나왔어요. 불이 나가니 금방 추워지더라고요."

이 독일인 여 과학자는 조심스럽게 웃으며 말했다. "랩 쪽에는 통유리가 달려 있는 곳이 있어요. 불이 나가니까, 바다 괴물 그림자 같은 게 보이는 것 같더라고요. 엄청 놀랐어요."

"상어일 수도 있어요." 주가 말했다. 이해할 수 있다는 듯이 고개를 끄덕였다.

주도 식물원/가든 랩을 가느라 그곳을 지나가 본 적이 있었던 것이다.

웬디는 잼을 저은 수저를 주에게 건넸다. 따뜻하고 달콤한 딸기잼에는 확실히 마음을 안정시키게 하는 뭔가가 있었다.

웬디는 비록 조나단 박사에게 그쪽 관련 시스템이 곧 복구될 것이라는 것을 들었지만, 불안해하는 모습을 감추지 못했다.

주도 덩달아 빨리 자신의 계약기간이 끝났으면 하고 바라고 있었는데, 바다 밑이라 불안감이 더 컸을 뿐만 아니라 혹시 웬디가 먼저 떠나고 A동 과학자들과 엔지니어들이 가버리면, 나중에 B동에 문제가 생겨도 손봐줄 사람이 없을 것 같기도 했기 때문이다.

* (기독교에서 말하는) 심판의 날을 일컫는다.

제44편

몇몇 사람들이 폴의 방에 모여 웅성거리는 소리가 들렸다. 그들 대부분은 B동의 레지던트들로 자신의 룸메이트들이 그들의 연구소와 관리 구역으로 돌아간 사이에 폴의 방에 모인 것이었다.

"제가 들은 바에 의하면 지각변동이 있었대요. 그 여파로 이곳에서 114㎞ 떨어진 곳에서 약진이 발생했는데, 이곳에까지 영향을 미친 거라고 합니다."

"어떻게!"

"정말 끔찍하군요. 어디로 대피할 때도 없고."

"JC를 타고 다시 물 위로 올라가야죠. 뭐."

"난 우리가 보상을 받아야 한다고 생각해요!"

한 남자가 목소리에 힘을 주어 말하자, 다른 남자가 연이어 큰 소리로 말했다.

"애초에 이곳에서 약속한 편의시설도 다 완공되지 않았었고, 어쩐지 이상하다 했어요."

"우리는 계약기간을 파기하고 돌아갈 권리가 있어요."

보상 이야기를 꺼낸 남자가 다시 주장하며 말했다.

"그전에 자세히 서류들을 먼저 검토해 봐야 하지 않을까요? 워낙 조항들이 많아서……."

긴 머리의 여자가 조심스럽게 말했다.

"누구 계약서류랑 가이드라인 책자 가지고 있는 사람 있나요?" 폴이 물었다.

"여기요, 여기 서류 뭉텅이가 있어요!"라고 한 남자가 두툼한 서류철을 높이 들어 흔들었다.

폴에게 서류가 전달되고, 폴이 주요 조항을 읽는 사이에 밖에서 고함치는 소리가 들렸다.

"불이 들어왔어요!"

"A동 불 들어 왔습니다!"

확실히 폴의 방 맞은편 쪽으로 향한 A동 복도가 환하게 불이 켜져 있었다.

주는 안도의 한숨을 내쉬었다.

"조나단 박사의 말이 맞았어요. 케이블이 잠깐 건드려져서 그랬나 봐요."

한 여자가 말했다.

"뭐…… 그래도 정전은 좀 아니잖아요."

입을 굳게 다물고, 팔짱을 낀 몇몇 사람들은 아직도 할 말이 있는 듯했다.

하지만 몇몇 사람들이 폴의 방을 빠져 나가자, 주는 이수와 함께 방으로 돌아갔다.

"정말 다행이야."

"피츠버그 박사님이 맞았어요. 금방 고쳐졌네요. 이제 팀은 다시 A동으로 돌아가겠죠?"

"팀은 정말 좋은 룸메이트였는데…… 그렇게 정리정돈 잘하는 사람은 처음이야. 대학 다닐 때 만난 룸메이트들은 하나같이 어지르는 데 귀재들이었다고."

"이수 씨보다 방을 더 어수선하게 만들어 놓을 수 있는 사람들이라면, 정말 귀재가 맞겠네요."

주는 웃으며, 자기 방문의 잠금 번호를 눌렀다. 삐삐삐삐 띠익(끼익) 하면서 문이 열리자, 카펫 바닥에 놓인 담요들이 보였다. 커다란 쿠션 밑에 두꺼운 담요 2개를 겹쳐 놓아 작은 침낭의 역할을 하게 만든 이 임시 잠자리는 마치 아늑한 새의 '둥지'처럼 보이기도 했다.

저녁 식사를 끝내고 다시 방으로 돌아온 주는 웬디 아주머니가 A동 그녀의 방으로 돌아갔다는 것을 알았다. 담요들과 쿠션은 보이지 않고, 그녀가 선물로 남기고 간 7병의 딸기잼들만 바닥에 놓여 있었기 때문이었다.

제45편

2월 8일

A동의 불도 정상으로 돌아왔고, 뉴 마리너 내에도 다시 평화가 찾아온 듯 보였다. 사람들은 다시 예전처럼 짐에서 운동을 하거나, 식당에서 잡담을 하기 시작했다. 주변의 기운에 영향을 받은 주 또한 글을 쓰기 위해 식당 로비에 앉아 있었다.

'114km 밖의 미미한 지진의 영향으로 발생한 A동의 정전 사건.'
'그리고 그 이후-'

다음 문장을 쓰려고 하던 주의 어깨를 누가 툭 친다.
"주, 테니스 치러 올래요?"

주근깨가 있는 붉은 머리의 여자가 귀염성 있게 웃으며 주를 쳐다보고 있었다.

모르는 얼굴이었다. 여자가 먼저 자기소개를 했다.

"나는 찰리에요. 스타가 날 알아요. 주, 테니스 칠 줄 알죠?"

찰리는 스타의 주치의인 로버트의 여자친구였다.

주는 자신의 랩톱을 접고, 옷을 갈아입기 위해 방으로 돌아갔다.

익숙한 코트에는 줄이 들어간 테니스용 주름치마와 탱크톱을 입고 몸을 풀고 있는 스타가 있었다.

"어서 와요, 주."

깍지 낀 손을 오른쪽으로 뻗으며 스타가 말했다.

금세 짙은 갈색 털을 가진 강아지가 왈왈거리며 뛰어왔다. 윤기가 나는 길고 부드러운 털이 발목에 와 닿았다.

"캐러멜~"

캐러멜은 아는 사람이 나타났다고 헤헤거리며, 꼬리를 치며 반겼다. 흰색 테니스 셔츠를 입은 로버트도 나타났다. 찰리가 발랄하게 손을 흔들었다. 분홍색 스커트 테니스복 차림이었다.

"주! 왔네요."

"네."

"오늘은 우리끼리 한 게임 할 거예요."

"스타랑 로버트는 잘 치는데, 난 거의 젬병 수준이에요. 주는 잘 쳐요?"

로버트가 스포츠 음료를 든 반대쪽으로 손을 저으며 말했다.

"제리와 밍도 온다고 했어."

찰리가 로버트를 돌아보았다.

"그쪽은 실력들이 어때요?"

"뉴 마리너 내에서는 거의 최고야. 예전에 한 번 쳤었어." 하면서 마치 승부욕이 일어난다는 듯이 살짝 입을 삐죽였다.

"저는 잘은 못 쳐요." 주가 말했다.

"그럼, 이렇게 하면 되겠네요. 우리는 오늘 테니스 하지 말고 게임 구경해요. 나한테 잡지사에서 일했을 때 있었던 일도 말해줘요."

"그런 데에서 일하는 거 재미있을 것 같아요. 저는 일을 해 보지 못했어요. 해 보고 싶었지만……."

"왜죠?"

"저희 부모님은 제가 미술대학을 졸업하자마자 결혼하기를 원하셨거든요. 잠시 박물관 큐레이터로 일했었지만, 그나마 친척이 운영하는 곳이었어요."

"나의 인생은 항상 가족 안에서 도는 것 같았지요."라고 말할 때 찰리는 허공에 원을 그려 보였다.

"그러다가 할머니께서 건강검진을 받으러 병원에 갔다가 로버트를 만났어요. 그리고 제 인생은 변했죠."

"덜 지루해졌어요."

"처음에 로버트는 개인 클리닉에서 일하고 있었는데, 스타가 주치의가 필요하다고 하는 바람에 저의 할머니가 로버트를 소개시켜 주신 거예요."

그리고 멀찍이서 테니스채를 정비하고 있는 로버트를 바라보며 말했다.

"저이는 똑똑해요. 그리고 스윗하죠. 우리는 여기서 나가자마자 곧 결혼할 거예요."

"처음에는 스타를 따라서 뉴 마리너로 오는 게 재밌을 줄 알았는데, 이젠 지겨워요. 게다가 그때 그 지진 때문에 나는 며칠간 스타의 방을 썼었거든요."

귓속말로 소곤거리며, "스타는 A동 사람들과 잘 어울리고 싶지 않아해요."

"어쨌든 저 개는 왜 이렇게 화장실을 자주 가는지…… 뉴 마리너로 와서 줄곧 캐러멜을 돌봤거든요. 정말, 대책이 없다니까요."

"어이~!" 코트로 두 남자가 다가오며 인사를 던졌다.

"제리와 밍이 왔네요."

"제리와 밍은 보타닉 랩(식물원)에서 일해요."

"제리, 밍~."

찰리가 일행에게 손을 흔들었다.

제리와 밍이라 불린 일행이 다가왔다. 주는 제리에 관해서 들은 적은 있지만, 직접 만난 적은 없었다.

제리는 앞머리가 벗어졌지만, 말끔해 보이는 인상이었고, 밍은 고수머리에 제리보다 젊은 중국인이었는데, 수더분했고, 제리와는 달리 유들유들해 보였다. 불쑥 제리가 주를 가리키며 말했다.

"저번에 보니까 토마토를 먹지 않더라고요."

"여기서 재배한 토마토 맛이 이상해서요." 주가 대답했다.

"그래요?" 고개를 갸우뚱하며 제리가 호기 있게 조언했다.

"그럼, 토마토 대신 새우를 먹어요. 새우도 토마토나 당근과 같이 카로틴이 들어 있으니까."

한쪽 눈을 찡긋해 보이고, 제리는 밍과 함께 테니스 코트로 갔다.

주와 찰리는 코트가 잘 보이지만 좀 떨어진 곳에 있는 의자에 앉아 있었다.

주가 보기에 두 팀은 실력이 비등비등한 것 같았는데, 두 팀 다 정말 이기겠다는 의지가 느껴졌다. 찰리가 캐러멜을 데리고 와서 벤치에 묶어 놓았다.

밍은 스포츠 음료를 종이컵에 담아 모두에게 돌리며, 상대편인 스타와 로버트에게도 굿 럭 사인의 손짓을 해보였다.

제46편

밍과 제리는 대학교 동기로, 밍은 꼼꼼하고 세부적인 데 집중하는 특성이, 제리는 큰 그림을 보고 일을 진행시키는 데 더 관심을 갖는 성향이 있어 팀으로 일하면 죽이 잘 맞았다.

그들은 대학교 졸업 후 같은 회사에 들어가서 같은 부서에서 일하다가, 뉴 마리너로 발탁되어 오게 되었는데, 이곳에서도 같은 곳에서 일하게 되었다.

테니스를 치는 것을 좋아하는 둘은 주말에 틈틈이 테니스를 즐겼으며, 또 선수 뺨치는 실력자들이었다.

제47편

2월 9일 저녁

 주는 터프를 찾으러 보타니컬 가든 랩으로 가는 중이었다. 피터가 요리에 쓸 조미료통을 어디에 두었는지 잊어버렸기 때문에 터프에게 물어봐야 해서였다. 여느 때와 같이 두툼한 라벤더 카디건을 챙긴 청바지 차림의 주가 랩으로 가는 꺾어지는 골목에 들어섰을 때, 귀에 익은 목소리가 들렸다.

 이수였다.
 모퉁이 코너에서 어떤 사람과 대화를 나누고 있는 듯 했다. 잠시 있는데, 홀쩍이는 소리가 들렸다. 여자 목소리인 것 같았다.
 '무슨 일이지?' 하고 고개를 빼꼼히 내밀고 쳐다본 주는 흠칫했다.

낯익은 그림자······.

엘리스였다.

순간 주는 자신도 모르게 손에 쥐고 있던 카디건을 떨어뜨렸다. 그
인기척을 듣고는 이수가 코너를 돌아 나와서 주를 보고 놀라 말했다.

"주?"

자신도 모르게 뒤돌아서 반대편으로 뛰어가는 주의 뒤편에 대고 이
수가 소리쳤다.

"주!"

제48편

이수가 뛰어와서 결국은 주를 잡아 세웠다.

"둘이 다시 사귀는 거예요?" 주가 물었다.

"아니야, 주. 그런 게 아니라고."

이수의 대답을 듣고, 주는 벽에 기대어 아예 웅크리고 앉아버렸다.

"그럼?"

"주도 알지? 엘리스와 레넌이 사귀었다는 거?

그녀는 고개를 끄덕였다.

"사실 그날 스타의 파티에서 랩에 해파리를 훔쳐 가지고 온 것이 레넌
이었대."

"근데 레넌이 어떻게 해파리를 가지고 나왔는지 알아?"

이수가 물었다.

"그의 수중에 여분의 키가 있었다는군. 엘리스가 어디서 키가 났냐고 물으니까 아무 말도 하지 않았대……."

"그러다가 주도 아는지 모르겠는데, 레넌이 발이 다쳤거든. 붕대를 감고 누워 있는데, 엄청 화가 나 있더라는 거야. 그래서 말하기 시작하는데, 레넌이 빌 헥터와 같이 있었다나 봐."

"빌 헥터와요?"

주가 놀라 말했다.

"응, 헥터가 그에게 스페어키도 만들어 줬다나 봐."

"어떻게!"

"그런데, 더 심각한 게 있어. 주."

"그게 뭐죠? 더 할 게 뭐가?"

"사실 이번 지진이 발생할 것이라는 것을 과학자들도 알고 있었다나 봐."

"그런데, 그게 다가 아니야."

"그건 나도 알고 있었거든. 그때 주랑 염탐했을 때 우연히 두 과학자가 얘기하는 걸 들었거든."

"물론, 그때는 그게 심각한 건지 몰랐지."

"그들도 그 여파가 여기까지 미칠 것이라고 생각하지 못하는 것 같았고……."

"그래서 나도 조용히 있었던 거야."

"그런데, 헥터가 그러는데, 그 지진의 여파로 심해 폭포가 이 지역 주위에 형성되었다는 거야."

"심해 폭포요? 그게 뭔데요?"

"왜 그게 뉴 마리너에 위협이 되는 거죠?"

"그야말로 심해에 폭포가 흐르는 건데, 그 아래 지대로 모래가 쌓인다나 봐. 뉴 마리너 쪽으로 모래가 쌓이고 있는 게 발견됐대.

"이제 어떡하죠?"

"어떡하긴 여기서 나가야지."

"아…… 그렇군요. 그래서 헥터가 잠수통을 훔치려고 했나 봐요."

"나는 우선 왈도 박사와 이 일에 대해 상의하려고 하니까 주도 조용히 있어."

"저번에 봤지? 주민들이 어떻게 나올지 모른다고."

제44편

　길들여진 두툼한 카펫 위에서 주는 우두커니 높은 흰색 천장을 응시하며 서 있었다.

　싱숭생숭한 주에게는 몇 개월 동안 일어난 모든 일들이 엊그제 아니 마치 금방 일어난 일인 듯이 느껴졌다. 뉴 마리너에 오기까지의 일들, 이수를 만난 일, 터프와 피터의 요리들, 메릴과 스티브, 지진, 웬디 아주머니, 헥터와 레넌까지……

　방 안은 여전히 한적하고 조용했다. '창문'으로부터 스며든 하늘거리는 빛의 무리가 짙은 감색의 커튼을 지나 곱슬곱슬한 '그녀'의 앞머리에 비치었다.

　그녀는 통일된 로열블루와 톤 다운된 노란색 카펫이 깔린 복도로 향했다. 조용하고, 무거운 복도의 공기를 가르고, '주'는 까다로운 수학 문제를 푸는 학생같이 초조하고 조심스러운 발걸음을 옮기고 있었다.

이렇게 그녀가 적극적인 선택에 의해 움직일 수밖에 없는 상황에 놓여 있던 적은 거의 없었던 것 같았다. 고급 레스토랑에서 그녀 앞에 놓여 있는 '메뉴판'이 선택을 재촉하는 듯한 느낌이었다. 주가 신입 기자 생활을 할 때 인터뷰를 위해 방문한 식당에서 그녀는 한 잔의 밀크티만 주문했었지만, 어쨌든 그렇게 하더라도 그녀는 '해야만 하는 상황' 같은 기분이었다.

그녀는 복도를 나와서 같은 B동 1401호의 벨을 눌렀다. 갈색 조끼를 입은 남자가 나왔다. 어리둥절해하는 모습이었다.

"얘기를 하고 싶어서요." 주가 말했다.

제5ㅁ편

어슬렁거리는 이수 씨만 마주치지 않기를…….

주는 몸을 소파에 파묻듯이 몸을 뒤로 젖혔다. 벽의 그림자가 자신을 감춰줄 것 같았다. 그리고 곰곰이 이수가 했던 말을 되새겨보았다.

활기찬 사람들이 지나다니는 소리와 그들의 대화 소리가 들렸다.

'지금 내가 뭘 더 할 수 있겠어. 일이 돌아가는 상황을 보자. 일이 나면, 터프에게 가서 이야기하거나……. 아니, 피츠버그 박사가 미리 뭐라고 통보하지 않을까?'

주는 다시금 정신을 차리고, 랩톱을 펼쳤다.

한편, 이수는 일반 병실에 누워 있는 레넌을 방문했다. 레넌이 이수에게 부탁할 것이 있다고 했기 때문이었다.

"헤이, 이수."

한쪽 다리에 기브스를 한 레넌이 침대에 앉아 있다가 침대 옆에 뉘어 놓은 부목을 집고 일어났다. 그리고 왼손을 들어 올렸다. 마치 하이파이브를 외치는 것처럼.

이수는 무시했다.

"엘리스는 잠깐 나갔어. 곧 돌아올 거야"

"잠깐 앉아. 뭐 마실래?"

이수는 여전히 조금 냉랭하게 말했다.

"그래서 용건이 뭔데?"

"도움이 필요하대서 들린 거야."

"이봐, 형씨.

쿨하게 지내자고. 너나 나나 다 해변에서 일하다가 어떻게 이곳까지 오게 됐는데 말이야."

레넌이 눈을 찡긋해 보였다.

"그래서 용건이 뭔데?" 이수가 말했다.

"사실, 내가 헥터를 좀 봐야 해서. 그런데 내가 다리가 이 모양이 라⋯⋯." 레넌이 눈을 찡긋했다.

"헥터를?"

"그래, 빌 헥터. 그도 이제 잡힐 때가 됐지 않았나 싶어."

"혹시 무공스포츠 배운 것 없어?"

이수는 눈이 휘둥그레져 말했다.

"아니."

"그런데 헥터를 잡으면 어떻게 하게?"

레넌이 말했다.

"피츠버그 박사에게 데리고 갈 거야. "

"이곳에도 감옥 같은 방이 있다는 거 몰랐지? 제길, 뉴 마리너 자체가 창살 없는 감옥이긴 하지만……."

"도대체 어떻게 빌 헥터를 잡을 건데?" 하고 이수가 묻자, 레넌이 말했다.

"내가 만나자고 할 거야. 내가 그와 대화를 나누며 유인하는 사이에 네가 뒤쪽으로 가서 결박하라고."

"그러지 말고, 왈도 박사와 조나단 박사에게 먼저 말을 하는 게 어때?"

이수가 말하자, 레넌이 뭐라고 말을 하려다가 말문을 닫았다.

버튼 소리가 나더니 유리문이 열리며, 엘리스가 들어왔기 때문이다.

"이수! 왔구나. 잘 왔어. 뭐 좀 마실래?"

엘리스가 말했다. 이수는 묵묵히 고개를 끄덕였다. 옆의 침대에 걸터 앉아 있는 레넌이 눈을 찡긋하며 엄지손가락을 올려 보였다.

제51편

2월 16일

그날, 저녁 식사를 마치고 이수는 짙은 고동색 캡을 눌러 쓰고, 쓴 커피를 마셨다. 그리고 최대한 쿨하게 A동 쪽의 로비를 지나가면서 로비 소파에 앉아 있는 왈도 박사에게 목례했다.

왈도 박사도 평소에는 쓰지 않던 안경을 올려 쓰며, 옛날 신문같이 크게 펼쳐 들고 뭔가를 읽고 있는 듯했다.

피츠버그 박사는 잠시 인적자원 관리부서에 들러 A동과 B동의 입주자 명단을 훑어보고 A동 로비로 바삐 가고 있었다. 후줄근한 긴 랩가운 밑으로 역시 후줄근해 보이는 체크남방이 보였는데, 콜라 버튼이 풀린 채였다.

반면, 레넌은 여전히 너스레를 떨며, 어떤 여자와 이야기를 나누고 있었는데 한쪽 발에 형광색의 쪼리가 눈에 띄었다. 다른 쪽 발은 깁스를 한 채로 그는 목발을 짚고 있었는데, 티셔츠에는 피스를 상징하는 그림이 프린트되어 있었다.

A동과 B동 사이의 골목길은 비교적 좁은 복도로 A동보다는 차라리 B동에 가까웠다. 꺾인 부분 맞은편 벽에는 소화기가 걸려 있었다. 그 옆으로 튀어나온 부분이 있었는데, 왈도 박사가 그곳에 몸을 숨기고 있었다.

조나단 박사는 그 복도의 끝의 로비의 소파 뒤에 있었는데, 신호 소리가 나면 나가기로 했기 때문에 거기서 대기하고 있었다. 왈도 박사는 호루라기를 가지고 있었고, 이수는 휴대폰의 알람을 이용하기로 했다.

이수는 레넌이 헥터와 이야기하기 시작하면, 그의 뒤쪽으로 가야 했으므로, B동의 가장 끝에 위치한 방의 뒤쪽에 서 있었다. 문틈으로 밖에서 말하는 소리가 문득문득 들렸는데, 지나가는 피터와 레넌이 이야기를 나누는 것을 알아챘다.

'여기에 피터까지 긴 건 설마 아니겠지?' 이수는 생각했다. 혹시 얘기되지 않은 변동사항이 있나 싶어서 그는 조마조마한 마음이 들었다.

그러나 피터는 언제나처럼 부엌으로 갔고, 조용한 가운데서 모든 사람이 대기하고 있었다.

조나단 박사는 발이 저린 듯했는데, 일어서 있는 포즈의 왈도 박사와 이수와는 달리 소파의 팔걸이 옆에 오래 쭈그려 앉아 있었기 때문이었다.

생각보다 오랜 시간이 걸려서, 바짝 긴장을 하고 있다가 긴장이 풀린 이수는 졸음이 오는 것만 같았다. 쌕쌕 거리는 숨소리만 내고, 손끝 하나 요동하지 않던 왈도 박사도 팔과 다리가 저려 왔다.

레넌은 복도 중간에서 아예 앉을 채비를 하는 듯, 몸을 꼬고 있었는데, 시계를 보며 크게 하품을 하고 있었다.

그때였다.

"레~넌."

빌이 턱 하고 어깨에 손을 올리자 레넌은 소스라치게 놀랐다. 벌떡 깬 이수도 소리를 듣지 못했는데, 이수도 모르게 인기척 없이 B동에서부터 걸어왔던가 아니면, 어디에서 솟은 것밖에 되지 않았는데, A동으로 오는 입구의 시야는 왈도 박사와 조나단 박사가 든든히 커버하고 있었기 때문이었다.

"다리는 좀 어떤가?"

"빌! 대체 어디서 나타난 거야. 이런."

레넌이 예상 외로 흥분해서 주위를 두리번거렸다. 마치 '여기에 헥터가 있다.' 하고 알리듯이.

이수는 흠칫했는데, 그가 재빨리 동정을 살피려고 밖을 내다보았을 때, 레넌의 등이 보였기 때문이었다. 만약 헥터가 레넌을 마주보고 있었으면, 혹시 이수의 얼굴을 보았을 수도 있을 것 같았다.

가슴이 두근두근거렸다.

'정말 피터나 터프도 함께였으면 좋았을 걸.' 그는 생각했다. 하지만, 그들은 통상 입을 열고 사는 사람들이라, 이야기가 새어나갈 것 같기도 했다.

"빌, 어떻게 나를 놔두고 그렇게 도망가 버렸지?"

"다리는 괜찮아 보이는군. 괜찮을 줄 알았어."

헥터가 나직하게 말했다.

"그렇지 않더라도 신경 쓰지도 않았을 거잖아! 젠장, 빌 헥터. 너는 나를 이 지경으로 만들어놨어!"

"재미를 본 것 아니었나?"

"정보도 얻었고⋯⋯."

헥터가 순간 싸늘한 표정으로 말했다.

"나는 젠장⋯⋯ 이런 범죄⋯⋯ 아니, 그들이 말하는 강도짓 하기 싫었다고⋯⋯. 게다가 네가 말한 그 바다폭포인가 뭔가도 진짜인지도 모르겠고⋯⋯."

"산소통은 뉴 마리너거란 것을 자네도 알잖나. 우리는 뉴 마리너에와 있고⋯⋯. 엄연한 공공물을 잠깐 빌려 쓴다는 건데."

"빌려 쓴다니⋯⋯ 산소통을 빌려 쓴다고?"

레넌이 화를 내며 말했다.

"자네는 이 뉴 마리너 맨 위층에 있는 게 뭔지 아나?"

"다 산소들이라고. 산소로 가득 찬 산소통들이야."

"자넨 도무지 꽉 막힌 사람이군. 레넌. 난 자네를 그렇게 보지 않았었는데……."

"……."

"모르겠어. 어쨌든 당신이 전과가 있었다는 건 사실이잖아. 이곳에 있는 것 자체가 말이 안 된다고……."

"나는 레넌, 엄연히 레넌 하프먼으로 여기와 있는 거고……."

"자넨 진작에 나를 모르진 않았었지."

헥터가 특이한 소매의 매무새를 고치며 말했다. 디자이너의 셔츠인 것 같았다.

"어쨌든 친구라 생각했었는데, 아쉽군. 그래서 바다폭포에 관한 소식도 알려 준거야."

"하긴 자네가 바다폭포가 뭔지 알 게 뭔가……."

"이젠 다 끝났어. 빌 헥터: 다 끝났다고."

레넌이 절규하듯 소리쳤다. 코드였다.

이수가 자신이 아무리 달음박질해서 뛰어가도 헥터가 알아채지 않을까 하며 거리를 재보는 사이에 더 가까이에 있던 왈도 박사가 빌 헥터의 등을 덮치고 그의 두 손을 뒤쪽으로 결박했다. 그와 동시에 이수도 뛰어나와 빌 헥터의 두 팔을 잡고 있던 왈도 박사를 도와 그를 부둥켜 안고, 조나단 박사에게 신호를 보냈다.

헥터는 뿌리치지 않았다. 결박을 풀려고 하지도 않았다.

"이런, 이런, 이게 뭔가. 레넌."

열 걸음 내외 앞에서 조나단 박사가 절뚝이며 무리에게로 다가왔다. 오랜 시간 쭈그려 앉아 있어서 쥐가 난 모양이었다. 그가 큰 랩코드 주머니에서 헥터를 묶을 뭔가를 꺼내려고 하는데, 갑자기 B동 쪽 복도 불이 나갔다.

어디서 또 지진이 났나 해서 깜짝 놀란 이수가 헥터를 붙잡은 손을 놓친 사이에, 헥터가 길어지는 막대기를 꺼내 왈도 박사의 결박한 손을 내리쳤다.

"아얏!"

찌릿한 느낌과 함께 왈도 박사가 잠깐 손을 뗀 사이 헥터는 달음박질을 해서 완고한 왈도 박사의 결박에서 벗어났다.

순식간에 일어난 일이었다.

B동에 사는 한 여자가 문을 열고 소리 질렀다.

"이게 무슨 일이죠? 대체? B동도 정전된 건가요?"

사람들이 어안이 벙벙해 있는 사이에, 헥터는 잽싸게 랩 가운을 벗어 던지고 B동의 어둠 속으로 사라졌다. 왈도 박사가 그제야 정신을 차리고 달음질치듯 그 뒤를 쫓아 달음박질을 했다.

도망 와중에도, 그들은 헥터의 목소리를 들을 수 있었다.

"그러나 지진은 내가 한 게 아니라니까. 그러니까 무서웠던 거야. 모래 이야기는 사실이라고. 모래가 올 거야. 아마 준비하는 게 좋을 걸."

순간 B동의 불이 환하게 켜졌다. 헥터는 그들의 시야에서 사라지고 없었다. 왈도 박사는 멈춰 서서 몸을 숙여 무릎을 잡고, 숨을 헉헉 몰아쉬었다. 박사의 셔츠가 땀으로 젖어 있었다.

그 뒤로 헝클어진 곱슬머리를 하고 있는 조나단 박사와 키 큰 남자가 뛰어와 왈도 박사와 같이 헉헉댔다.

"박사님들, 여기서 지금 무슨 달리기 계주라도 하고 계신 건가요?"

B동의 배쓰가 말했다.

제52편

뉴 마리너는 사각 모양의 빌딩이었지만, 아쿠아 전체 및 뉴 마리너는 투명한 반구 형태의 특수 플라스틱 유리막으로 둘러싸여 있었다.

바다 밑의 압력으로 건물의 형태가 찌그러지는 것을 방지하기 위한 것이었다.

처음 설치할 때에는 돔이 투명했으나, 시간이 가면서 서리 같은 것이 끼는 것인지 바다 조류와 미생물이 붙은 것인지 아쿠아에서 돔 밖으로의 시야를 가리게 되었다.

A동 앞뒤로 작고 둥근 돔 모양의 '연구소'들이 자리하고 있었는데, 지진의 여파로 앞쪽 '연구소' 돔과 A동 건물이 정전 상태가 되는 사고가 있었다.

그래서 조나단 박사 및 해저탐사 전문 다이버팀은 그쪽 시설들의 상태를 면밀히 검사하고, A동과 연구소들로 통하는 케이블 시설들을 보수하는 작업을 수행했다.

그러나 모래가 밀려온다는 뉴스는 처음이었다. 피츠버그 박사는 헥터 사건 이후로 뉴 마리너와 아쿠아의 3D 지형도를 보고 있었다.

그 일대 지형물의 형태는 그 높이에 따라 다른 색으로 표시가 되어 있는데, 확실히 B동 쪽으로 높게 솟아오른 물체가 있었다. 대나무순 같은 석순의 모양과 흡사했는데, 한쪽 경사의 비탈이 더 완만해진 것으로 볼 때, 박사는 이 물체가 처음부터 돌로 이루어진 것이 아니라 모래(퇴적물)로 이루어진 것일 가능성이 있다는 생각이 들었다.

그때 왈도 박사에게서 호출이 왔다.

왈도 박사와 치피호 탐사팀이 B동 쪽을 향한 반구의 바깥쪽으로 쌓아 올린 모래더미를 발견했다. 그 실트와 모래더미가 티라미수 층처럼, 투명한 돔 벽의 3m 위까지 쌓여 있었다.

조나단 박사는 뭍 위에 있는 관제탑에 서둘러 연락을 했다. 그리고 총사령관의 연락을 기다리며 밤을 새워 연구소에 앉아 있었다. 조나단 박사는 상황의 긴박함을 알고 있었는데, 요컨대 그 큰 모래더미가 언제

무너져서 뉴 마리너를 덮칠지 알 수 없었기 때문이었다.

그때 박사의 연구소 벨이 울렸다.

"누구지?"

박사가 모니터 창을 통해 얼굴을 확인했다.

'로즈마리 B. 브랜던'이었다.

"들어오세요."

박사는 당장 원예 이슈에 대해 아무 말도 하고 싶지 않을 정도로 머리가 복잡했지만, 일단 숄을 두른 이 중년의 여성을 맞았다.

제53편

2월 17일 새벽

우르르릉 꽝꽝!!!

주는 우르릉 거리는 소리를 듣고 잠에서 벌떡 깨어 일어났다. 보통 위쪽에서 주홍빛을 비춰주는 오른쪽 헤드라이트가 바닥에서 불빛을 발하고 있었다.

후다닥 침대에서 나와 잠옷 차림으로 복도로 뛰어나간 주를 어느새 옷을 갈아입은 이수가 잡았다. 개인 물품을 챙긴 스포츠가방을 메고 운동화까지 신고 있었다. 주는 자신도 모르게 안고 나온 베개와 슬리퍼 차림이었는데, 그나마 한 짝이 어디 갔는지 한쪽은 맨발이었다.

"도대체 어디 있었던 거야? 준비하고 있으라고 얘기해 주려고 했는데"

"미안해요. 잠수 타서……."

곧 복도는 웅성거리는 사람들로 찼다.

"이수. 이제 어떡하죠?"

말을 하는 로즈마리의 몸이 부들부들 떨렸다.

"저번에 말한 대로 중요 소지품들은 다 챙기셨죠?"

이수가 최대한 침착한 소리를 내려고 하며 말했다. 주는 알아차릴 수 있었다. 어쩐지 로즈마리도 평상복에 숄까지 걸치고 있었는데, 번진 아이라이너만 아니면, 바로 아침에 일을 하러 갈 듯이 검은 가방도 메고 있었다. 다른 사람들도 뭔가를 손에 들거나, 등산용 가방을 멘 사람도 있었는데, 주는 등골이 서늘해지는 것 같았다. 일행의 줄이 벌써 앞으로 행진하고 있었다.

이수가 앞장설 참인 것 같았다.

"주, 서둘러! 소지품 챙겨서 일행에 합류하라고! JC 탑승 대기실에서 봐. 얼른!"

그리고 크게 B동 일동들에게 소리쳤다.

"우린 모두 JC로 갈 겁니다. 다들 앞사람 허리를 잡고 일렬로 따라와 주세요!"

한쪽 발은 맨발로 다른 한쪽은 동물 얼굴의 털신을 끌면서 주는 달음질을 했다. 가슴이 콩닥콩닥 뛰었다.

'다시 방으로 가긴 싫은데…… 일행에 뒤처지면 어쩌지?'

'뭘 챙겨야지?'

'뉴 마리너는 괜찮은 건가?'

'왜 갑자기 추워지지…… 카디건을 챙기고, 패스포트, 일기, 랩톱, 사진…….'

눈물이 핑 돌았다. 갑자기 서러움이 밀려왔다. 일행에 뒤처지면 어쩌지 하는 두려운 마음도 들었다.

그녀는 후다닥 방으로 뛰어들어가서 파자마 바지를 순식간에 벗고 청바지를 입었다. 그리고 테이블 위에 있는 PC와 휴대폰을 집어 들었다.

충전이 완료되었는지 여부는 알 수 없었지만…….

그리고 서랍에 있는 패스포트와 일기를 꺼내려 했는데, 다급히 하자니, 키를 어디에 놔두었는지가 생각이 나지 않았다.

이리저리 방을 왔다 갔다 하다가 비로소 헝클어진 이불 위에 펼쳐진 일기장을 보고 집어 들었다. 밖에서 발을 구르는 듯한 소리가 났다. 누가 방문을 쾅쾅 두드려대며 "안에 있습니까?" 하고 굵은 목소리로 고함을 지르고 있었다.

주가 서둘러 방을 나가며 말했다.

"예!! 여기 있어요! 사람 있어요!"

"빨리 나오세요! 전원 대피 중입니다."

주는 검은 잠수복에 마치 소방관의 재킷을 걸친 듯한 사람이 문틈으로 모습을 내밀었다. 손에는 작은 무전기를 들고 있었고, 간이도끼를 허리춤에 차고 있었다.

간신히 카디건을 채듯 들고 나오다가 슬쩍 눈을 준 창밖을 본 주는 옆으로 기울어진 등 위로 밀려온 모래등성이가 조금 움직이는 것 같다고 생각했다. 모래더미는 평소 때는 투명해서 볼 수 없었던 반구의 아래쪽으로부터 밀려오는 것이 보였다.

```
아쿠아 뉴 마리너 섹션
B동
1402호
```

그녀 서랍 안에 있던 그녀의 지갑과 패스포트는 가지고 오지 못했지만, 다행히도 신발을 챙겨 신은 주는 맨 뒤에 있는 어떤 남자 허리춤을 잡고 나서야 신발 앞이 뚫려, 발가락이 보이는 여름용 슬리퍼를 신고 온 것을 알게 되었다.
푸르스름하게 어둑한 복도를 지나가는 주의 발가락 사이로 서늘한 기운이 느껴졌다.

제54편

2월 18일

상황을 지켜보는 가운데 일반 거주구역은 일단 봉쇄되어서, 사람들은 일단 식당 홀에서 하룻밤을 보내게 되었다.

테이블들을 가 쪽으로 밀어서 모두가 앉거나 누울 수 있는 공간을 만들었고, 사람들은 그들이 줄곧 식사를 하려고 왔던, 자신들이 식사를 하려고 앉았던 테이블 자리였던 그곳에 자리를 잡고, 휴식을 취했다.

조나단 박사 일행과 인적자원 관리팀이 남아 있는 사람들의 수를 세고 있었다. 혹시 다친 사람은 없는지도 살폈다. 저녁 식사 시간이 되어 터프가 신호를 보냈다.

어쩐지 전등의 조도가 예전에 비해 약하고 탁해져서, 조용히 식사를 하고 있는 사람들의 모습마저 민망히 보였는데, 후식으로 나온 연노랑

216

색의 커스터드 크림이 잔뜩 든 자이언트 케이크는 비닐봉지에 담겨 제공되었다. 그러나 하룻밤 저녁 내내 고생하며 잠을 설친 사람들은 아무런 불평도 하지 않고 케이크를 먹었다.

주도 진한 버터 향이 나는 커스터드 크림을 한입 삼켰다. 몸에 에너지 같은 열이 올라오는 것이 느껴졌다. 그리고 옆에 낀 에코백을 감싸고, 주는 스르르 잠이 들었다.

제55편

요컨대 물이 흐르는 소리를 듣는 것은 보통 긴장을 완화시키고, 스트레스를 해소하는 데 도움이 되는데, 이 때문에 사람들은 해마다 물 있는 곳으로 여행을 가거나, 분수대를 설치하기도 한다.

그러나 자고 있던 주가 물 흐르는 듯한 소리를 들었을 때 그녀는 소스라치게 놀라서 잠에서 깨어났다.

"터프?"

터프가 옆에 있었다. 터프의 은색 알루미늄 주방도구로 가득한 그의 주방이었다. 터프가 야채를 씻고 있었다.

"이게 어떻게 된……"

주가 기가 막힌다는 듯이 중얼거렸다.

"이수가 안심이 안 된다고 나한테 부탁하고 갔어요. 근데 난 할 일이 있어서…… 이 방법 밖에 없었지."

"걱정이 안 될 수가 없겠더라. 당신 가방 안에 먹다 만 케이크가 들어가 있었다고……."

계속 야채를 씻으며 터프가 말했다.

주는 쑥스러웠지만, 그녀의 에코백을 보니 반가운 마음이 들었다. PC 및 다른 소지품들은 안전한 것 같았다.

"그거 알아요? 오늘은 내 생일이에요."

터프가 말했다.

그리고 티셔츠 밖으로 십자가 목걸이를 빼냈다. 그리고 바지춤을 뒤적이더니 이 불짜리 달러를 꺼내 보이며 말했다.

"아버지가 정확히 8년 전에 주신 거예요. 나의 럭키 참 같은 녀석이었죠. 주 줄게요."

"예?"

"놀랐다는 것 들었어요." 터프가 말했다.

"오, 감사해요. 전 괜찮은데…… 오늘은 터프의 생일이잖아요."

"아까 그 케이크가 내 생일 케이크였던 셈이죠."

"정말 괜찮은데……."

"그냥 나보다 주한테 필요할 것 같다는 생각이 들어서요."

"저기 그나저나 순무 좀 갖다 줄래요?"

"그쪽으로 다닐 수 있어요?"

주가 이 불짜리를 잘 접어 청바지의 안주머니에 넣으며 말했다.

"아직까지는요. 아마……."

"일이 어떻게 될지 모르니까 나도 가서 콩 좀 가져 와야겠는 걸."

"이따 봐요, 주."

터프가 잠시 야채 씻기를 멈추고 주를 보며 말했다.

"알겠어요. 터프. 걱정하지 말아요."

굵은 밧줄 같은 털실로 만든 카디건을 집어 들고 주가 주방을 나가며
말했다.

"참, 터프. 생일을 진심으로 축하해요~!"

터프가 고개를 끄덕였다.

하필 생일에 이런 일을 맞이하다니…… 주는 잠시 그렇게 생각했다.

복도는 조금 덜 밝았지만, 밖은 여전히 잘 보였다. 보라색 큰 점이 있는
가오리가 주의 머리 위로 '스윽' 하고 지나갔다.

제56편

사무엘 솔트스톤은 '해저탐사' 지원팀의 리더였다. 그런 그가 중앙관리실의 요원인 매튜 밴 더 빌트팀과 연합하게 된 것은 그들이 뉴 마리너로 온 이래로 처음 있는 일이었다.

제57편

마린 잠수정 JC에 탑승하기 위해 사람들이 A동 앞으로 모였다. 긴 줄로 늘어선 사람들이 가방과 캐리어를 들고 있는 모습은 흡사 날씨 때문에 출항이 마비된 공항같이 보였다.

그들은 급하게 싼 짐을 챙기느라 분주했지만, 자신의 줄을 지키고 양보하지 않았다.

급하게 나오느라 캐리어를 못 꺼내고, 헬스센터에 갈 때 어깨에 메는 긴 가방에 중요한 소지품들과 두툼한 양말과 야구점퍼, 가족사진 몇 장을 챙겨 나온 루이는 칫솔을 가지고 나오지 않았던 것을 후회하고 있었다. 그가 아끼는 다기류는 그의 품에 안겨 있었다.

어수선한 사람들을 지켜보며 루이는 생각했다.
'탈출구 밖에는 뭐가 있을까?'

'안전. 당연히, 안전이지.'

선글라스를 썼지만, 찌푸린 얼굴이 보이는 스타는 골이 난 상을 하고 끙끙거리는 캐러멜 한 손으로 안고 다른 손으로는 커다란 캐리어를 끌고, 반짝이는 백 팩까지 메고 툴툴대고 있었다.

그녀의 옆에 있는 로버트는 언제나 그렇듯이 무스로 손질한 8 대 2 가르마에 테니스셔츠를 입고 긴 빵 여러 개가 불쑥 나와 보이는 찰리의 것으로 여겨지는 천 가방을 메고는, 그의 스마트폰을 들여다보고 있었다. 비록 와이파이가 끊긴 상황이었지만, 100% 충전된 그의 스마트폰으로 밝은 모니터가 선명히 보였다. 그는 미리 이수에게 소식을 듣고는, 채비를 잘한 편이었다.

조나단 박사와 그 일행은 승객의 수를 세며 연방 시계를 보고 있었다. 박사는 필요한 서류들과 연구 자료들을 간추리기 위해 연구소에 있는 직원들과 과학자들을 지시하러 다시 연구소로 돌아갔고, 사무엘은 B동 로비에서 동향을 관찰하고 있는 매튜와 대원들에 무선 연락을 취하고 있었다.

JC에 엔진이 가동되고, 완벽히 행선할 준비가 되기 위해서는 약 2시간이 더 걸리지만, 뉴 마리너로 물이 들어오고 있다는 것을 아는 사람들은 조바심을 내며 서두르고 있었다.

묵묵히 팔짱을 끼고, 줄 선 사람들을 보고 있는 사무엘에게 JC-33의

선임 공학자인 팀 하트웰이 다가왔다.

"아시지요? JC-33의 정원은 45명이라는 것을……. 짐을 덜면 47명 정원이 될 겁니다."

"팀. 알잖나."

기다리고 있는 사람들에게 시선을 향하며, 사무엘이 말했다.

"JC-33이 한 번 왔다 갔다 해야 할까요?"

"지금 저들에게 물어보게. 누가 다음 행의 JC를 타고 싶으냐고? 그리고 지금 일이 돌아가는 상황도 잘 알 수 없고……. 최대한 노력해보게."

"젠장."

그는 시계를 보았다.

한번 카운트다운이 시작되고, 물이 체임버에 차오르면, 대기하는 것이 어렵기 때문이었다.

여기저기서 감독을 하던 조나단 박사까지 불려 와서 이렇게 셋이 모였다.

"어떻게 해서든지 90명까지 채워 넣어야 돼."

조나단 박사가 단호히 말하고, 탐에게 연락을 취하러 갔다.

"시간이 얼마나 남았죠?" 팀이 물었다.

"1시간 10분은 있어. 무작정 다 탑승시켰다가 문제가 생기면 곤란해진다고……."

"남는 사람은 또 어떡하고?" 사무엘이 말했다.

"해저탐사용 잠수함 몇 대가 있습니다. 저는 남겠습니다." 팀이 단호히 말했다 상황이 돌아가는 상황을 보고 마음을 굳힌 모양이었다.

"우선, JC로 덩치 큰 사람 몇몇 좀 보내주십시오. 승객들에게 필요 없는 짐을 줄이라고 얘기도 해 주시고요."

"잘 되겠지? 팀." 사무엘이 물었다.

"어서, 서둘러야겠습니다." 팀이 담담히 대답했다.

그래서 터프와 피터, 왈도 박사와 조, 폴 그리고 존이라는 사람이 JC로 모였다.

"지금 우리는 JC의 정원을 늘리는 중요한 일을 할 겁니다. 조종실 밖의 승객실과 화장실, 스파와 공조실에서 보이는 모든 것을 떼어 내십시오. 우리는 40분 내에 이 일을 해내야 합니다."

"의자 같은 것을 떼라는 말이죠?"

조가 물었다.

"네! 의자뿐이 아닙니다. 영화 스크린, 테이블, 선반 같은 걸 다 떼야 돼요."

팀이 단호히 말했다.

"공구가 필요하겠소."

존이 굵은 그의 손 같은 목소리로 말했다.

225

"내게 공구가 있어요. 여기로 가지고 오지는 않았지만 층별 공구실마다 다 있을 거예요. 좀 도와줘요."

조가 말하자 왈도 박사가 고개를 끄덕이고 조와 같이 JC를 나갔다.

피터가 작은 소리로 터프에게 속삭였다.

"셰프님은 이런 거 해 본 적 있어요?"

"나야 중고차 시트를 떼서 교체한 적이 몇 번 있지."

터프가 말했다. 그가 생각하기에도 공구가 필요한 것 같았다. 40분 안에 모든 의자를 뜯어내는 것은 도전이었다.

"시간이 문제로군……." 그가 중얼거렸다.

그가 기억하기에 그와 그의 정비공들이 한 차의 시트를 다 떼어 내는 데에 반나절 이상이 걸렸던 것 같았기 때문이었다.

제58편

"승객들의 몸무게는 다 쟀나?"

탐이 사무엘에게 물었다.

탐 닐은 사무엘과 같은 전문 잠수부 출신으로, 피츠버그 박사팀의 해저탐사팀에서 일하며, 사무엘을 보좌하고 있었다.

사무엘은 고개를 저었다.

"자리를 만들고 있어. 피츠박사가 JC행에 90명은 태우라는군."

"90명? 그게 가능한가?" 탐 닐이 놀라 물었다.

사무엘은 그의 두꺼운 고무밴드의 잠수용 시계를 잠시 보았다.

"원래 정원은 45명이야. 팀이 고전하고 있네. 일손이 부족할 거야. 탐. 자네의 대원들이 팀을 도와 줄 수 있겠나?"

"B동으로 물이 들어오고 있어. 사무엘. 자네도 알고 있어야 할 것 같

아. 매튜와 요원들이 배리어를 만들고 있어."

탐이 얼굴을 굳혔다.

"우선은 되도록 많은 사람들을 JC로 탈출시켜야 돼. 이 일이 끝나고, 내가 그리로 가보지. 약속하네. 탐."

탐과 그의 동료들이 JC에 도착했을 때는 땀을 뻘뻘 흘리고 있는 왈도 박사와 조가, 떼어낸 의자를 밖으로 나르고 있었다. 삐져나온 솜과 스프링들이 보였다. 왈도 박사가 입은 연녹색 스프라이트 셔츠는 완전 물에 젖은 꼴이었다. 럭비 선수 같은 조도 땀을 뻘뻘 흘리고 있었다.

"누가 이런 걸 JC에 넣어 놓은 거야?"

탐이 엄청난 양의 머드팩 샘플과 고급 살롱에서 볼 수 있음직한 머리를 감겨 주는 의자와 세면대 같이 생긴 것을 보고 말했다.

"그뿐만이 아니라고요." 폴이 말했다.

"거기 서 있지만 말고, 좀 도와줄래요? 아직 뜯어내야 할 게 안에 많이 있어요!"

간이탁구를 칠 수 있는 테이블을 안고 나오는 팀이 시계를 보며 말했다.

"20분 남았어요!"

"아니지. 정확히 18분 남았지."

탐이 말했다.

"탐! 왔군요. 도와주러 온 거죠?"

팀이 간신히 탐에게 웃어 보이며 말했다.

"그럼, 팀."

십여 개의 무거운 의자를 짧은 시간 안에 떼는 공을 세운 조는 말할 겨를도 없었다. 조는 올 때에는 편히 누워서 온 럭셔리한 각도조절 의자들을 통째로 떼어 내면서 감회를 새로이 하고 있었다. 어쩐지, 그의 인생에서 정말 놀라울 만큼의 '굉장히' 좋은 일이 일어났다고 생각했었던 것이었다.

TV에서나 보던 유명 인사들과 함께 밥을 먹고 지내다니……. 보수를 받으면서 휴양 온 기분이었던 것이었다.

'올라가면, 다시 정비회사 일이나 봐야지. 리사와 바비, 샘, 로리도 보고…… 자식들 많이 컸겠군. 리사에게 터키햄 샌드위치도 만들어 달라고 해야겠어.'

묵묵히 계속 손으로 일하며 그는 생각했다. 그의 어깨가 스프링에 긁혀 피가 나고 있었지만, 그는 그것을 느낄 여지조차 없었다.

여태 그의 인생이 그랬던 것처럼…….

아르바이트해서 대학 가고, 돈 벌어 자식 키우고, 뉴 마리너에 와서 JC-33에 있던 럭셔리들을 치우는 노동을 하는 데 여념이 없는 지금조차……. 단지 현재와 현실에 대해 충실한 그런 삶.

시간이 되자 피츠버그 박사가 긴 줄로 서 있는 사람들을 보며 마이크에 대고 말했다.

"혹시, 해저탐사용 잠수정을 타 본 경력이 있는 잠수부나, 다음 JC행에 탑승할 의향이 있는 분은 뒤로 나와 주십시오."

왈도 박사가 조나단 박사를 보며 고개를 끄덕였다. 나도 남겠다는 얘기였다. 어쨌든 왈도 박사는 아직 가방도 싸지 않은 상태였다.

긴 무리가 줄을 선 순서대로 천천히 JC 안으로 움직였다. 흰 가운을 입은 몇몇 연구원들이 뒤로 물러났다. 오랫동안 피츠버그 박사와 일해서 박사를 신뢰하는 사람들이었다.

팀과 탐을 비롯한 사무엘의 일행들도 조나단 박사 옆에 섰다. 그러나 100여 명 남짓 하는 사람들의 수에 비해서 적은 수의 사람이었다. 하지만 아래에서 일하고 있는 매튜 대원의 팀원들과 아직 연구소를 정리하고 관제탑에 연락을 취하고 있는 과학자들과 엔지니어의 수를 합치면, 숫자가 될 것도 같았다.

조나단 박사는 입이 바짝 마르는 것 같았다.

그러는 와중에 탐이 큰 캐리어를 들고 JC로 들어가려는 스타를 막았다. 스타와 스타를 옹호하려는 로버트의 언성이 높아지나 했는데, 곧 로버트는 뒤의 승객들 때문에 안으로 밀려들어가 버리고, 진짜 일은 그때 일어났다.

캐러멜이 끙끙거리다가 스타의 한 손에서 벗어나 버린 것이다.
"캐러멜~ 캐러멜!!!"
스타가 소리쳤다.
한쪽 손의 캐리어는 탐에게 뺏기고, 다른 손에 있던 캐러멜이 도망간 상황에서 스타는 선글라스를 벗어던지고, 탐을 뿌리치며 캐러멜을 쫓아가려고 했다.

"캐러멜! 캐러멜!"
그 소리가 너무 구슬프게 천장 높은 홀 안에 울렸는데, 뒤쪽에서 차례를 기다리고 있던 주는 자기도 모르게 캐러멜이 사라진 복도로 뛰어갔다.

캐러멜이 자기를 아니까 이름을 부르면 곧 돌아올 것도 같았고, 아마 금세 돌아오는 방향으로 달려오고 있지 않나 싶기도 했다. 그리고 전날 대피했을 때처럼 시간을 맞추어 돌아올 수 있을 것도 같았다.
이수가 놀라서 주를 쫓아 뛰어갔다.
"주! 어디 가는 거야!! 돌아와. 이제 곧 출항한다고!"
"돌아와, 주!" 하면서도 주를 쫓아 줄을 일탈했다.

그래도 흥분해서 씩씩대는 스타에게 뒤에 서 있던 노부부가 말했다.

"스타 양. 지금 가야 돼요. 사람들이 기다린다고요."

순간, 그녀에게 무대에 오르기 전의 프로의식이 번쩍 솟아올랐다. 그녀는 턱을 세우고, 그녀의 웃옷 주름을 툭툭 털어 폈다.

'주가 갔으니, 캐러멜을 찾아오겠지. 보상은 두둑이 해야 하겠는 걸!'

이라고 중얼거린 그녀는 반짝이는 그녀의 쌕을 메고 있다는 것을 상기했다. 그녀는 탐에게 눈을 한번 흘기고, JC 안으로 사라졌다. 역시 차례를 기다리며 뒤에 서있던 루이는 '이게 뭔 쇼람. 쯧쯧쯧.'하고 한심스럽다는 듯이 혀를 찼다.

팔짱을 끼고 있는 사무엘과 탐 일행 옆에 마치 장작더미처럼 무더기로 쌓여 있는 고급 카펫들과 널려 있는 팩들이 눈에 들어왔다.

어쨌든 소동이 난 사이에 루이는 자신이 아끼는 다기류를 자신의 배낭에 집어넣었는데, 그것을 가지고 JC를 탈 수 있었다.

안으로 탑승한 루이는 상황이 생각보다 심각하다는 것을 느낄 수 있었다. 콩나물시루처럼 JC 안으로 빽빽이 가득 찬 사람들 위로, 또 다른 사람들이 탑승하려고 하는 것 같았다. 마치 도시 출퇴근 시간에 북적거리는 지하철 안이 연상되었다. 그러나 탑승한 사람들은 저마다 한편으로 안도감을 느끼고 있었다.

이리저리 튀어나온 철근 들과 철사를 비닐과 테이프로 감싸고 있는 조와 폴이 보였다. 예전의 JC에 대한 아늑함, 여유, 고급스러움은 없어지고 그 원동의 내부 구조가 보였다.

왈도 박사 일행이 JC에 들어간 사람 수를 세서 왈도 박사에게 사인을 보냈다. 78명이었다.

조나단 박사는 시계를 보고 있었다. 그리고 박사의 옆에 있는 연구원들 중 체구가 작은 여자 연구원 둘을 안으로 밀어 넣고 문을 닫았다. 소지품도 없이 몸만 JC에 탑승하게 된 연구원들은 조나단 박사의 갑작스러운 처신에 놀라서 문을 두드리며 뭐라고 얘기했지만, 들리지 않았다. 조나단 박사가 다른 체임버로 통하는 문을 내리고, 작은 철문까지 봉쇄하고, 버튼을 눌렀다. 체임버로 금방 바닷물이 차올랐다. 조나단 박사는 카운트다운을 세기 시작했다.

"5, 4, 3, 2···. 1······ 지로!!"

"뉴 마리너 JC-33호 출항합니다."

뉴 마리너에서 스위트 홈, 육지로!

"2월 19일 20시 7분 25초!"라고 말하고 조나단 박사는 마이크를 잡은 손을 조용히 내렸다.

제59편

"제발, 주. 사람 좀 놀래키지 말라고!"

이수가 마침내 멈춰선 주를 향해 짜증스러운 소리로 말했다.

주는 쭈그려 앉아 있었다.

"이수, 이리로 좀 와 봐요!"

이수는 주 옆에서 자신을 새침하게 멀뚱멀뚱 쳐다보며, 털이 부숭한 꼬리를 흔들어 대고 있는 캐러멜이 얄미웠다.

주에게 다가가니, 바닥에 누워 있는 중년의 여자가 보였다.

"누구지?"

"죽은 거 아니야?" 이수가 물었다.

"아니에요. 숨 쉬는 소리가 나요."

주가 이수를 걱정스럽게 올라다 보며 말했다.

"이수 씨, 나 때문에 어떡해요?"

"아직 시간 있는 거 아니에요? 얼른 가요!"

"벌써 출발했을 거야…아까 카운트다운 하는 소리가 났다고…….."

주는 한숨을 쉬었다.

"어떡하죠?"

이수가 말했다.

"걱정하지 마. 조나단 박사는 아직 여기 있으니까……. 다른 사람들도 박사와 함께 있어. 가령, 왈도 박사와…… 또 탐……."

"괜찮을 거야."

"그나저나 이분은 어떡하지? 남아 있는 의사가 있는지 알아보고 올게. 아니다. 주, 네가 가."

"나도 그쪽으로 갈게." 하고 누워 있는 아주머니를 들쳐 업었지만, 그 환자는 몸에 힘이 풀린 모양으로 몸이 축 처졌다.

"어서 가. 주!"

이수가 재촉했다.

"네, 알았어요."

주는 다시 달음박질하기 시작했다.

"이런."

그녀의 플랫 신발이 그리웠다. 앞이 뚫린 여름 샌들로 뛰는 일도 쉬운 일은 아니었다. 아무것도 모르는 듯 캐러멜만이 헤헤거리며 주를 쫓아 뛰었다. 윤기 있는 털을 날리면서……

제60편

"주! 여기서 뭐하고 있는 거야. 제길. 아직 여기 있었던 거야?"

조나단 박사의 랩으로 뛰어가는 주를 멈춰 세우며, 터프가 몰아치듯
물었다.

"사람이 쓰러져 있어요."

"뭐? 누가?"

"모르겠어요. 캐러멜이 도망가서 내가 캐러멜을 쫓아갔는데, 어떤 여
자가 바닥에 누워 있었어요. 아직 의사가 여기 있나요?"

"여긴 전문 잠수팀이랑 조나단 박사, 왈도 박사랑 몇몇 연구원들뿐일
걸. 다 철수했다고. 피터도 갔어…… 도무지…… 주, 어떻게 된 거야?"

"터프는요?"

"왈도 박사가 같이 치피호를 타자고 해서……. 박사팀이 정리할 게

좀 있다나 봐. 혹시 모르니 여태껏 연구한 자료들을 안전한 데 보관하려나 봐."

"우선, 피츠버그 박사한테 가보라고. 박사도 뭐든 알고 있겠지."

"이수도 있다고? 이런. 잠수정에 다 탈 수 있으려나…… 당장 뭐라도 만들어야겠네."

조나단 박사를 찾아 뛰어가는 주의 뒤로 터프의 혼잣말하는 소리가 크게 들렸다.

제61편

다행히 사무엘의 잠수부원 중 뉴멕시코의 의사 면허증이 있는 사람이 있었다.

쓰러진 부인은 수잔 기온으로, 초기 당뇨병이 있었는데 갑자기 놀라기도 하면서 저혈당 쇼크로 쓰러진 모양이었다. 그 잠수대원은 클리닉에 있던 앰부를 누워 있는 여자에게 놔 주었다. 몇 분 지나지 않아서, 곧 혈색이 돌아오고 10여 분 후에는 옆에서 대기하고 있던, 필 앤드류와 주에게 말을 걸었다.

"여기, 물 있어요? 마실 것 좀 줄래요?"

주가 물이 담긴 컵과 오렌지 주스 병을 건네어 주자, 그녀는 그것을 마시고 두리번거리며 말했다.

"도대체 어떻게 된 거죠?"

"당신들이 날 구해준 건가요?"

그녀의 혈압과 맥박을 확인하고는, 필이 자리에서 일어났다.

"일이 있어서 가봐야 돼요. 사무엘님이 불러서요. 그러면서 주를 손짓해서 불러 말했다.

"어떤 일이 있어도 놀라게 하지 말고요. 무슨 일이 생기면 나에게 호출해요." 하면서 작은 호출기를 건네주었다.

"인슐린 펜도 놓고 갈게요. 링거는 그대로 놔두고요. 기억해요, 주. 절대 안정이 중요해요."

한 움큼의 사탕과 초콜릿이 담긴 비닐봉지를 주에게 건네주며 필이 재차 주위를 주었다.

"곧 터프도 올 테니까, 같이들 움직이세요." 하고 필이 작은 진료소 안을 휙 하고 둘러보았다.

"네……."

주가 대답하자마자, 그는 성큼성큼 진료소 밖으로 나가버렸다.

필이 진료소에서 나가자 수잔은 나이 든 부인들이 으레 그런 것처럼 이야기하기 시작했다.

"우리 집은 흰 양과 염소들을 같이 키웠어요. 우리 집은 원래 양만 키우는 집이었는데…… 증조할아버지가 그렇게 부탁을 남겼는데도 불구하고 염소를 같이 먹였다고요……. 그래서 나한테 이런 일이 생긴 거예요."

"그때 당시 시장에 아주 상태 좋은 건강한 염소들이 좋은 값으로 나왔어요……."

푸념 같은 넋두리였지만, 솔직한 가정사에 대한 이야기들이었다. 주는 그렇게 수잔 기온의 이야기를 들으면서 반나절을 보냈다.

그녀는 필이 말한 대로 그녀가 최대한 안정을 취하기 원했으므로, 뉴 마리너에 일어나고 있는 일에 대해 되도록 말하고 싶지 않았다.

그녀가 길렀던 작은 염소 떼가 가파른 절벽으로 도망간 이야기, 그래서 염소를 쫓아가다가 넘어진 이야기, 양털을 깎아주는 시즌에 관한 이야기 등등. 주는 이야기에 전적으로 공감한다는 듯이 고개를 끄덕였다.

반면, 왈도 박사는 뉴 마리너 내의 CCTV를 교환하고 있었다. 과거의 파일들을 빨리 돌려놓기를 해서 모니터에 띄어 놓고, 테이프 파일을 PC에 옮기고 있던 박사는 잠시 테이프를 멈췄다.

"어. 이게 뭐지?"

무엇인가 공조실의 보일러 파이프가 있는 곳에서 움직였다. 사람인 것 같았다. 왈도 박사가 되감기를 해서 보자, 무릎을 꿇고 엎드려 통로로 기어가고 있는 한 남자와 여자의 형태가 분명히 나타났다.

"이런……."

그들은 누군가의 말을 엿 들으려고 하는 것 같았다.

제62편

비록 내부의 인테리어가 말할 수 없이 엉망이었고, 대신 사람들로 가득하고 북적였지만, JC-33의 우아하고 부드러운 승차감은 여전해서, 사람들은 큰 두려움 없이 잠수정에 의존하여 물 위로 올라가기를 기다리고 있었다. 다만, 물 위로 오르는 중에 떠오르는 JC의 머리끝을 보고는 청새치 한 마리가 이게 먹잇감인가 해서 주둥이를 내리꽂았다가, 부리가 선체에 끼는 작은 사고가 발생했다. 이 일로 해치를 여는 시간이 지연되어 버렸다.

서늘했던 바다 밑에서와는 달리 몇 십 명의 사람들이 옹기종기 모여 있으니 후덥지근하기까지 했다. 들어올 때는 거의 끝번이었던 루이는 나갈 때에는 거의 첫째였는데, 해치 입구가 열리니, 순간 귀가 멍멍해지는 것을 느꼈고, 곧, 파란 하늘과 바다가 보였다. 울렁거리는 파도가 느껴지기도 해서 루이는 멀미가 나는 것도 같았다.

그러나 루이는,

"할렐루야. 살았구나." 하며, 그가 소중히 아끼던 다기류가 든 가방을 거의 바닥에 팽개치다시피 하며 소리쳤다.

인양선이 다가와서 뉴 마리너 JC로 탈출한 사람들의 수를 세고 인적 상황을 파악하기 시작했다. 대부분의 사람들이 씻고, 휴식을 취하고 싶어 했기 때문에 그들은 일단 숙소로 이동한다고 했다.

루이는 다리가 후들거리는 것 같았다. 그곳에 있는 구조원 및 긴급구조반에서 나온 직원이 조금 있으면 괜찮아진다고 하며 보급용 샌드위치와 응급구조 물품 한 꾸러미를 건넸다.

그 안에는 게맛살이 든 작은 햄버거와 피클 외에도 일회용 실내화, 잘 때 쓰는 안대와 얇은 무릎덮개를 비롯해 캔 소다와 물병도 들어 있었다. 나이가 많은 부인들은 간이난로 곁에 모여서 몸을 따뜻이 데우고 있었다.

치즈 샌드위치를 거의 다 먹었을 즈음에 또 다른 직원이 종이컵에 담긴 커피를 돌렸다. 구조된 사람들과 연락을 취하고 싶어 하는 가족들의 통화가 기다리고 있어 몇몇은 공조실로 갔다.

어쨌든 인적 상황은 남기고 봐야 했으므로, 서둘러 자신의 승용차로 가고 싶어 하는 스타도 난로가 옆에 앉아서 샌드위치와 햄버거를 먹었다. 몸이 따뜻하고 배가 부르니 바다 아래 남기고 온 사람들이 슬슬 생각났다.

"뉴 마리너가 괜찮을까요?"

한 중년의 여자가 걱정스럽게 말했다.

"몇 명이 남아 있었죠?"

"모르겠네. 워낙 잠수함 안으로 사람들이 밀려들어와서."

"아직도 멍멍하고 기운도 없고…… 다들 괜찮아요? 난 의사한테 가봐야겠어……." 하며 종이컵에 든 뜨거운 커피를 홀짝이며 보험회사에서 나온 직원이 자리를 떴다.

"피츠버그 박사가 워낙 영민하니까 잘 하고 있겠죠……."

"정말 물이 새어들어 온다고 했어요?"

"모르겠어요. 들은 거라…… 그때 정전 이후로는 정말…… 쿵. 쾅. 쾅."

"여기 있는 분들은 정말 용감하신 거예요."

한 여자 연구원이 고개를 휘적휘적 저었다.

피츠버그 박사팀의 연구원들이 상황 보고를 하러 자리를 뜨고 나자 인양선 갑판에 남은 사람들은 서로의 얼굴을 보았다.

"수잔이 없어요! 누가 수잔 본 사람 있어요?"

"수잔 누구요?"

중앙인적상황 감독반에서 나온 남자가 물었다. 감색의 방풍 점퍼에는 소속 부서의 이름이 흰 글씨로 크게 쓰여 있었다. 그는 뉴 마리너의 인적 정보 명단이 프린트된 종이를 옆구리에 끼고 볼펜으로 구조되어

나온 사람들의 이름에 체크를 하고 있었다.

"수잔 메이피크 기온이요. 제 랩 동료예요. 그녀는 당뇨가 있어요."

"그녀를 JC에서 보지 못했나요?"

"아니요. 못 본 것 같아요. 워낙 서둘러서 나와서……."

"그녀의 건강 상태가 좋지 않았나요?"

"아니요. 뭐, 평소에는 건강했어요. 약을 먹는다고 알고 있었는데, 그 상황에서 어떻게 됐는지 모르겠어요."

"피츠버그 박사와 연락이 닿는 대로, 상황 점검해 보겠습니다. 지금은 너무 염려하지 마세요. 아마 박사팀과 잘 있을 겁니다."

그가 그녀를 달래며 말했다.

갑자기 바람이 불며 바다가 거칠어지는 것 같았다. 갑판 위에 있던 사람들은 후드가 있는 방수용 비닐 재킷을 걸쳐 입거나, 실내로 들어가 흩어졌다.

제63편

✛

남은 자들
〜〜〜〜

남은 사람들은 그 무너진 모래 탑을 모바쉬의 재킷이라고 불렀다.

모바쉬 재킷은 겉은, 다른 여느 방풍 점퍼와 같은 나일론 소재이지만 안은 가볍고 얇다는 신소재 비닐로 씌운 모 회사의 신상품 재킷이었다.

그러나 이 재킷은 금방 찢어지거나, 박음질이 뜯어져서 그 전량이 회수된 일이 있었다.

그들은 그 '모바쉬 재킷'이 다른 해저 구조물과 같이 깎인 돌로 만들어진 해저 절벽이라고 생각했던 것이다. 해초와 산호, 다른 해양동물들의 서식지였던, '모바쉬 재킷'이 엄청난 양의 굳어진 규토 진흙과 모래의 탑이었다니…….

"어디서 모래가 솟아나오는 게 아니고 그 모래 탑에서 쏟아져 내린 모래이기 때문에 우선 그 '탑'의 손실 정도를 알아보는 게 중요합니다."

사무엘이 말했다.

"치피를 타고 나가서 상황을 보고 올까요?"

팀이 제안했다.

"우선은 대기해야 한다고 생각하오. 성급히 치피호의 연료를 낭비한다거나, 이런 위험할 수 있는 상황에서 대원들을 내 보낼 수도 없소."

피츠버그 박사가 단호히 말했다.

"일단 관제소와 연락이 되면, 그쪽에서 작업하는 게 안전하고 빠를 거요."

그가 이렇게 말하자 모인 일행은 고개를 끄덕였다.

탐이 말했다.

"일단, '배리어' 자체는 잘 만들어진 것 같습니다. 그 진흙 더미가 얼마나 더 밀려오려는지 모르니까 지금 매튜의 대원들이 그쪽에서 대기 중이에요."

"그쪽에 몇 명이나 남아 있나?"

"매튜, 모비, 저스틴, 데이비드, 샘슨, 앤드류 이렇게 6명입니다."

탐이 대답했다.

"그렇군."

"……"

"비록, 중앙 관제탑과는 연락이 되지는 않지만, 이쪽으로 지나다니는 어선들이 있을 겁니다. 이 어선들 중 한 곳에만 연락이 닿아도……."

완도 박사가 말했다.

아쿠아는 그 구역의 고기잡이 어선들과 교류하며 필요한 해상 정보 및 데이터를 얻곤 했었는데, 그들은 음향기법을 활용해 해저 지형과 지층 구조를 파악할 수 있었다.

"맞아요. 계속 신호를 보내봅시다!"

피츠버그 박사도 말했다.

제64편

저녁은 조개가 들어간 걸쭉한 수프 통조림들과 완두콩 절임이었다. 저녁 식사 중에 조나단 피츠버그 박사가 빌 헥터에 관해 이야기하기 시작했다. 로즈메리라는 여성이 사건 전날 박사가 관제탑 연락을 기다리는 새벽에 연구소로 찾아왔는데, 그녀가 박사에게 헥터에 관한 이야기를 했다는 내용이었다.

그의 아버지는 그 일대에서 알려진 뛰어난 사냥꾼이었는데, 이웃들의 목수 일도 해 줬다는 이야기와 게일이라는 간호원과 열렬히 사랑하고 결혼해 헥터가 태어났다는 이야기. 그런데 그 아버지에게 헌팅턴 유전병이 발현되고, 어머니가 가출한 뒤, 아버지를 부양하며 어두운 청소년기를 보냈다는 이야기였다.

알츠하이머가 있는 아버지가 있는 왈도 박사는 통조림과 콩에 집중하며 열심히 먹는 것처럼 보였는데, 사실 짠한 마음이 들었다.

"참, 헥터는 지금 어디 있을까요?" 팀이 물었다.

"나에게 헥터를 같이 대피할 수 있게 해달라고 부탁하더라고…… 남을 해할 사람은 아니라고 하면서……."

조나단 박사가 말했다.

터프가 회의적인 목소리로 말했다.

"피터는 그 자식이 무슨 방망이로 자기를 위협했다고 하던데……."

"로즈마리라는 여성도 혹시 그와 한패가 아닐까요?"

이수가 무심하게 말했다.

그때, 그때까지 자신의 접시에 쌓인 콩 먹기에만 집중하는 것처럼 보이던 왈도 박사가 자리에서 일어났다. 그리고 매몰차게 이수를 쏘아붙였다.

"이수! 그리고 주! 남의 혐의에 대해 왈가왈부하기 전에 먼저 당신들의 혐의에 대해서 설명을 해야 할 거요."

"혹시 자네들이야말로 빌 헥터와 함께 일하는 자들 아니오?"

이수와 주가 어리둥절해하고 있는데, 다른 몇몇 대원들이 식사하다 말고 그들을 쳐다보았다. 조나단 박사도 이게 또 무슨 이야긴가 하고 어리둥절해하는 것이 보였다.

"자네가 그때 결박을 풀어주지만 않았어도……."

왈도 박사가 말을 이었다.

"박사님도 아시다시피 그때는 갑작스럽게 정전이 되었잖아요."

"그가 잽싸게 팔을 빼낸 거라고요." 이수가 말했다.

"그럼, 공조실에는 왜 기어들어가서 남의 말을 엿 들은 거요?"

"아⋯⋯."

"공조실?" 터프가 어리둥절하며 말했다.

주는 이수에게 눈을 흘겼다.

"이수 씨가 전 여자친구였던 엘리스가 다른 남자랑 사귀고 있는 것 같다고 확인해야겠다고 했어요."

"뭐라고? 풋." 한 대원이 어처구니가 없다는 듯이 웃었다.

"정말 그게 다요?" 왈도 박사가 재차 차갑게 물었다.

"사실이에요. 엘리스가 다른 남자를 사귀고 있는 것 같아서⋯⋯."

이수도 대답했다.

"그래서 남의 말을 엿 듣기로 한 건가요?"

피츠버그 박사도 눈살을 찌푸렸다.

"저는 정말 잘 듣지 못했어요. 공조실의 엔진 소리 때문에 뭐라고 말하는지 잘 들리지 않았어요."

주가 말했다.

"엘리스의 방인 줄 알았는데, 외국인 남자 둘이 있었어요."

이수도 자백했다.

"무심코, 말을 듣게 됐는데, 사실 별 이야기가 아니었으면 흘려버렸을 텐데…"

"그들은 지진이 나기도 몇 주 전에 지진이 날 거라는 것을 알고 있는 듯 했어요"

이수가 말을 이었다.

"어떻게! 중앙관리팀에 있는 우리도 지진이 나기 몇 분 전에야 보고를 받았는데…… 미리 알았다면 대비를 했을 거요."

조나단 박사가 말했다.

"그들은 다른 정보원이 있었어요. 그리고 그들은 이 뉴 마리너에 대해서도 잘 알고 있었고요……."

주가 주저하면서 말문을 열었다.

제65편

무심코 들었던 지진 이야기가 실제로 일어나고, 이수에게서 폭포 이야기를 듣고 우려한 주는 그들을 직접 찾아가게 된 것이었다.

그들의 이름은 지로와 빅터였는데, 지로는 이탈리아인이고, 빅터는 남미인으로, 사실 굉장히 친절하고 좋은 사람들이었다.

그들은 그들의 연락망을 통해 정보를 주고받으며 일을 했는데, 주의 우려와 염려를 잘 이해해 주고, 이수가 말한 '바다폭포' 이야기가 사실일 가능성이 희박하다는 것까지 말해 주었다.

그들은 또한 뉴 마리너 내외 구조도 잘 알고 있었는데, 이것은 뉴 마리너의 건설 시 함께 일한 시공 및 설계회사와 각별한 파트너이기 때문이라는 말도 했다.

이야기를 들은 왈도 박사가 마침내 말했다.

"더 이상 문제를 만들지 말아요. 지난번 정전 때 일 이래로 나는 당신들이 무척 괜찮은 사람인 줄 알았었다고……."

한 대원이 손을 들고 말했다.

"만약, 주가 들은 말이 모두 사실이라면, 그런 안전한 곳이 뉴 마리너 내에 있다는 거네요."

"그곳이 어디라고 했죠?"

팀도 덩달아 주에게 물었다.

남아 있는 해양 탐사선들은 모두 소형이라 그들이 아무리 셈을 해도, 남은 인원 모두가 해양 탐사선으로 대피하는 것이 어려워 보였기 때문에, 팀은 대피할 곳을 마음으로 물색하고 있었다.

조나단 박사도 이 사실을 진작 알고 있었다.

물론, 구조팀이 수일 내로 도착하겠지만, 바깥 상황이 어떻게 진행되는지 모르는 상황에서 그도 줄곧 기도하는 마음이었다. 주가 들었다는 그 '방'이 충분히 존재할 가능성이 있었는데, 박사는 주가 말 한 그 남미인의 회사에 약간의 투자를 한 적이 있었다. 그쪽에서 이야기를 해준 것이라면 그 '방'은 정말 뉴 마리너 어디엔가 있을 가능성이 크다고 그는 자신에게 연신 말하는 것이었다.

제66편

물은 위에서 아래로 흐른다. 그렇다면, 사람들은 어디로 흐르는 것일까?
좀 더 나은 것을 따라 흐르는 걸까?

만약, 값과 가치에 의미를 둔다면, 부유한 것, 넉넉한 것, 풍족한 것
혹은 풍족하게 하는 것들을 따라가게 되겠지.

그러나 연어처럼 물살을 거슬러 오르는 숙명을 가진 존재들도 있는 법.

그렇다면 그런 이들은 순례길을 걷고 있는 것인가?
이 길은 그들이 걷게 되어 있었던 길인가?
가게 되어 있었던 자리인가?

팀의 대원들과 이수가 주를 따라서 그 안전하다는 '방'을 찾아 나서기로 했다.

조나단 박사는 그 사이에 관제탑으로 계속 연락을 취하기 위해 연구실에 머물러 있었고, 왈도 박사는 연구실마다 연구 자료 파일들을 정리해서 안전한 곳으로 보내기 시작했고, 몇 가지 보고서들과 자료들을 분류하는 작업에 눈도 붙이지 못한 채 고군분투했다.

매튜와 사무엘은 그의 대원들과 함께 건물 안으로 들어오는 진흙과 찬 바닷물을 막는 다른 바리케이드를 구상하는 중이었다.

그들은 아예 B동을 포기해서 뉴 마리너 전체로 오는 압력을 더는 방안까지 생각하고 있는 중이었다. B동 위층의 창문들을 깨면 그쪽으로 해수가 밀려 아래층 로비로 내려가, 특히 아랫부분으로 강하게 밀려오며 압력을 가하는 이 진흙과 모래더미들을 밖으로 씻어버릴 수 있을지도 모른다고 보고 있었기 때문이다.

뚜뚜뚜뚜······

무선에 연락이 잡혔다.

조나단 박사가 의자에서 벌떡 일어났다.

"아, 아, 아, 들립니까? 저는 뉴 마리너 총괄 책임자인 조나단 피츠버그 박사입니다. 지금 상태가 안 좋아서, 구조 호출을 쏘아 올렸는데, 그쪽은 어디시죠?"

"여기는 참치잡이 어선 오리온입니다. 아쿠아가 처한 상황을 들었습니다. 몇 명이나 아직 거기 계신 거죠?"

"이곳에서는 저를 비롯한 30여 명의 사람들이 아직 남아 있습니다."

"그렇군요. 저희가 뭐 도울 일이라도 있습니까?"

쾌활한 목소리를 가진 오리온호의 선장인 듯한 사람이 물었다.

"네! 지금 관제탑과 연락이 두절된 상황입니다. 그곳에 상황 보고를 하고, 구조 요청을 해 주십시오."

"저희 배는 이틀 뒤에 항구로 들어갈 겁니다. 다른 사항은 없습니까?"

"아, '아쿠아' 근처에 있던 해저 구조물이 무너졌습니다. 상황 파악을 위해 지형 확인을 부탁드립니다."

"저희 배는 그런 음향 장치가 없어요. 혹시 다른 어선 중에 그 장비를 가진 어선의 이름을 아십니까? 그쪽으로 연락을 취해 드리겠습니다."

"네. 그렇게 해 주시겠어요? 잠시만요."

뉴 마리너와 함께 일하는 고기잡이배들의 이름 목록을 어느 노트에 기록해 둔 것 같았다. 물론, 모든 정보들은 컴퓨터에 입력해 놓았지만, 피츠버그 박사는 중요 자료들을 자신의 개인 노트에 따로 적어두는 습관이 있었는데, 지금은 참 요긴한 습관이라고 생각되었다.

오리온호부터 시작해서 알파벳순으로 적어진 어선의 이름은 열세 개 남짓 불렀을까. 다시 송수신이 끊겼다.

띠띠띠……

"휴……."
피츠버그 박사는 안도의 한숨을 내쉬었다.

개미들도 비가 올 때 땅 아래로 그리고 건물 안으로 행진한다.
늙은 어부 토미는 흰점박이고래 떼 및 푸른불가사리 떼가 몇 년 전부
터 아쿠아가 지어진 구역의 앞바다로부터 다른 곳으로 이동하고 있었
다는 것을 알고 있었다.

제67편

피츠버그 박사를 비롯한 그의 일행들은 어둡고, 좁은 굴 같은 통로에 몸을 웅크리고 앉아 있었다. 그곳은 또한 수로가 지나가는 곳으로 매우 눅눅하기도 했다.

중앙 엔진이 꿀렁이는 소리를 냈다. 게다가 높아진 압력 때문에 다른 곳에 비해서 바깥으로부터의 압력이 더욱 강하게 느껴지기도 했다.

주는 세찬 소리가 들릴 때마다, 뉴 마리너가 흔들흔들하는 것 같았다.

그리고 그럴 때마다 주는, 놀라서 몸이 덜덜 떨렸다. 그리고 자신도 다른 사람들과 같이 뉴 마리너에서 빠져나갔으면 하는 생각이 들었다.

지친 몸과 마음이 평범한 모양의 행복이라도, 진심으로 바라게 되었다.

모비가 주기도문을 낮지만 분명히 들리게 기도를 하고, 주도 같이 주기도문을 입안에서 암송하면서, 무심코 '고해성사' 같은 분위기에 빠져 주가 말했다.

"사실 저는 주가 아니에요. 제 진짜 이름은 줄이에요. 이제는 줄이라고 불러도 돼요." 거의 훌쩍이며 말하는 주에게 이수가 반쯤 웃으며 말했다.

"줄이라고?"

그런 이수를 보면서 주가 간신히 웃음을 지었다.

"남들이 존칭으로 제 이름을 부를 때마다 이상한 기분이 들었어요. 주 씨(Juicy), 주님······."

"제발 줄이라고 불러 주세요."

줄의 눈에는 닭똥 같은 눈물이 그렁그렁 맺혔다.

이수가 일행을 보며 말했다.

"스트레스를 받아서 그래요."

조나단 피츠버그 박사가 고개를 끄덕였다. 줄은 이내 눈물을 훔치고, 끙끙대는 캐러멜을 안아 주었다.

피츠버그 박사도 달래듯이 말을 이었다.

"사실 내 이름도 조나단이 아니에요. 나의 첫 번째 아버지는 신실한 청교도인이었는데, 나에게 존이라는 이름을 지어 줬지. 그리고 두 번째 아버지는 나를 죠비라고 불렀고, 피츠버그는 현재 아버지 성이죠. 원래는 존스."

다시 뉴 마리너가 흔들렸다. 모두 한동안 조용히 있었다.

마치 그들이 잡담하고 떠드는 것을 그친다면, 뉴 마리너 내부의 흔들림도 조용히 멈출 것처럼 말이다.

"그런데 주 정말 괜찮겠어요? 아니, 줄."

"웬만하면 우리가 남아서 찾아볼 테니까 줄은 올라가요. 치피호와 다른 탐사선을 곧 출발시킬 예정이오."

피츠버그 박사가 말했다.

"박사님!!"

그때 아래쪽에서 내부 기기와 부속품을 조사하고 있던 사무엘이 소리쳤다.

"여기 작은 문이 있는데요."

"믿을 수 없군. 왜 이런 데 이런 객실로 통하는 문을 만들어 놓았지?"

사무엘이 그 작은 철문을 열자, 그들은 그들의 눈을 의심할 수밖에 없었다. 그곳은 뉴 마리너의 가장 꼭대기 층의 저장소처럼 산소통으로 가득 차 있었는데, 그 앞의 좁은 공간의 바닥에 사람이 웅크리고 누워 있었다. 그는 몸의 온도를 높여주는 은박 비닐을 몇 개나 뒤집어쓰고 있었다.

그 사람이 부스스한 얼굴로 일어나서 불빛을 향해 눈을 찌푸리며 얼굴을 내밀었다.

"빌 헥터?"

조나단 박사가 외쳤다.

"박사님이 결국 나를 찾아내셨구먼. 나를 구하러 와 준거요? 안 그래도 여기가 너무 추워서 이제나저제나 나가야지 하고 있었소."

뻣뻣이 굳은 몸을 펴며 헥터가 스스럼없이 말했다.

제68편

*

　익숙한 곳에서 느껴지는 안락함과 안정은 변화와, 모험과, 새로운 이
야기 안에서도 자신이 자신 안에 머물고 있다는 묘한 안도감을 주기도
한다.

　터프의 부엌에서 줄은 터프가 준 비닐봉지에 담긴 남은 체더치즈 가
루를 만지작만지작해서 동그랗게 말아 입에 넣고 있었다. 그렇게 몇 번
을 했을까? 떠들썩한 소리가 밖에서 들려왔다.

　빌 헥터도 그 '방'에 대해 알고 있었는데, 그는 그 방의 입구는 바닥에
있는데, 그곳은 지하에 마련된 아늑하고 넓은 공간이며 사람들이 몇 달
이라도 지낼 수 있도록 비상식품들과 구조물품들이 구비되어 있다고
했다.

　하지만, 그도 그곳이 어디에 있는지 찾지 못하였는데, 팀의 일행들과

왈도 박사는 그 점을 의아해하며, 그중 몇몇은 빌이 누워 있던 그 '방'이 그들이 찾는 그곳이 맞는 것 같다고 주장하며, 그들의 이전 구상을 접고 플랜B를 마련해야 한다고 주장했다.

그러나 조나단 박사는 현재 계획을 수정하고 다른 플랜을 짜기까지는 시간이 빠듯할 것 같았다. 그의 계획대로라면 그날 저녁, 치피호를 비롯한 남은 4개의 소형해저탐사 잠수정이 출발할 예정이었기 때문이었다.

그는 개인잠수장비를 갖춘 전문 잠수팀 대원들만 남기고 일반 레지던트들은 그날 오후까지 다 철수해야 한다고 생각했다.

2월 22일 저녁

중앙해양대기청 본부팀은 조나단 박사와 통화 연결을 초조하게 기다리고 있었다.

"구조된 승객들에 의하면, 일단 사정이 안정된 것 같았다고 합니다."

"JC-33의 상태는 어떠한가?"

"일단 큰 하자는 없는 것 같지만, 비전문가들이 동원되어 잠수함의 부품들을 마구 부수고 떼어 냈다고 하기 때문에 전반적인 검사 및 재정비가 필요합니다.”

　“우리가 그들에게 잠수정 훼손에 대한 보상을 청구해야 한다고 생각하나?’

　보고를 한 하사 상병이 난처한 표정을 지었다.

　“우선은 조나단 박사에게 상황 설명 및 자초지종을 듣는 것이 우선일 것 같습니다. 물론 해저탐사용 잠수함들이 있으니, 박사팀은 그 소형 잠수함를 타고 올라온다고 했다고 합니다.”

　“다만, 대피한 승객 수와 실장님이 주신 인력자원센터에서 제공한 명단표를 보니, 거의 서른 명 정도가 빠지는데, 사령관님도 아시다시피 소형 레인저들은 탑승 정원이 3명씩이고, 잠수정 치피호는 다섯 명 정도의 인원이 탑승할 수 있을 겁니다.”

　싸한 정적을 깨는 전화벨 소리가 울렸다.

　사령관님! 선착장에서 연락이 왔습니다.

　“뉴 마리너와 연락이 되었다고 주장하는 참치잡이 어선의 선장이 통화를 기다리고 있습니다.”

제60편

    서둘러 채비를 하고 있던 피츠버그 박사는 멀뚱히 서 있는 수잔 기온의 하얀 얼굴을 보며 역시 호리호리한 중년 여인의 부탁이 생각났다. 자신들의 짐을 다 챙겨서 모인 다른 사람들과는 달리 빌 헥터는 두 손이 포장용 테이프로 감겨 있었다. 그의 얼굴은 보이지 않았지만, 그는 잠을 자고 있는 것 같았다.

    조나단 박사는 그의 어깨를 툭툭 쳐서 깨웠다. 빌이 반쯤 일어나서 연방 말했다.

    "나는 정말 그 빌어먹을 '방'이 어디 있는지 모른다고요! 오죽하면, 내가 거기에 있었겠소?"
    "알겠소. 알겠소. 알겠으니 진정하라고."

사무엘이 무뚝뚝하게 대꾸했다.

조나단 박사가 그에게 물었다.

"당신 잠수할 줄 알죠?"

"잠수요?"

"제길, 수영 말이요."

"산소통 메고, 스노클링 끼고, 죽죽 발을 젖는 거라면, 못 해요!
난 수영에 젬병이라고."

빌이 볼멘소리로 말했다.

"그럴 일이 있소? 당신은 여기서 공사 감독까지 했었잖소? 지금 농담
하는 게 아니라고……."

조나단 박사가 눈살을 찌푸리며 다그쳤다.

팀이 장비를 챙기면서 확고하게 말했다.

"헥터가 수영을 할 수 있는지는 상관없어요. 그는 우리와 함께 갈 겁
니다."

팀이 잠수용 장비를 점검하면서 헥터의 마른 상체를 힐끗 쳐다보
았다.

"맞는 잠수복이나 있을지 모르겠군."

"왜 수영도 못 하는 사람에게 지레 겁을 먹이나? 걱정 말게, 헥터. 물
이 그렇게 무서우면 나 대신 자네가 잠수정을 타고 가게."

모비가 말했다.

사무엘이 말했다.

"모비~! 언제나처럼 그게 뭡니까? 게다가 우리는 계속 안전하다는 그 '방'을 찾을 거라고요. 잠수정을 타고 나가려는 생각은 눈곱만큼도 하지 않은 것이 좋아, 헥터. 모비는 맘씨 좋은, 나이든 노인일 뿐이라고."

"모비! 당신도 이제는 당신이 얼마나 나이가 들었는지 깨달을 수 있을 만큼 나이를 먹지 않았나요? 설마 그 배불뚝이 같은 몸으로 바다 위까지 수영해 올라갈 수 있겠다고 생각하시는 건 아니겠죠?"

"아니지, 우리를 쫓아다니는 것도 이제는 그만 해도 된다고요!"

사무엘이 핀잔하자, 모비는 인자한 웃음을 보이며 말했다.

"이래 봬도 아직 쓸 만하다고~ 허허허. 이 정도면 이팔청춘이지."

이때다 싶은 빌이 모비에게 떼를 쓰듯이 말했다.

"모비, 난 찬 바닷물은 딱 질색이에요. 내가 잠수정을 타고 가도 된다고 하셨죠? 한 입으로 두말하기 없기예요."

제10편

　네 대의 잠수정에 여섯 명의 조종사들이 자신들의 잠수정에 자리를 잡고, 출발을 기다리고 있었다.

　왈도 박사, 피츠버그 박사, 터프 햄던, 수잔 기온, 빌 헥터 및 잠수정 조종사들 그리고 피츠버그 박사의 전속 비서실장 및 왈도 박사가 지고 있는 캐리어 또한 한 사람의 성인 몫을 차지했다. 몇 차례의 토론과 회의 끝에 해상 날씨가 좋지 않다는 보고가 있었음에도 불구하고, 레인저 잠수정을 타고 나가기로 된 사람들이었다.

　지난 번 JC호 대피 때처럼 일행은 조용히 저마다의 결정에 대한 생각에 잠겨서 조종사가 능숙하게 잠수정의 브레이크를 풀고 출발을 준비하는 것을 보고 있었다.

왈도 박사의 가방들과 박사가 먼저 치피호에 탑승했다. 터프가 무리를 한 번씩 쳐다보고는 특히, 팀과 사무엘을 부둥켜안으며 말했다.

"곧 위에서 봅시다! 아니지, 우리가 올라가자마자 당신들을 데리러 다시 올 거요. 헤이, 거기 형씨. 여기 올라갔다 오는 데 얼마나 걸리죠?"

잠수정의 정비를 점검하던 정비공이 모자를 젖히며 한 손을 들어 올렸다.

"인양 시간은 한 5시간에서 7시간 정도 걸릴 겁니다."

"이봐. 잊지 말라고, 우리는 올라가서 잠수정을 점검하고, 위에 사령부의 결정이 나야 다시 내려올 수 있습니다. 연료도 다시 채워 넣고요. 그런데 그 절차가 얼마나 빨리 진행될 수 있을지는 잘 모르겠네요. 물론, 저희 쪽에서는 전적으로 인명 구조에 협조할 겁니다."

"주. 이수. 위에서 보자고! 자, 갑시다. 수잔 부인."

두꺼운 터프의 방한 점퍼를 발목까지 걸친 수잔이 검은 잠수복을 입고 있는 사무엘의 잠수부 대원들을 걱정스럽게 보면서 말했다.

"정말로 감사해요. 당신들 모두에게 신의 가호가 함께 하길 빌게요."

"곧 모두 위에서 볼 텐데요, 뭐. 부인. 서둘러요."

터프가 손짓하며 말했다. 수잔이 피츠버그 박사 앞에 서서 그의 손을 꼭 잡았다. "정말 고마워요. 박사님, 주, 이수, 곧 위에서 뵐게요."

빵과 물, 그리고 열세 명의 동료

결국은 모비가 다른 열두 명의 사람들과 남게 되었다. 그들은 '안전한 방'을 찾으며, 피츠버그 박사팀이 다시 돌아와서 구조 지원을 할 때까지 기다리기로 했다. 그들은 그 시간이 12시간에서 28시간 이내가 될 것이라고 예상하고 있었다.

✳

피츠버그 박사는 하는 수 없이 잠수정을 같이 타게 된 빌 헥터에게 말을 걸었다.

"당신은 도대체 뭐했던 사람이오? 내가 보기엔 당신은 운이 좋아서 '빌 헥터'가 된 거요."

헥터가 헤죽헤죽 웃으며 말했다.

"'오직 너희 말은 옳다 옳다, 아니라 아니라 하라'고 마태복음 5장 37절 말씀이죠."

"아니, 정말, 솔직히 어떻게 뉴 마리너로 오게 된 거요?"

"패스포트를 위조했어요. 노아 빌이라는 이름으로."

"제길, 패스포트를. 뭐라고요!"

"옆에서 귀청 떨어지겠네. 적어도 나는 항상 나답게 살긴 했죠……. 세상을 보라고요. 밖은 조나단 박사인데 안은 헥터인 사람들이 얼마나 많다고……."

"당신이 보기에 그렇다는 거겠죠!"

피츠버그 박사가 핀잔 투로 잘라 답했으나, 그 후로 말을 그쳤다.

어쨌든, 그는 뉴 마리너 내에 경찰이나 경찰 비슷한 안전요원이 배치되지 않았다는 것이 에러였던 것 같다고 생각했다.

'하지만, 도대체 누가 빌 헥터가 뉴 마리너에 머물고 있을 것이라고 상상이나 했겠는가!'

'게다가 우리 대원들은 아직 뉴 마리너에 남아 있는데, 나는 그자의 바로 옆에 앉아 그의 이야기를 듣고 있다니!'

잠수정이 해저로 진입하면서, 바다에 있던 빛을 내는 부유 생물 등이 위로 올라가는 것이 보였다. 빌도 불투명한 창을 통해서 이 광경을 주의 깊게 보고 있었다.

박사는 다시 그의 생각에 잠겼다. 뉴 마리너에서의 일, 지진과 모래탑 '모바쉬 재킷', 잠수함 JC-33, 책임감, 남아 있는 열세 명의 사람들. 아, 그리고 토비!

제11편

기다림

왈도 박사와 꼭 필요한 자료들, 잠수정의 조종사들과 뉴 마리너의 행정관리 관련 책임자들, 수잔과 터프, 그리고 모비 대신 탑승한 헥터가 떠나고 나니, 열세 명이 남게 되었다.

줄, 이수 로즈하리, 사무엘 솔트스톤, 팀 하트웰, 탐 닐, 모비, 그리고 데이비드 제이, 저스틴 R., 매튜 밴더 빌트, 샘손, 아시아, 에드 윌. 앤드류 필이라는 요원과 캐러멜에게는 하루라는 시간이 주어졌다.

이 시간은, '지금'이라는 시점에서는 마치 기다림을 위해 주어진, '예정된' 시간처럼 여겨지는 것이었다.

제72편

첫 번째 바리케이드가 무너지면서, 뉴 마리너 내의 좁은 통로들로 강한 수압이 밀려들어왔다. 조나단 박사와 그 일행의 잠수정이 바다로 출항한 지 30분이 채 지나지 않았을 때였다.

수압이 오르면서 건물이 휘청이는 바람에 주도 같이 흔들렸다. 게다가 다시 한번 몰아친 거친 요동 때문에 주는 옆의 기둥 가로 넘어졌는데, 마치 자전거를 타고 가다가 앞으로 고꾸라진 것처럼 휙 하고 잠시 공중을 날라 바닥에 착륙했다.

그 찰나의 순간에도 줄은 터프에게 들었던 그 안전한 방이라는 곳에 대한 이야기를 되새기고 있었다.

그리고 이상하게도 그녀는 그녀가 가장 좋아하는 음악을 들었다.

'어디로부터 나는 소리인가?'

고민하는 듯이 그러나 그녀는 이내 잠을 자듯이 스르르 꿈을 꾸기 시
작했다.

제73편

✟

그녀는 어느 길을 걷고 있었다. 바닥은 납작한 회색 돌 타일이 깔린 작고 아름다운 동네였다. 그 소도시의 이름은 '몽 베르'로 주가 알고 있는 한 평론가의 고향 마을이었다. 잘 정돈된, 소박한 주민들이 사는 작고 조용한 동네였다.

그녀는 걸음을 잠깐 멈추었다. 뭔가가 그녀를 향해서 걸어오는 것이 보였다. '몽 베르' 돌 타일 거리 위의 형체가 총총 걸음을 옮겨 주에게로 다가왔다. 그 형체의 주인은 평론가이자 과학자인 닐 에덤이었다.

할아버지가 된 그는 지팡이를 들고 중절모를 쓰고, 검은 조끼에는 차는 시계를 단 차림이었다. 그의 황갈색 구두가 걸음마다 회색 돌과 마주치며 또각또각 소리를 내고 있었다.

제74편

완만하게 경사진 해저대륙사면을 막 지나친 왈도 박사의 잠수정 뒤로 조나단 박사와 헥터의 잠수정이 따라가고 있었다.

왈도 박사와 터프, 수잔이 타고 있는 처피호는 조나단 박사의 잠수정보다 사이즈가 커서 그림자를 드리웠다. 잠수정이 어느 정도 부양하자 주위가 한결 환해져서, 잠수정 곁을 에워싼 해저 생물들이 보였다.

"으, 좀 추워지는 것 같은데……." 헥터가 푸념했다. 조나단 박사도 추워서 몸을 웅크리고 점퍼를 감쌌다.

'그린 캐니언'*의 장관이 바닷물을 관통해 비치는 햇빛을 받아 정말 아름다워 보였다. 그러나 처피호가 수면에 접근해 감에 따라 그들은 바다 위의 사정은 그렇게 좋지 않다는 것을 알게 되었다.

강한 해풍이 부는 것 같았고, 바다 표면이 거칠었다. 조나단 박사는 잠수정의 위치를 파악해서 중앙관제탑과 연락하기 위해 천장에 있는 연락망 줄을 잡고 있었다.

"어, 어. 조심하십시오. 치피호, 큰 파도가 접근하고 있습니다."

큰 파도가 부서지면서, 치피호는 둥근 구 모양의 잠수정이 볼링장의 볼링공처럼 빙글빙글 돌았다.

볼링은 조나단 박사가 그리 즐기는 스포츠가 아니었다. 하지만 그것은 토비와 메릴이 좋아하는 운동으로, 박사의 가족은 거의 매주 금요일마다 볼링장에 가곤 했었다.

잠시 안전띠를 푸르고 긴장을 늦추고있던 조나단 박사는 위로, 아래로, 또 위로, 아래로 튀었다.

처피의 조종사와 헥터가 마침내 그를 부둥켜안아 다시 안전띠로 몸을 고정했다. 그들 일행 모두는 울렁거림과 구역질을 참았다. 큰 파도가 다시 한번 그들 잠수정의 옆구리를 강타했다.

"안돼!" 헥터가 외쳤다.

다시 한번 잠수정이 볼링공처럼 구르기 시작했 다. 그리고 그때 조나단 박사는 마음속으로 외쳤다.

'홈런! 조나단 피츠버그. 호옴런!'

*그린 캐니언은 거대 해저 협곡의 이름이다.

제75편

의미로의 여정

주가 서 있는 조용한 몽베르 거리 저편에서 에덤의 지팡이와 걸음 소리가 들렸다.

똑각똑각 똑각⋯⋯

그가 주에게 가까이 다가오자 그와 주 사이에 리본으로 된 라인이 쳐진 것이 보였다. 그는 지팡이로 주를 툭툭 쳐서 자기 구역에서 나가라고 호통을 버럭 쳤다.

그는 자기 외할아버지의 가장 큰 경쟁자이자 평생 가장 가깝게 지낸 친구였다.

'이 고약한 늙은이 같으니라고⋯⋯.'

주는 할아버지가 주에게 한 말을 기억하고 있었다.

"이 고약한 사람…… 하지만 그는 나약하지 않지."

줄은 눈을 뜨고, 벌떡 일어났다.

줄이 서 있는 방은 조용한 편이었고, 한적한 느낌마저 들었다. 그렇지만 뭔지 모를 부드럽고, 한편으로는 단호한 무드로 방이 든든히 채워져서, 공간을 감싸고 있었기 때문에 마치 있어야 할 것이 채워진 곳같이 느껴졌다.

그러나 그녀는 이미 확고한 결심을 가지고 있는 듯했다. 그녀는 벽에 달린 모니터를 켰는데, 뉴스 프로그램이 진행 중이었다. 뭔가 분주한 소리는 멀리 있는 듯 들리지 않았다. 그러나 사람들의 무리들과 색색함의 움직임들은 방을 밝혀 주었다.

줄은 두터운 유리 너머로 보이는 움직이는 물고기의 떼의 유영을 잠시 응시한 뒤 TV를 켜 놓은 채 그대로 방을 나왔다.

제76편

"주, 괜찮아?"

염려하는 듯한 이수의 얼굴이 보였다. 캐러멜도 옆에서 꼬리를 흔들고 있는 것이 보였다. 그녀는 캐러멜의 부드러운 털을 손으로 한 번 쓰다듬어 주었다.

"괜찮은 것 같아요. 모두들 어디 있죠? 피츠버그 박사가 왔나요?"

"아니, 아직. 시간이 좀 남았잖아."

"근데 다른 사람들은 어디 있고, 우리만 여기 있어요?"

"아, 주가 자는 동안에 다른 곳에서 물이 들어오는 걸 사무엘이 발견해서 그쪽에 가 있어."

"네??"

줄이 놀라 묻자 이수가 최대한 담담히 말했다.

"금이 간 쪽을 찾아서, 이전에 했던 것처럼 메우면 된다고 했어. 걱

280

정하지 않아도 돼. 이곳은 안전하고. 또 피츠버그 박사도 곧 올 테니까……."

"아직도 나를 주라고 부르는 군요."

"익숙해서 말이야."

이수가 민망하다는 듯이 줄의 머리를 쓰다듬으며 말했다.

"줄이라고 했나? 줄."

"네에."

"알았어. 그렇게 부를게. 줄."

"고마워요."

"난 단지……."

"알잖아요. 수잔 기온도……."

"이해해. 알았다고…… 걱정 말라고."

"그냥 이런 일들이 생기면 왜 나한테 이런 일이 생겼을까? 생각해 보게 되잖아요……."

"알아. 수잔은 염소를 키워서 뉴 마리너로 오게 된 거고. 줄은 주어서 여기에 와 있는 거고……."

"하지만 보라고. 수잔도 지금 바다 위로 올라가서 잘 대피했잖아. 걱정하지 말라고……."

"그래요. 다들 잘 있겠죠?"

줄은 숨을 크게 들이쉬며 말했다. 너무 감정적으로 되면 눈물이 쏟아져 내릴 것만 같았다.

'그저 모두 다 안전하다니 다행이야…… 피츠버그 박사도 우리를 데리고 곧 오겠지.'

"이수 씨, 지금 몇 시 정도 됐어요?"

이수가 크리스마스에 얻은 방수가 되는 시계를 올려 보였다.

줄의 얼굴에 희미한 미소가 번졌다. 그가 보여줬던 우습게 생긴 바나나 카드도 떠올랐기 때문이었다.

"저녁 9시 하고도 5분. 곧 저녁 식사 시간이네."

"제가 얼마나 잔 건가요?"

"한두 시간 정도 그렇고 있었나? 얼마나 놀랐다고, 줄. 앤드류 선생님이 괜찮을 거라고 해서 기다리고 있었지, 뭐."

"필 앤드류 선생님이요? 아…….."

"링거도 놓아주고. 아, 일어나게 되면 연락하라고 했는데……." 하며 무전기를 꺼냈다. 그가 줄에게 주었던 그 무전기였다.

"어디 불편한데 있어? 머리가 아프다거나? 메슥거린다거나?"

"아뇨. 괜찮은데요. 단지 조금 배가 고프네요. 지금 같아선 토마토도 맛있게 먹을 수 있을 것 같아요."

"그래? 잠깐만. 여기서 터프의 주방까지는 조금 멀지만, 랩까지는 금방 갔다 올 수 있겠는데 내가 금방 갔다 올게."

"거기는 아직 괜찮은 거예요? 무리하지 말아요. 이수. 생각해 주는 건 고맙지만…… 걱정이 돼서요."

웬디가 연구실로 가는 길의 창 너머 본 것 같다는, 청상어가 떠올라 줄은 콧잔등을 찌푸렸다.

이수가 겉옷을 챙겨 입고 일어서는데, 저벅저벅 무리가 걸어오는 소리가 들렸다. 축축하게 젖은 잠수복에 부력벨트 추, 오리발을 저마다 손에 들고 있었는데, 그 모습이 왠지 결연해 보였다.

모비와 앤드류는 평상복 차림이었으나 그들도 장비들을 두 손에 들고 있었다.

"'위치'는 찾았는데, 생각보다 임팩트가 커서…… 플랜B로 가야겠어."

사무엘이 말했다.

"자, 어서 꾸물대지 말고 일어서라고. 위로 올라가야 하네. 이곳도 안전하지만은 않다고…… 물이 곧 찰 거야."

"다시 보게 되어 기쁘군, 주."

사무엘이 말했다.

"네, 고마워요."

줄은 콧잔등을 살짝 찌푸리면서도 살짝 미소 지어 보였다.

'위로 올라간다니…… 이곳보다 더 위에도 방이 있나?'

줄은 갸우뚱해하면서도 그녀의 에코백을 집어 들었다.

사무엘 뒤를 따라가며 팀이 줄에게 엄지를 들어 보였다. 그 뒤를 무거운 짐을 잔뜩 멘 탐과 매튜가 따랐다. 큰 수건을 어깨에 두른 샘손과 저스틴, 그리고 아시아와 에드가 처벅처벅 그들의 소지품들을 챙겨서 끌고 갔다. 앤드류와 모비, 이수와 줄 그리고 캐러멜이 서둘러 그들 뒤를 쫓았다.

제77편

명백히 그들이 가는 곳은 사람이 머무르게 만든 게스트룸은 아니었다.

공기 관과 수도 파이프들이 지나가는 통로 위로 올라가면 산소통들이 저장된 곳으로 줄이 이전에 이수와 같이 기어가던 그 통로를 지나가야 했다. 좁고 어둑하고 축축한 그 통로에서는 짭조름한 냄새까지 났다.

한참 위로 올라가던 대원들의 마지막 코스는 오히려 등반하는 것과 비슷했다.

팀과 사무엘이 파이프에 잡고 올라갈 수 있는 발판을 붙여가며 위로 먼저 올라갔다.

"조심하라고."

"자칫 발을 잘못 디디면 아래 있는 사람을 다치게 할 수도 있으니······."

"모비! 모비 짐은 아래에 두고 올라와요! 아니, 잠깐 아래서 우리

장비 좀 봐주시겠어요? 우리가 올라가서 상황을 먼저 좀 살펴봐야겠어요."

사무엘이 말했다.

"줄. 너도 모비와 함께 아래에 잠깐 있어."

이수가 말했다. 줄은 고개를 끄덕였다. 줄이 올려다봐야 할 정도로 높은 곳에 그들이 도달하려는 작은 입구가 보였다.

그렇게 나무 위를 줄지어 오르는 개미처럼 그들이 큰 파이프에 매달려 위로 같이 올라갔다. 위쪽에는 통풍구 및 프로펠러가 도는 창문이 있었는데, 그 너머로 복도가 보였고, 커다란 문이 보였다.

뉴 마리너의 제일 위층이었다.

"왜 우리가 좀도둑처럼 이렇게 창문을 통해 이곳으로 기어올라와야 했죠? 비상계단을 이용했으면 됐을 텐데요."

이수가 사무엘이 통풍구 프로펠러를 잡아 뜯고 있는 사이로 비상계단의 문을 힐끔 보며 말했다.

"비상계단으로 통하는 입구도 막혀 있어. 지금 중앙제어시스템이 마비돼서, 알 수 없다고."

"게다가 아까 봤잖아. 비상계단 쪽으로 물이 먼저 차오르고 있다고. 이편이 더 안전할 거야."

팀이 무뚝뚝하게 대꾸했다.

기둥을 오르고 있던 사람들이 자칫 미끄러질까 봐 보고 있는 줄은 오히려 더 조마조마해졌다.

"어이. 조심해!" 하며, 사무엘이 뜯은 프로펠러를 아래로 던지자, 저 아래로 프로펠러에 떨어지며 공명음을 냈다.

철퍼덕.

물체가 물의 표면을 때렸을 때 나는 소리가 작게 들렸다.

아시아가 그 모습을 내려다보고 있는 이수의 얼굴을 힐끔 쳐다보더니 이수를 너머 묘기를 하듯이 작은 입구 사이로 미끄러져 나갔다.

그렇게 한 사람씩 차례대로 올라가더니 창문구멍 너머로 이내 모습이 사라졌고, 아래쪽에서 대기하고 있던 무리에게 사무엘이 손짓하자 에드와 저스틴, 데이비드도 올라가기 시작했다.

이수의 얼굴이 다시 창구멍으로 보였다.

"줄! 여기는 훨씬 깨끗하고 아늑해. 얼른 올라와."

"이수! 캐러멜은 어떡하죠?"

줄이 손을 모으고, 소리쳤다. 줄은 잡은 캐러멜의 목줄을 새삼스럽게 꼭 쥐었다.

"잠깐! 이수."

사무엘이 손짓했다.

"이쪽으로 와 보라고."

팀과 매튜가 무거운 철문 앞에 서서 뭔가를 들여다보고 있었다.

"문이 잠겨 있는데요. 비밀번호가 있어야 문을 열 수 있습니다."

탐이 말했다.

"그냥 부수고 들어가면 안 될까요?"

매튜가 주머니 안의 무언가를 만지작거리며 말했다.

"지금 이 상황에서 갑자기 문을 부쉈다가 더 위험해질 수 있어. 게다가 이 도어는 그렇게 해서 열리지 않을 수도 있고."

사무엘이 말했다.

"어쩌지?"

샘손이 말했다.

"행동대장님은 이 방이 우리가 찾던 그 '대피소'라고 보십니까?"

팀이 물었다.

"이 방에는 산소통들로 가득 차 있어. 그럴 가능성은 적어 보이네. 하지만 그럴 수도 있겠지. 나는 한 번도 설계도를 본 적이 없으니."

사무엘이 대답했다.

"피츠버그 박사가 돌아오면, 우리가 여기 있다는 것을 알고 찾으러 올까요?"

이수가 물었다.

모두가 조용해졌다. 이 큰 뉴 마리너에서 그들이 잠수정을 타고 온다고 해도, 어떻게 연락을 해서, 그들을 찾아낸단 말인가!

제18편

사무엘과 팀, 매튜와 이수가 다시 아래로 내려와 모비와 줄, 캐러멜을 맞이하고 있었다.

팔짱을 끼고 생각하던 팀이 말했다.

"시간을 벌어야겠어요. 아래쪽에 풀을 만들어서 물이 고이게 만들어 놓을게요."

"어쨌든 아래 상황도 봐야 하고요."

"이곳 상황도 봐야 하니까."

사무엘이 답했다.

"아시아와 샘손은 여기 남아서 장비들을 옮기고, 팀 자네와 매튜는 자네가 말한 그 풀을 만드는 작업을 하게. 앤드류와 탐도 같이 데려 가고……."

"누구 피츠버그 박사를 잘 아는 사람 없소?"

모비가 입을 열었다.

"피츠버그 박사의 랩 어딘가에 비밀번호가 있을 거요. 난 박사가 그런 것들을 메모하는 습관이 있다는 걸 알고 있지. 우리도 매일 일지를 기록해야 하지 않았소?"

팀이 눈을 동그랗게 뜨고 말했다.

"그럴 수도 있겠네요, 모비. 박사의 랩이라면. 지금은 괜찮을 거예요."

팀이 말했다.

"아직 그쪽으로는 물이 들어오지 않았어요."

매튜가 말했다.

"위험할 수도 있소."

사무엘이 시계를 보면서 말했다.

이수도 시간을 보았다.

12시 45분.

사무엘이 말했다.

"알겠소. 그럼 나와 모비가 거기로 가 보겠소."

"우리도 갈게요."

이수가 손을 들어 자청했다.

"위험할 수도 있다고 하지 않았소. 당신은 개와 주나 챙겨요."

사무엘이 핀잔했다.

"아니에요. 우리가 도움이 될지도 모르잖아요. 우리도 피츠버그 박사를 잘 알아요."

"한 번 그와 인터뷰한 적이 있어요. 그런 것도 도움이 되지 않을까요?"

줄이 말했다.

팀이 줄과 사무엘을 쳐다보고는 말했다.

"어쨌든 시간이 없어요. 두 시간 이내로 다시 이곳에서 봅시다."

팀이 자신의 장비를 들쳐 메고, 자리를 떴다. 앤드류와 저스틴도 다시 아래로 내려와 팀과 합류했다. 모비 옆에서 이야기를 세심히 듣고 있던 매튜와 탐도 그들을 따라나섰다.

사무엘이 그들을 돌아보고 말했다.

"갑시다!"

이수와 모비, 캐러멜을 안은 줄이 사무엘을 따라나섰다. 그사이에 에드와 데이비드는 왈도 박사의 랩 및 다른 연구소를 돌며 남은 주요 자료 및 기구들을 창고로 옮기기로 했다.

제17편

줄이 작은 분홍 모래시계를 뒤집어 피츠버그 박사의 책상 위에 올려 놓았다. 그것은 터프의 주방에서 가져온 것이었다.

"그건 겨우 5분짜리 모래시계잖아."

이수가 핀잔하듯 말했다.

"집중하는 데는 도움이 된다고요."

줄이 받아쳤다.

피츠버그 박사의 책상은 서둘러 빠져나간 흔적들이 있었지만, 가족 사진 및 그가 일하던 행적이 고스란히 남아 있었다.

"어디 보자……."

이수가 그의 시계에 알람을 맞추어 두었다. 사무엘과 모비는 피츠버 그 박사의 개인룸과 락커룸에 가서 그의 노트들을 뒤지기로 했는데, 40

분 뒤에 피츠버그 박사의 연구소로 돌아와 합류하기로 했다.

이수가 박사의 의자에 앉아 데스크톱 모니터를 켰다.

"역시 비밀번호가 필요하군."

"몇 자리예요?"

"겨우 네 자리이긴 한데……."

"뭐라도 쳐 봐요."

"뉴 마리너, JC-33……."

이수가 이것저것 자판에 쳐봤지만, 삐삐삐 소리만 났다. 서둘러 그의 책장과 서랍에 있는 물건들을 조사하던 줄이 고양돼서 말했다.

"맞다. 지문……. 그런 거 해보면 알 수 있지 않을까요?"

"지문?"

"응. 나한테 팩트가 있을 거예요." 줄이 말하며 호주머니를 뒤적였다. 가루 파운데이션과 작은 메이크업 붓이 곱게 접힌 2불짜리와 같이 나왔다.

"서둘지 말라고, 줄. 이거 어떻게 하는 건데?"

"CSI 못 봤어요? 분가루를 자판에 뿌려서 후후 불면 되는 거 아니에요? 그리고 이렇게 불빛에 비춰보면?"

줄이 분을 자판 위에 쏟아 부어서 이수가 콜록거리며 박사의 의자에서 일어났다. 그리고 줄이 한참을 자판의 지문을 조사하고 있는 사이에 박사의 책상을 돌아보았다.

박사의 사진에는 젊은 박사와 그의 부인, 치아 교정기를 낀 어린 딸과 두 마리의 앵무새가 환하게 웃고 있었다.

"박사가 앵무새도 키웠었군."

이수가 말했다.

"앵무새요?"

줄이 말했다.

"응. 게다가 줄, 박사가 딸 있다는 거 알았어?"

"어…… 토미? 토비라고 했었던 것 같은데……. 아무튼 두 글자 이름이었어요."

"이게 생각보다 어렵네. 박사의 생일, 박사 가족의 생일, 결혼기념일……."

"사무엘과 모비가 뭔가 찾아냈을 수도 있어요."

다시 모래시계를 뒤집으며 줄이 말했다.

"박사가 패스포트를 챙겨 갔을까요?"

"모르겠어."

이수가 말했다.

"난 잠깐 모비에게 갔다 와 봐야겠어. 모비가 박사의 신분증이라도 찾았을지 몰라." 하면서 이수가 책상 뒤로 몸을 빼는데, 그의 발이 바닥의 무언가에 걸렸다. 줄이 이수의 발치를 돌아보며 말했다.

"잠깐만요. 이수."

"여기 뭔가가 있어요."

피츠버그 박사가 싸다가 만 오래된 검은 헬스클럽용 가방이었다.

"안에 뭐가 들었는지 볼래요?"

줄이 다시 모래시계를 뒤집으며 말했다.

두세 권의 스프링 노트와 스포츠용 타월, 쉐이빙크림 냄새가 나는 파란 면도기와 손톱깎이 등이 나왔다.

한 노트는 박사가 연구하던 실험 결과에 관한 것인 것 같았는데, 파란색과 붉은색, 검은색으로 표시된 그래프의 종이가 빼곡히 붙어 있었다.

다른 수첩은 거의 빈 노트였는데, 포스트잇으로 그날그날 할 일이라든가 기억해야 할 일이 기록되어 붙어 있었다. 잠수정 수리, 새로 발견한 해양생물 랩으로 운반, 빌딩의 온수조절장치 점검 등등 자질구레한 것들이 메모되어 있었다.

이수가 가방을 뒤집어 훌훌 털자 껌종이 및 일회용 냅킨 몇 장, 그리고 오래된 검은색 선캡이 나왔다. 그리고 빈 가방을 다시 뒤집어서 바닥에 '훅' 하고 던졌는데, 그때 가방에 붙어 있는 스티커가 그의 눈에 들어왔다.

'그들에게 그들의 자유를'

야생 동물 보호 NGO 클럽: www.리버타스NGO.gov

그는 순간 가슴이 콩닥콩닥했다.

줄이 그를 돌아보았다.

"뭐예요? 뭐라도 발견한 거예요?"

"잠깐, 줄 일어나봐."

그리고 이수는 다시 의자에 앉았다. 줄도 이수가 팽개친 오래된 검은 가방에 붙어 있는 스티커를 보았다.

그녀도 가슴이 철렁한 것 같았다. 이수가 분으로 덮인 자판의 분을 털어내고 짐작하는 답을 쳤다.

'리버타스'

삐~!

PASS.

맞는 번호였다.

제8□편

가지 않은 길

'좁은 문…….'

조나단 박사는 눈을 번쩍 떴다.

싱글거리고 있는 헥터의 얼굴이 보였다.

"헥터!"

조나단 박사가 벌떡 누워 있는 침대에서 일어났다.

"어디 있었던 거요?"

"당연히 교회에 갔다 왔죠. 약속한 건 지킨다고요." 하고, 과일 꾸러미를, 누워 있는 조나단 박사의 배 위에 올려놓았다. 모비가 자신의 자리를 헥터에게 주면서 그에게 약속한 것이었다.

"그렇지만… 어떻게 된 거요? 도대체 여긴 어디요?"

조나단 박사가 두리번거렸다.

"여긴 병원이에요, 박사님. 박사님은 괜찮으니까, 진정하시고 편안히 누워 계세요."

잠자코 있던 간호사 한 명이 옆의 칸막이 밖으로 나오며 말했다.

그제야 박사는 자기의 팔에 부착된 링거 주사기 줄을 보았다.

"참, 아쿠아는 상황이 어떤가?"

"남아 있는 사람들은 다 무사히 올라왔나?"

"?"

"내가 알기로는 아직 구조잠수정이 출발하진 않은 걸로 알고 있어요. 대기 중이라고 했는데……."

"뭐라고?"

누워 있던 박사가 벌떡 자리에서 일어나서 팔에 꽂힌 링거를 뽑았다. 그리고 조금도 주저하지 않고 밖으로 나갔다.

복도로 나간 박사가 어쩐지 휑한 느낌이 들어 자신의 옷차림을 돌아보니, 바지가 아닌 긴 부대같이 상하의 구분이 없는 환자복이었다.

박사는 다시 헥터가 과일바구니를 들고 온 병동으로 들어갔다. 간호사가 기겁을 하며 말했다.

"어머, 박사님. 이게 정말 어떻게 되신 거예요. 말도 없이……. 박사님 친구분, 왈도 박사님이라고 했나요? 친구분도 박사님을 찾는다고 나갔답니다."

　'좁은 길'은 길이 좁고 협착해 찾는 이가 적다고 하였다. '덜 밟은 길'은 찾는 이가 적었던 길이다. 나지 않은 길을 가는 개척자들은 진정 좁은 문을 통과하는 성직자들이란 말인가!

제81편

박사의 PC 안에는 자료 파일 및 비밀번호를 모아 정리해 둔 엑셀 파일이 있었다. 시간이 되어 사무엘과 모비가 랩으로 돌아왔다.

"이것 좀 보라고."

모비가 손에 든 종이 꾸러미를 보여주며 말했다.

"이게 뭐죠?"

줄이 물었다.

"아쿠아와 뉴 마리너의 지도 같은데요……."

이수가 말했다.

"뭔가 성과가 있나?"

사무엘이 이수와 줄에게 물었다.

"박사의 컴퓨터에 비밀번호를 찾았어요!"

줄이 말했다.

"멋지군."

모비가 칭찬했다.

"잘했네."

사무엘도 말했다.

비밀번호를 정리해둔 엑셀 파일에는 박사의 연구소 외에 다른 부서로 통하는 문의 비밀번호들도 엑셀로 잘 정리되어 있었다.

그런데 그 비밀번호 코드가 몇몇의 연구실을 제외하고는 똑같았다.

"박사 PC의 비밀번호가 마스터키였군요."

제82편

"잘했어! 이수, 그리고 주!"

팀이 말하며 돌아온 그들에게 엄지손가락을 들어 보였다. 이야기를 들은 것 같았다. 사무엘이 짐작했던 대로 그곳은 산소통으로 가득 찬 방이었다. 일행은 그날 그 방에서 잠자리를 마련하기로 했다.

데이비드와 에드가 가져온 빵과 물로 끼니를 때우고는 다들 저마다 자리를 잡고 누웠다. 그들이 만들어 놓은 '풀'(pool) 덕에, 뉴 마리너의 상태는 한결 안정된 것 같았다.

이수가 줄의 자리를 일행과 약간 떨어진 구석진 곳에 마련해 주면서 자신도 그 옆에 겉옷을 펼쳐놓고 누웠다. 캐러멜이 배가 고픈지 낑낑 댔다.

이 강아지는 식성이 까다로운 편이어서 딱딱한 빵 조각 따위는 먹으려고 하지 않았다.

탐이 돌아다니며 얇은 호일로 된 이불이 필요한 사람이 있는지 물었다. 이수도 두 개를 받아서, 자신 위에 덮었다. 자신의 침낭을 줄에게 양보했으므로 조금 추운 듯했기 때문이었다.

줄은 오리털이 넉넉히 부풀어 푸근한 패딩 '침낭'에 들어가서 캐러멜을 안고 잠들었으므로, 생각 외로 푸근한 느낌이었다.

그날 아침에는 진한 커피향이 코를 자극해서 줄은 쉽게 일어날 수 있었다. 샘손과 에드가 커피를 돌리고 있었다.

"크림? 아니면 다크?"

줄이 "크림으로요. 감사해요." 하고 크림티를 주문한 반면, 이수는 진한 커피를 마셨다. 줄과 이수가 비밀번호를 찾아 낸 이후로 그들은 일행들이 그들의 일원으로 대우 받는다는 느낌을 받았다.

모비가 전날 가져온 지도를 보고 사무엘과 이야기를 나누고 있는데, 이수도 그들에게 다가가서 그 지도를 보았다.

줄은 그날 아침 캐러멜이 실수한 소변을 치우고 있었다.

"여기 이게 뭐죠? 모비."

이수가 실린더 모양의 직립한 터널 같은 구조를 가리키며 말했다.

"그건 엘리베이터가 있는 자리일세."

모비가 답했다.

"전부 오세요! 식사가 준비되었습니다!"

샘손이 소리쳤다.

"벌써 12시군."

사무엘이 말하고, 샘손과 냄비 쪽으로 모여 있는 일행에게 갔다.

간이 가스버너 위에 올린 냄비 안에 무언가 부글부글 끓고 있었다. 통조림 이것저것에 물과 케첩소스, 치킨스톡을 넣고 끓인 이름 모를 국 같은 요리였다. 거기에 남은 빵을 조금씩 떼어 작은 생수병과 함께 나누어 주었다. 줄은 국인지 수프인지를 먹다 말고 그 그릇을 캐러멜 앞에 내밀었다. 뭔가 자신이 좋아하는 고기 비슷한 냄새를 맡았는지, 배가 고팠는지 개는 그릇 바닥까지 싹싹 다 비웠다. 식사를 마친 일행의 일부가 그릇을 씻기 위해 아래로 내려갔다.

"정말 물이 차 들어오고 있는 게 맞나요?"

줄이 모비에게 물었다.

모비는 샘손과 팀 그리고 에드와 함께 그가 피츠버그 박사의 랩에서 가지고 온 설계도를 보면서 그 '비밀의 방'이 어디쯤 있을까 하고 이야기를 나누고 있는 중이었다.

모비는 조용히 줄을 그들이 넘어 들어온 창문 구멍으로 데리고 갔다.

탐과 매튜, 그리고 저스틴이 그들이 예전에 대기하고 있던 곳에서 높게 차오른 바닷물로 그릇을 씻고 있었다. 캐러멜을 안고 있던 줄은 등이 서늘해지는 것만 같아 자신도 모르게 캐러멜을 쥐어짜듯이 안았다.

어제 저녁에 비해서 확실히 물이 차올랐다.

"하지만 염려할 건 없겠죠? 조나단 박사님이 이미 우리를 구조하려고 오고 있잖아요."

"솔직히 우린 모르지. 시간이 예상보다 지체되고 있다네. 줄. 마음을 단단히 먹는 게 좋을 거예요……." 하며 모비는 캐러멜을 안고 있는 줄을 따뜻하게 쳐다보았다.

"여기 있는 다른 사람들은 다 장정들이잖나. 내가 특별히 줄을 위해 기도하고 있네. 주님께서는 항상 우리와 함께하시고, 우리를 인도해 주신다는 사실을 잊으면 안 되네……."

"알겠지, 줄?"

줄은 눈물이 그렁해서 모비를 쳐다보았다. 모비가 말을 이었다.

"우리가 꼭 그 안전한 곳을 찾아내고 말 테니. 걱정 말게."

"벌써 두시로군."

제83편

택시를 기다려 본 사람이면 알겠지만,
노란 택시를 기다리는 사람 눈에는 노란 차만 보인다.

우두커니 서서 창 너머로 차오른 시퍼런 물을 들여다보고 있는 줄에
겐 10분도 채 되지 않았지만, 물이 조금 더 차 오른 것 같았다.

'조나단 박사의 잠수정은 언제쯤 우리를 구출하러 올까?'

그사이 사무엘과 팀, 에드와 탐의 일행은 그 '방'을 찾기 위해 자신들
의 잠수 장비를 챙겨서 출발하는 중이었다. 그들이 줄이 서 있는 곳으
로 다가왔다.

그들은 머리까지 덮는 검은 잠수복을 입고 추 벨트를 지고, 산소통들
을 운반하고 있었다. 에드는 그 외에 혹여나 필요한 장비들을 망에 넣

고 짙어지고 있어 일행 모두는 오롯이 책임감뿐만 아니라, 실제로도 무거워 보였다. 팀이 자나가면서 슬쩍 줄을 쳐다보아서 줄은 굿 럭 사인으로 엄지손가락을 올려보았다. 창가 구멍에 남아서 일행이 다시 파이프를 기어 내려가는 모습이 작게 보일 때쯤 줄이 입을 열었다.

"만약 그들이 저 아래에 있는 그 '방'을 찾는다면 우리는 어떡하죠?"

캐러멜을 안고 옆에 서 있는 이수가 말했다.

"걱정 말라고. 옥토퍼스*가 있으니까. 아마 탐이나 에드가 줄과 나를 옥토퍼스에 연결해서 데려다줄 거야……."

"옥토퍼스요?"

줄은 물었지만, 답을 듣고 싶었던 것은 아니었으므로 오히려 호연하게 캐러멜을 안고 있는 이수를 놔두고 그 저장소로 향했다.

"괜찮아, 줄?"

의기소침해진 줄이 말했다.

"네. 그냥 커피라도 마실까 해서요."

이렇게 될 줄 알았으면, 그냥 JC-33을 타고 나갈 걸 하고 혼자 생각해보는 것이었다.

'옥토퍼스'. 그 옥토퍼스*가 뭐든 간에 저 차가운 바닷속으로 잠수하는 바에는 차라리 조나단 박사가 오는 것을 기다리는 편이 낫겠다고 줄은 생각했다. 게다가 여벌의 속옷도 없고, 수영복도 없지 않은가!

---

* 옥토퍼스란 잠수통에 연결된 한 개 이상의 산소 호스를 말한다.

제84편

뜨거운 커피가 담긴 종이컵을 들고, (자신이 종종 주말에 하던 것처럼) 위클리 유니버스 근처에 있는 노천카페에 신간 책을 가지고 앉아 있는 것처럼 커피를 홀짝거리던 줄은 이수가 외치는 소리를 들은 것 같았다.

"모비!"

"모비!"

캐러멜을 안고 이수가 뛰어들어 와 모비를 찾았다. 거대한 산소통 뒤쪽에서 모비가 모습을 드러냈다.

모비가 처음 보는 금속테 안경을 위로 고쳐 들고는 다급히 자신을 부르는 이수를 쳐다보았다.

"무슨 일인가! 이수"

"모비! 그거 알고 있어요? 물이 빨리 차오르고 있다고요!"

"이수, 진정하게. 우리 모두 알고 있었어. 그러니까 사무엘과 팀의 대원들이 그 '방'을 찾으러 지금 가지 않았나?"

모비가 말했다.

"조나단 박사는요?"

이수가 재차 물었다.

"언제쯤 박사의 잠수정이 도착할까요?"

모비가 무겁게 말했다.

"이수, 기다려보기로 하세. 지금으로서 우리는 최선을 다하고 있지 않나."

"최선이라니요? 시간이 없어요, 모비."

"제가 올라오는 물의 속도를 대충 계산해 봤는데, 24시간 이내로 대피하지 않으면, 물이 이곳까지 차오를 거라고요."

"모비, 우리가 여기서 무작정 앉아서 조나단 박사만을 기다릴 수는 없어요."

상기된 이수의 얼굴을 보며 모비가 말했다.

"그럼 어떡하겠나? 이수."

"여기서 나가야죠! 뭐라도 해 봐야죠, 모비. 여기 앉아서 기다리는 것이 우리의 최선은 아닐 거예요. 우리한텐 이제 24시간도 없다고요!"

캐러멜이 격양해서 말하는 이수의 품에 안겨서 이수를 물끄러미 올려다보았다.

제85편

24시간

"이곳에서 밖으로 나가는 입구가 있나요?"

이수가 물었다.

"이곳은 뉴 마리너 내에서도 가장 위층이잖아요."

"무슨 생각인가? 이수"

모비가 물었다.

"이곳에서 바로 나갈 생각인가? 스노클링*으로?"

"그렇게라도 해야죠, 모비."

이수가 말했다. 이수가 이렇게 말할 때에는 캐러멜은 이미 이수에게 없었고, 줄이 대신 안고 있었다.

"여긴 심해 바닥이야. 아무리 산소통이 넉넉히 있다고 해도, 전문 잠수부라도 쉽지 않을 걸세. 특히 자네들같이 전문 잠수 교육도 받지 않고, 오픈워터스쿠버 경력도 없는 사람들에겐…… 너무 위험해."

모비가 회의적으로 말했다.

"전 오픈워터다이버 경력이 있어요."

이수가 주장했다.

"왜 사무엘과 팀은 돌아오지 않죠? 그들과 얘기해 봐야겠어요."

이수가 모비에게 몰아치듯 말했다.

"그래요. 옥토퍼스인가도 있다고 했어요."

줄도 말했다.

"사무엘 대장이 돌아오려면 꽤 멀었네. 꼭 그 '방'을 찾아서 돌아온다고 했어. 꽤나 확고한 모습이었네."

*스노클링이란 숨대롱 및 비교적 간단한 장비로 잠수하는 레저 스포츠를 일컫는다.

제86편

Appeals(어필즈)

Appeals To the good sense and sense of mankind,

the very thing which every body feels.

- Don Juan(1819~1824)

모든 이가 이해할 수 있는 선한 의미와 인류의 의식에 호소한다는 돈 주앙은 그것은 인류 모두가 느낄 수 있는 것이라고 했다. 지금, 남은 자들 모두가 공감할 수 있는 것은 빨리 해결책이 나와야 한다는 위기의식이었다.

남은 사람들이 모두 이수와 모비 주위로 모였다. 그들은 이수의 설명을 들으며, 모비가 펼쳐 놓은 아쿠아의 설계도를 멀뚱멀뚱 쳐다보고 있었다. 줄은 저녁을 준비하고 있었는데, 아무래도 딱딱한 빵 위에 통조림 토마토소스라도 펴 발라야겠다고 생각하고 있었다.

그리고 남은 콩을 팬에 구운 후에 통조림 소스를 부어 같이 팬에 데웠다. 그리고 따뜻한 소스를 빵에 발라서 진지하게 대화를 나누고 있는 일행에게 갔다.

아시아가 모두의 눈치를 보듯 힐끔 빵 조각을 쳐다보았다. 레스토랑에서나 나올 법한 그럴싸한 모양이었다.

"비즈니스 에티켓 1. 시간은 돈이다. 시간을 훔치지 말라."

이수가 말했다.

"어느 펀드사무소에서 들은 거야. 다들 너무 긴장하지 말고. 식사를 합시다."

이수가 말했다.

"아직도 유머 감각은 여전하네요, 이수."

줄도 말했다.

모인 일행이 약간은 시큼하지만 따뜻하고 부드러운 빵을 먹고 있는 사이에 음식 냄새를 맡고는 캐러멜이 끙끙거렸다.

아침에 소변을 일행의 침상에 갈긴 이후, 대소변을 여기저기 누어 한쪽 모서리에 판지 같은 것을 막아 가두어 놨는데, 배가 고픈지 끙끙거리며 나오려고 하는 것 같았다.

"마지막 빵들이에요. 사무엘님의 팀이 돌아오실 때를 대비해 그들 몫을 조금 남겨 두었어요."

줄이 캐러멜 쪽을 돌아본 모비에게 단호한 음성으로 말하고는 자신의 남은 빵 조각을 다 입에 넣었다.

잠시 후, 기다리다가 뿔이 난 캐러멜이 킁킁거리는 것을 잠시 멈추는가 싶더니 고정시켜 놓은 널빤지를 넘어 날아오르다시피 높이 점프해서 그들이 식사를 하고 있는 곳으로 빠져나왔다.

그 모습을 본 모비가 크게 웃으며 캐러멜을 손짓해 불러 자신의 빵 위에 남아 있던 콩과 토마토소스를 바닥에 기울여 부어주자, 캐러멜은 고기 맛을 가리지도 않고 잘 핥아 먹었다.

모두 그 모습을 보며 웃었다.

"강아지가 마치 캥거루같이 잘 뛰는군."

데이비드가 웃으며 말했다.

그때 자신의 빵을 제쳐두고 골똘히 설계도를 들여다보고 있던 이수가 모비의 겉옷 포켓에 꽂혀 있는 볼펜을 빼내어 들어 보이며 소리쳤다.

"아하!"

그리고는 흥분해서 외쳤다.

"우리도 캥거루처럼 이곳에서 나가요!"

"뭐라고?"

저스틴이 크게 흥분해서 떠들어대는 이수를 돌아보았다.

"마치 캥거루가 점프하듯이 핑~하고 쏜살같이 나가면 된다고요."

"캥거루처럼?"

모비가 고개를 갸우뚱했다.

"마치 이 볼펜 안에 스프링처럼." 하고 볼펜 안에 들어 있는 스프링을 빼내어 손가락으로 잡아 누른 후 무리가 식사를 하는 쪽을 향해 놓았다.

스프링이 튕겨서 데이비드와 아시아 사이에 떨어졌다.

"헤이."

아시아가 반사적으로 소스가 담긴 자신의 그릇을 옆으로 치우며 말했다.

"마치 로켓처럼 말이지!"

말뜻을 먼저 알아들은 모비가 같이 신나서 말했다. 이수가 세차게 고개를 끄덕이며 모비를 돌아보았다.

"네! 마치 로켓처럼 말이에요."

"어떻게 지금 우리가 갑자기 그런 로켓을 만들지?"

에드가 이의를 제기했다.

"로켓 동력도, 사용할 만한 몸체도 없고, 용접기도 없고 아무것도 없는데……."

"그럴 필요가 없어요. 부력을 이용하면 되니까요. 물에서는 저절로 떠오르게 되어 있다고요."

이수가 말했다.

"게다가 우리에게는 아주 많은 동력도 있고요."

모비가 조용히 고개를 끄덕이며 커다란 산소통들을 쳐다보았다.

"하지만…… 어떻게……."

"적어도 몸체는 찾아봐야 하지 않을까?"

모비가 말했다.

이수는 로켓의 몸체로 쓸 만한 실린더같이 생긴 원통 구조물을 알고 있었다. 그는 모비 앞에 펼쳐진 아쿠아의 지도를 채서 일행 앞에 들어 올렸다.

제8기편

엘리베이터

이수의 이 제안에는 몇 가지 점검사항들이 있었는데, 그중 한 가지는 지금 엘리베이터들이 물에 잠겨 있다는 것과, 또 다른 한 가지는 로켓 몸체가 완성되고, 동력원이 있어도, 엘리베이터를 '쏘아 올리는 데'에, 수동 작업이 필요하다는 것이었다.

그리고 무엇보다 그들에게는 시간이 한정되어 있었다.

"도대체 사무엘과 팀은 언제 오는 거죠?"

"어떻게 그들에게 연락을 취할 수는 없나요?"

줄이 물었다.

"시간이 되면, 그들이 먼저 연락을 취할 거야."

모비가 대답했다.

제88편

누가 남을 것인가?

관제소는 여느 때와 다름없이 차분했으나, 이번에 들어온 JC-33호 점검사항이 있어 분주했다가, 직원들이 점심을 먹으러 나가는 바람에 다시 조용해졌다. 죠쉬는 특별히 직접 지시받은 사항이 있었기 때문에 자리에 남아서 연락을 기다려야 했다. 죠쉬는 10여 년 전 올림픽에 출전한 경력이 있는 운동선수였다. 그는 몇년 전 발목 부상으로 운동을 접고, 새로 일을 구해서 이 관제소로 들어온 신입이었다.

스마트폰을 보던 죠쉬가 눈을 들어 보니, 근처의 작은 공항을 넘어 휭하게 트인 벌판으로, 바다의 수평선 등지와 여유 있게 이륙하는 비행기도 보였다.

그가 그렇게 밖을 보며 풍경을 감상하고 있는데, 그가 근무하는 오피스 앞에 환자복을 입은 사람이 불쑥 나타났다!

"도무지……!!"
"당신은 누구요?"
죠쉬가 소리쳤다.

"나는 조나단 피츠버그 박사요."
"도무지…… 누구요?"

"나는 중앙관제소 총괄담당자와 이야기해야만 해요! 그의 휴대폰으로 몇 차례나 전화했는데 연락이 안 돼요."
박사도 조급히 그러나 간절히 말했다.
"여긴 사령관님의 사무실이 아니고요. 그리고 사령관님은 약속 때문에 오늘 오후까지 자리를 비우셨습니다. 여기는 직원 사무실이므로 나가 주시기 바랍니다."
죠쉬가 말했다.
"나는 조나단 피츠버그 박사라니까요. 뉴 마리너의 총괄담당자요."
박사도 소리를 높였다.

죠쉬는 그를 알지 못하고 있는 것 같았다. 위에서 내려온 사안들을 처리하는 것이 그의 의무였고, 이 관제탑 사무소 내외로 고용되어 있는 박사는 한두 명이 아니었기 때문이었다.

게다가 시간이 나면 서핑 잡지를 읽거나 팝송 음악을 듣는 것이 낙인 그는 피츠버그 박사를 알 만한 인물이 아니었던 것이었다.

"도무지 아쿠아에 대해 듣지 못했소? 뉴 마리너에 지금 무슨 일이 일어났는지 모른단 말이요?"

"뉴 마리너의 JC-33이요?"

"박사님."

죠쉬는 고개를 한번 끄덕이고, 말을 이었다.

"그건 제 총괄 업무가 아니고요. 제가 이 번호로 돌려드릴 테니, 물어보세요."

"제가 알기로는 JC-33의 구조된 사람들이 오늘 건강검진을 받고 있다고 알고 있거든요."

"사령관님의 내선번호를 알고 있나?"

"사령관님의 번호는 제 주관이 아니고요. 안내 데스크나 개인 비서에게 한번 물어보세요. 미리 약속을 잡고 오셔야 할 겁니다."

"어쨌든 사무실 연결 번호는 가지고 있지 않나?"

"아무한테나 번호를 알려줄 수는 없다니까요."

이때 복도에서 한 무리의 사람들이 이야기를 하며 오는 소리가 들렸다.

조나단 박사는 잠시 머뭇거렸으나, 자신의 환자복을 한번 보고는, 죠
쉬가 적어 준 병원 연락처와 안내 데스크의 메모 쪽지를 받아 들고는
사무실을 나갔다.

제89편

이수와 모비, 그리고 남아 있는 일행은 먼저 로켓의 동체가 될 엘리베이터를 공수하기로 했다.

31층

동쪽에 있는 엘리베이터가 위치한 곳에 모인 일행은 엘리베이터가 있는 쪽을 쳐다보았다.

순간 줄은 갸우뚱했다.

"여기가 31층 아닌가요?"

줄이 말하자,

"주. 자세히 보라고."라고 이수가 말했다.

"아⋯⋯."

엘리베이터의 전광판 보드에 한 줄이 나가서 31로 보인 것이었다. 그
것은 사실, B1층이었다.

"아, 엘리베이터는 지금 지하 1층에 있네요."
줄이 말했다.

제9편

매튜, 저스틴, 아시아가 스노클링으로 지하 1층에 있는 엘리베이터 체임버를 위로 끌어가지고 올라오기로 했다. 그들은 지하 아래쪽까지 이어져 있는 비상 출입구를 통해 내려가기로 했다.

"물에 찬 비상계단을 잠수해서 내려가 본 사람이 있을까?"

저스틴이 잠수복을 입고 방수 장갑을 끼며 말했다.

"집어치워. 비상문들이 다 열려있지 않아서 길이 봉쇄되어 있을지 모른다고. 각오하는 게 좋을 거야."

매튜가 펠트섬유로 만들어진 붕대를 손목에 칭칭 감으며 얘기했다.

"그래도 지금으로서는 거기가 제일 안전한 길 아닙니까?"

앤드류가 매튜의 산소통을 들어 올려 메주며 말했다.

"아시아. 장비들 제대로 챙기라고……."

매튜가 아시아에게 지시했다.

뚱한 표정의 아시아가 묵묵히 고개를 끄덕이며 묵직한 장비들을 어깨에 들쳐 멨다.

"재미있을 수도 있을 거라고."

데이비드가 잠수복을 입어 바다표범처럼 미끈한 저스틴의 배를 툭 치며 말했다.

저스틴은 자신의 추 벨트를 매고, 오리발을 집어 들고는 검은 망에 든 무거운 장비를 멘 아시아의 뒤로 가서 장비들의 정렬 상태를 점검해 주었다.

앤드류와 데이비드는 그사이, 언제라도 산소통들을 아래로 배치할 수 있게 옮겨 놓는 일을 하기로 했다.

모비와 이수도 일손을 돕기로 했다.

일행이 모두 채비를 하고 입수하자, 매튜가 손을 들어 신호를 보냈다.

원. 원. 투. 쓰리……

포…… 파이브!

신호에 맞혀 모두 잠수했고, 방울들만 남아 표면으로 맺히더니 이내 그마저 조용해졌다.

제미편

덩치 큰 성인남자만 한 산소통들을 운반하는 것은 생각보다 보통 일이 아니었다. 그런 사이즈의 산소통 몇십여 개를 옮기려니 금방 먹은 토스트는 다 소화되고, 이마에서는 땀방울이 쏟아져서 저마다 입고 있던 방한 점퍼들을 다 벗었다. 나중에는 산소통을 눕혀서 굴리기로 했는데, 약 50여 통 정도를 언제라도 물 아래로 운반할 수 있게 해놓았을 때에는 벌써 자정이 넘은 시간이었다.

모비와 이수, 그리고 앤드류는 곧 그들의 개인 소지품이 있는 저장소 창고 방으로 돌아와 땀을 훔치고 있었고, 데이비드도 산소통들이 혹시 미끄러지지 않게 끈으로 묶어 고정시켜 놓고는 그들이 있는 곳으로 돌아왔다.

줄은 콩 통조림에 남아 있던 물을 데워 모두에게 조금씩 나누어 주었다.

제52편

엘리베이터 몸통을 감쌀 테이프와, 엘리베이터 문을 단단히 고정시킬 수 있는 끈들을 공수한 이수가 방으로 돌아왔을 때에는 모비와 데이비드가, 앤드류가 제기한 문제점에 대해 이야기하고 있었다.

앤드류는 로켓처럼 그렇게 빨리만 올라가서는 안 된다고 설명하면서, 속도를 줄이는 어떤 제어장치가 필요하다고 주장했다. (빨리 올라가면, 잠수병에 걸릴 수도 있다고 그는 우려했다.)

"우리에겐 추가 있잖소."
모비가 말했다.
"타이밍이 중요해요."
데이비드가 말했다.

"모든 그렇겠죠."

이수가 말했다.

잠시 정적이 흐르자 줄이 입을 뗐다.

"모나쉬 재킷은 어떻게 되었을까요?"

"어쨌든 뉴 마리너는 그전보다 훨씬 더 안정된 것 같아서요."

줄이 말했다.

"……"

모비가 말했다.

"연이나 배의 돛대 같이 '천 조각'을 이용해 보면 어떨까요?"

이수가 문득 의견을 제안했다.

"그거 좋은 생각일세. 이수."

모비가 칭찬하자, 앤드류도 손가락을 튕기며 말했다.

"그거 나쁘지 않은 방법인데."

"그거면 되겠어."

데이비드도 말했다.

"굉장하군. 그럼 당장 일을 시작하지."

모비가 말하면서 자신이 입고 있던 방한 점퍼를 벗어 바닥에 내려놓았다.

제13편

줄이 가지고 온 헝겊 가방 안에는 파운데이션 팩트 말고도, 다른 잡동사니들도 있었는데, 다행히도 그중에 실과 바늘이 든 작은 반짇고리도 있었다. 그게 없었으면, 이 똑똑 남씨 들은 원시시대에 한 것처럼, 돌을 갈아 바늘을 만들자고 나섰을 것이었다.

줄이 이수의 패딩을 비롯한 방한 점퍼들과 천들을 펼쳐서 정성스럽게 꿰매고 있는 동안 그들은 반대쪽에 위치한 다른 엘리베이터의 상태를 보기 위해 갔으므로, 방 안은 조용했다.

줄은 어쩐지 선선해서 점퍼들과 천들을 연결해 만든 큰 천 조각 밑으로 발을 집어넣었는데, 주위에서 놀고 있던 캐러멜은 코를 킁킁거리더니 바깥 복도로 꼬리를 치며 나갔다.

줄도 무슨 소리를 들은 것 같아서, 점퍼 아래 집어넣고 있던 발을 빼고, 자리에서 일어났다. 현재 매우 소중한 실과 바늘을 다시 반짇고리 안에 잘 넣어두고, 복도로 나가서 환풍구 구멍을 통해 보니 부글부글 소리를 내며 거품과 함께 뭔가 올라오는 것이 보였다.

줄은 신이 나서 캐러멜을 안고, 동쪽의 엘리베이터로 갔다.

[29]

·

·

[30]

·

[31]

어느덧 엘리베이터 전광판에 숫자가 바뀌고 물이 반쯤 찬 엘리베이터가 위로 올라왔다. 문이 열리자 안에 있던 물이 바깥 복도로 쏟아져 카펫으로 흘러나와 넘쳐, 줄은 캐러멜을 안고 뒤로 물러섰다.

그때는 거의 새벽녘이 다 된 시간으로 줄은 하품을 하고, 하던 일을 마저 하기 위해 다시 방으로 돌아갔다.

제94편

서쪽 엘리베이터도 공수한 이수와 모비, 데이비드는 다시 저장소로 돌아왔고, 앤드류는 물이 차오름에 따라 아래쪽에 놓아둔 자신과 일행의 짐을 위로 옮겨 오려고 갔다.

그들은 줄이 완성한 '커다란 보자기'를 보자 곧 기뻐했으나, 곧 동쪽의 엘리베이터 상태를 확인하고 엘리베이터 몸체를 방수천으로 싸기 위해 비닐테이프와 끈 등을 가지고 자리를 떴다.

"매튜와 저스틴, 아시아가 곧 올라올 거야. 대기해줘, 줄."

이수가 말했다.

"네, 알겠어요." 줄이 대답했다.

줄은 자신이 완성한 '작품'을 이리저리 펼쳐보며, 마치 잘 정돈해 놓은 그릇들을 정성스럽게 닦는 것처럼, 성글게 짜인 부분이 없도록 하기 위해 재차 박음질을 하기 시작했다.

주의를 기울이고 있는 터라 줄은 작은 인기척 소리를 듣고는 벌떡 일어나서 환풍구 창가로 나갔다. 퍼런 물 아래로 거뭇거뭇한 사람들의 형체가 보였다.

시커먼 잠수복에 노란 잠수경을 쓴 사람이 물 위로 모습을 내밀고, 이어서 다른 잠수부들도 올라왔다. 줄은 그제야 그들의 모습을 알아볼 수 있었다.

"팀!"

잠수경을 벗은 얼굴에는 수경 자국이 남아 있었다.

줄은 캐러멜을 한 손으로 안고 다른 손을 높게 들어 흔들었다.

팀이 줄을 알아보고는 손을 흔들었다.

"사무엘! 샘손!"

줄은 신이 나서 그들에게 손을 흔들어 주었다.

그들은 일상적으로 하듯이 잠수통과 추를 푸르고, 핀까지 벗고, 주섬주섬 장비를 챙겼다. 줄은 일단 방으로 뛰어 들어가서 남은 빵을 데우기 시작했다.

폴싹 젖어서 머리에는 물이 뚝뚝 떨어지는데, 장비를 메고 무뚝뚝하게 걸어 들어오는 일행을 보니 줄은 반가운 기분이 들었다.

바다사자같이 검은 잠수복이 물로 번들거렸는데, 그들이 옆을 지나가니 짭짤한 냄새가 나는 것 같았다. 캐러멜도 부숭부숭한 꼬리를 흔들며 그들을 반겼다.

팀이 지나가며 캐러멜을 쓰다듬어 주었다.

사무엘이 줄에게 물었다.

"다른 일행들은?"

"이수와 모비, 데이비드는 동쪽 엘리베이터가 있는 곳에 있고요."

"앤드류는 장비를 가지러 갔는데, 곧 올라올 거예요."

줄이 답했다.

"엘리베이터?"

탐이 물었다.

"거긴 왜 가 있는 거지?" 에드도 말하며, 앞머리에 있는 물을 털었다.

그들은 줄이 건네준 따뜻한 빵과 물병을 들고는, 몸을 덥히기 위해 간이 라디에이터 옆에 둘러앉았다. 탐이 물을 마시며, 줄이 바닥에 깔아 놓은 커다란 보자기를 무심코 쳐다보다가 "어, 내 점퍼." 하고 벌떡 일어섰다.

"이게 도대체……."

말문이 막힌 듯이 벌떡 일어선 탐을 사무엘이 그의 어깨에 손을 얹어 앉혔다.

"대체 무슨 일이 있었던 거지?"

에드도 말했다.

"내 침낭도 저기 있거든." 하며 그는 반대쪽에 펼쳐져 있는 보자기 한 구석을 손가락으로 가리켰다. 사무엘이 무안해하는 줄을 보며 물었다.

"줄, 식량은 얼마나 남았소?"

"빵은 그게 다예요." 줄이 이야기했다.

"사무엘님, 그 '방'은 찾았나요?"

줄이 눈을 반짝이며 물었다

그때 떠들썩한 소리와 함께 이수와 앤드류, 모비와 데이비드가 들어왔다.

"헤이, 왔구나."

앤드류가 팀과 탐에게 주먹으로 인사하고 그들의 등을 툭툭 치고, 에드와 사무엘에게도 정중히 고개로 인사했다. 그는 진심으로 기뻐하는 모양이었다. 데이비드도 그들에게 목례를 했고, 사무엘은 그에게 가서 몇 가지 사항에 대해 이야기를 나누었고, 모비가 들어오자 모비를 안고 인사했다.

"모비."

팀도 거중한 모비에게 가서 인사를 나누고, 모두 동료들을 다시 만나서 화기애애한 분위기가 되었다. 이수와 줄, 캐러멜도 모두가 돌아와서 한결 든든한 기분이었다.

사무엘이 이수와 줄이 있는 곳으로 와서, 이수에게 정중히 악수를 청했다.

"이야기를 들었소. 정말 좋은 계획이요. 우리 대원들을 대신해서 고맙다는 말을 하고 싶소."

팀이 옆에 와서 이수에게 말했다.

"수고했어요."

그러고는 줄에게,

"줄, 정말 대단한데, 리버타스 다음으로 이번엔 또 뭐야?"

"이거 다 네가 꿰맨 거야?" 하고 말을 걸었다.

앤드류가 멀리서 말했다.

"그래. 하지만 네 담요는 내가 같이 꿰매라고 내어줬다고."

"필요하면 내 담요를 쓰라고. 내 것은 여기 있으니." 하며 자신의 담요를 펼쳐 보였다.

팀이 그에게 뛰어가서 장난스럽게 헤드뱅잉을 하자 모두 웃었다.

"우하하하."

제95편

✟

사무엘과 일행들은 여러 방들을 순례했지만 '비밀의 방'이라는 곳을
보지는 못하였다. 그들이 지나온 곳들은 그들의 연구소들과 방들로, 그
들이 일하고 쉬며 일상을 보낸 곳이었다.

그러나 물 아래에서 보는 방의 모양은 낮과 밤에 보는 거리의 풍경과
도 같아서 정말 다른 모습이었다.

의자가 천장에 붙어 있는 모양이라든가 전깃줄이 해조류처럼 섬뜩하
게 흔들거리고 있는 방처럼, 일반적이고 일상적인 것에서 오는 아늑함
과 여유로움이 아닌, 팔팔하고 기운 센 젊은이들이나 찾을 법한 시도적
인 포스트모더니즘 야수파의 설치예술들을 보는 기분이었다고 할까?

일행들은 아직 떠들썩한 가운데 사무엘은 모비와 이수, 팀, 탐, 데이
비드과 함께 엘리베이터 체임버를 둘러보고 로켓 잠수함 장치 구상을

구체화시키고 있었다.

그리고 팀과 탐, 앤드류, 그리고 에드는 산소통들을 배치하기 위해 겨우 마른 몸 위에 다시 축축한 잠수복을 입었다. 사무엘과 그 일행 모두가 그렇듯이 그들은 프로페셔널한 전문 잠수부들로, 절도 있고 민첩하게 움직였다.

그들은 올라오기 전에 물이 차지 않은 방을 공수해 두긴 했는데, 비록 그곳이 '비밀의 방'처럼 보이지는 않았지만, 사무엘은 묵묵히 일행들을 그곳으로 대피시키려고 생각하고 있던 참이었다.

그런데 별안간 로켓 잠수함이라니!
그가 훈련시키고 가르쳐온 패기 있고 똑똑한 젊은 대원들과는 다르게 물 위에서 서핑이나 했다는 이 날라리 젊은이가 도대체 어떤 인간인가 싶어서, 그는 멀찍이 누군가와 이야기하고 있는 이수의 옆모습을 쓱하고 쳐다보았다.

제46편

팀과 탐, 앤드류와 에드가 입수한 지 얼마 지나지 않아서 매튜와 저스틴, 그리고 아시아가 올라와서 사무엘의 일행에 합류했다.

제17편

누가 남을 것인가?

배선장치 연결 및 발사장치의 구상도가 나오자, 그들은 그때까지 미뤄놓았던 마지막 문제와 직면하게 되었다.

그것은 '누가 가고, 누가 남을 것인가'에 관한 문제였다.

사무엘에게는 이것은 어려운 문제가 아니었는데, 로켓의 동력을 수동으로 작동시켜야 한다는 것을 알았을 때부터, 자신이 자원해서 남을 생각이었다. 매튜는 사무엘이 그렇게 생각하고 있을 거라고 짐작하고, 그럴 경우 자신도 남아야겠다고 생각하고 있었다.

그러나 막상 로켓의 동체가 완성되고 보니, 오직 한 사람만이 남을 수 있다는 것을 알게 되었다.

그들이 잠수함 로켓으로 공수한 두 엘리베이터 체임버는 보통의 직사각형 모양으로 되어 있어, 균형을 맞추기 위해서는 한 모서리에 한 명씩 서 있어야 했다.

그런데 그들은 또한 수동으로 속도를 감속해주는 보자기 또는 연을 펼 사람이 필요했으므로, 한 엘리베이터 체임버 아래에 잠수부대원이 한 명씩은 필요한 데다가, 균형을 맞추기 위해 두 명의 전문 잠수부가 배치되어야만 했다. 그렇게 보니, 결국 한 사람만이 남을 수 있게 되는 것이었다.

제28편

묵묵히 시계를 보고 있는 사무엘에게 모비가 다가왔다.

"모비!"

"무슨 일이죠?"

사무엘이 부드럽게 물었다.

"사무엘, 한 사람만 남을 수 있다는 것을 들었네."

모비가 말했다.

"신경 꺼요, 모비. 내가 할 거니까."

사무엘은 당연하다는 듯이 말하며 손을 내저었다.

그리고 다시 배선장치 구조물을 확인하며, 시간을 보고 있었다. '동력 시발장치'를 배치하러 다시 잠수해야 할 뿐 아니라, 그들이 공수한 그 '방'까지 배선을 연결해야 했으므로, 그는 동선 확보 차 뉴 마리너의 방 및 구조들을 다시 확인하고 있었던 것이다.

"내가 하도록 해주게······."

모비가 재차 간청하는 듯이 말했다. 사무엘이 모비를 보고 부드럽게
말했다.

"모비! 걱정 말라고요."

"잠깐만요." 하고, 저스틴을 손짓해 불러서, 지시사항을 전달했다. 저
스틴은 다시 조금 떨어져 있는 일행에게로 돌아가서 이내 움직일 채비
를 갖추기 시작했다.

"사무엘, 내가 남겠네······."

"내가 남도록 해주게······."

"모비, 지금 동력시발장치를 배치하러 이동해야 돼요. 내가 올라오
면, 그때 다시 이야기하는 걸로 해요. 괜찮겠죠?"

사무엘이 모비를 달래듯이 다시 말하고는 서둘러 자신의 잠수 장비
가 있는 곳으로 돌아갔다.

제99편

Love your gifts and love your people, now!
당신의 것과 당신의 사람들을 사랑하라, 지금 이 순간에!

사무엘 그리고 매튜, 저스틴과 아시아가 동력 시발장치 장착과 배선 연결을 위해 물 아래로 사라진 뒤에 모비와 이수, 그리고 샘손, 데이비드가 남아 각 체임버에 탑승할 사람들의 배치에 대해 이야기를 하고 있었다.

모비가 극구 거듭 간청했으므로, 모비가 남는 것으로 일단 가정을 하니, 동쪽 엘리베이터, 수동 마린로켓-1의 체임버에는 줄, 이수, 캐러멜, 탐, 사무엘이 탑승하고, 앤드류, 팀이 연을 작동시키기 위해 아래쪽에 자리했고, 서쪽 엘리베이터인 수동 마린로켓-2의 체임버에는 데이비드, 샘손, 저스틴, 매튜가 아래쪽에 아시아, 에드가 탑승하는 것이 이상적이게 생각되었다.

수동 마린로켓-1은 겉이 투명한 강화유리로 된 엘리베이터인데 반해, 수동 마린로켓-2는 보드지 벽으로 된 엘리베이터여서 시야 확보를 위해 천정을 떼어내고, 강화방수유리를 부착하는 작업을 하기로 했다. 또한 아시아의 장비를 담는 망을 이용해 다이버의 자리도 엘리베이터 체임버 아래에 부착해야 했으므로, 그들은 서두르기 시작했다.

산소통을 배치하고 일행으로 돌아온 팀과 탐, 앤드류와 에드도 그들과 합류했다.

줄은 앤드류와 에드와 속도감속장치를 시험하고 있었는데, 그들은 고기잡이 활에, 줄이 만든 보자기들을 연결해서 버튼들을 눌렀을 때 우산이 펼치는 것처럼 쫙 펼쳐질 수 있도록 하는 작업을 하는 데 애를 먹고 있었다.

특히 이것이 바다 아래에서 펼쳐져야 하므로 그들은 최대한 팽팽하게 줄들을 연결하느라, 몇몇의 적합하지 못한 소재의 옷감을 빼어내고 다시 꿰매는 작업도 함께하고 있었다.

제100편

✛

동료와 가족을 한없이 사랑할 수 있는 것은 행복이지만, 어떤 사람들은 하나님의 뜻을 입어 하나님만을 충만히 사랑하는 삶을 살기도 한다.

그들 일행은 마지막으로 인적 배치를 점검하기 위해 함께 몸무게를 재게 되었다.

13시(1시).

"우리 쪽은 겨우 425kg이에요. 우리 여기서 나가면 배부르게 식사하러 갑시다."

팀이 웃으며 말했다.

줄은 조의 샌드위치 가게에 가보자고 제안했다. 그곳의 'Everyday

thanksgiving'(매일 추수감사절)이라는 크랜베리잼에 허니머스타드가 든 터키베이컨 샌드위치가 맛있다고 들었기 때문이었다.

일행이 야매로 만든 엘리베이터 로켓 잠수함에 탑승할 준비를 거의 다 갖추었을 때는 3시였다.

모비의 간청을 따라 그가 남게 되었고, 앤드류와 탐, 그리고 매튜는 그를 그들이 공수해놓은 물이 들어오지 않은 방에 그를 데려다 주고, 그에게 동력시발장치를 작동시키는 법을 일러 주었다.

3시 20분.

사무엘은 극구 앤드류 대신 엘리베이터 바닥에 부착된 그물망으로 된 다이버의 자리에 있겠다고 주장했으므로, 앤드류는 그에게 고기잡 이 작살 총을 쏘아, 속도를 감속시키는 보자기를 펴는 방법을 가르쳐 주고 있었다. 다이버의 자리는 납작하게 누워 있어야 할 뿐만 아니라, 물살에도 몸을 가를 수 있는 기술과 능력이 필요했으므로, 사무엘이 자 신이 거기에 타겠다고 자청한 것이었다.

어느덧 30여분이 흘렀다. 사무엘의 전자시계는 3:53분을 알리고 있 었다.

"조금 조용히."

꿀렁꿀렁 물이 아래층부터 차오르는 소리가 묵직이 들렸다.

생각보다 조용한 감이 있었다. 땀에 젖은 이마를 훔치며 탐은 아래층이 보이는 통로를 쳐다보고 있었다.

줄은 모비를 생각해 보았다. 크고 서글서글한 눈매에 보라색과 짙은 감색, 검은색으로 장식된 사제복의 모비는 늘 인자한 미소를 머금고 있었다. 큰 체구와 둥근 느낌의 모습과는 다르게 목소리는 나긋나긋했고, 그가 있으면 왠지 주위가 젊고 환하게 밝아지는 느낌이 들었다.

"모비가 성공했군."

여전히 젖은 잠수복을 입고 있는 탐이 허전한 슬픔을 숨기며, 늘 그렇듯이 쿨한 모습을 보이려고 했으나 그의 눈에는 눈물이 그렁그렁 맺혔다.

"론칭(발사)까지 시간이 얼마나 남았죠?"

저스틴이 물었다.

"삼사십 분 정도. 그 이상은 아닐 걸세."

사무엘이 대답했다.

"서두르자고. 그때까지 채비를 마치고, 탑승하고 있어야 한다고."

제1미편

모비

모비는 학문에 정진해, 지식을 쌓은 사람이었다. 그러나 그는 지혜로 지식을 다스릴 줄 아는 사람이었고, 그의 생태학적인 자신감은 자신이 선택한, 어려운 사도의 길에서도 홈런 볼 같은 시원하고 자유함이 있는 성품으로, 많은 사제의 길을 가려는 생도들에게 귀감이 되었다.

이렇게 저렇게 치우치지 않는 원만한 성품을 가진 그를 딱히 "어떤 사람이다."라고 정의 내리기 어려웠는데, 그를 마지막에 만난 그들은, 그가 '샤프한 이성과 인내를 겸비한' 보기 드물게 '뛰어난 사람'이라는 것을 알게 되었다.

그는 성이나 어떤 건물도 우뚝 세워낼 만한 자였고, 또한 중요한 연구들을 인도하고 주도할 만한 소위 '아틀라스' 같은 사람이었다.

그러나 그는 인생을, 그리고 성품을, 다듬고 온전한 순종의 길을 가려는 사제들의 스승이 되는데 쓰고 있었던 것이었다.

그러나 이 일에서의 봉사와 헌신의 성과는, 종종 바로 눈에 보이지 않는 것들이어서, 마치 씨가 심어지고 자라나기 전에 비옥한 땅을 일궈내는 즉, 터를 닦는 그런 종류의 일이었다.

그는 진실로 뛰어난 사람이었고, 푸른 싹이 나는 것을 보기도 전에 무성한 나무와 열매를 볼 수 있는 눈이 있었다. 그렇기 때문에 그는 진심으로 행복할 수 있었고, 다른 이들에게 이 행복을 전해줄 수 있었던 것이었다.

그의 제자는 아니었지만 그와 함께 십여 년을 함께 일하며, 어려움에 처한 많은 이들에게 실직적인 도움을 주려는 데에 참여했던 에드도 울먹거렸다.

모비는 그의 별칭이었다. 그는 보지 않고 믿는 것의 위대함을 우리에게 가르쳐 주었다.

또한 믿음은 값없이 받았다는 것을 망각하지 않고, 끝까지 기도를 멈추지 않고, 인내로 겸허하게 삶을 살아낸 인물이었다. 항상 평안을 유지해온 그는 자신의 일을 마친 후에 긴 낮잠을 자둘 생각이었다.

그는 한 번도 달지 않은 잠을 자본 일이 없었다.

제1르편

일행들이 예상했던 시간보다 약간 늦어진, 90분쯤 뒤인 5시 30분에 동력시발장치가 작동되는 소리가 들렸다.

줄은 두툼한 카디건과 이수의 패딩을 걸치고 캐러멜은 안고 밖이 보이는 엘리베이터 한쪽 구석에 엉거주춤 서 있었다. 옆 사면에는 이수가, 맞은편에는 탐이, 그리고 문 쪽 옆의 층을 누르는 곳 모서리에는 앤드류가 자리를 잡았다. 가슴이 콩닥거리는 소리가 들리는 것 같았다.

둥둥둥둥 둥둥둥둥……

그들 모두 조용히 입을 꼭 다물고 대기 하고 있는 상태였는데, 줄은 혹시나 무슨 일이 생겨서 물이라도 들어올까 봐 염려했다. 잠수복을 입고 잠수통을 멘 사무엘과 팀이 있지만, 줄은 걱정스러운 생각이 들었다.

조금 뒤 큰 폭발음이 같은 것이 들리더니, 물 아래에서 큰 기포들이 올라오면서 엘리베이터 체임버가 위로 급상승하기 시작했는데, 줄은 윙 하는 소리와 함께 "으아!!" 하고 냅다 소리를 질러댈 수밖에 없었다.

반대쪽에 서 있는 탐이 균형을 잡으려는 듯 손을 펼쳐서 두 모서리에 대고 손바닥으로 지지하고 있는 모습이 보였다.

"자기 자리를 지키라고! 자리를 이탈하면 안 돼!!"
탐이 소리를 질렀다.

앤드류는 휘청거리는 줄 쪽으로 한쪽 다리를 쭉 내밀어, 줄은 간신히 그 모서리 자리를 지키고 서 있을 수 있었으나, 캐러멜을 품에서 놓치고 말았다. 캐러멜은 끙끙거리며 이 모서리 저 모서리로 미끄러지다가 다시 줄이 있는 곳으로 미끄러져 왔는데, 줄이 한 손으로 그 긴 털을 잡아서 아예 패딩 안으로 밀어 넣어버렸다.

이 야매 로켓 잠수함 체임버가 떠오르는 모양이 오리가 뒤뚱뒤뚱하게 걷는 것처럼 흔들리니, 그들은 곧 줄과 그들을 위해 안전벨트 같은 것을 만들어 미리 몸을 고정시켜 둘 것이라고 후회하기 시작했다. 이수는 몸을 낮추며 줄에게도 몸을 낮추라는 손짓을 했다.

피슈웅 하면서 위에 비닐하우스의 지붕처럼 생긴 아쿠아 돔의 막을 탈출하자 비닐들이 옆으로 찢어지며, 야매 잠수정 동체가 흔들려서 줄은 멀미가 날 지경이었다.

멀리서 보이는 체임버 2도 아쿠아 돔을 이탈했는데, 체임버 1과 2는 그 발사 위치 때문에 동력시발속도가 달라서 체임버 1에서 체임버 2가 발사되어 떠오르는 모습이 보였다.

멀찍이서 보이는 것은 베이지 벽의 엘레베이터와 그 아래에 부착된 검은 망 안에 납작하게 엎드린 검은 잠수복의 에드였는데, 그는 저 바다 아래쪽을 보면서 깊이를 헤아리고 있었다. 그리고 고기잡이 활을 망 사이로 쏠 준비를 하고 있는 것처럼 보였다.

주위는 어둑하게 시퍼런 데다가 추웠지만, 최대한 자신의 모서리에서 균형을 잡고 서 있으려 애쓰고 있는 체임버 1의 일행들은 땀을 뻘뻘 흘리고 있었다.

그때 아래에서 휙 하는 소리와 함께 작살이 나가면서, 보자기가 확하고 펼쳐졌다.

물을 끄는 보자기 덕에 빨리 상승하던 야매 로켓 잠수정-1의 속도가 줄면서, 동체가 안정 상태로 들어갔다. 모두는 한숨을 돌렸고, 그제야 투명한 엘리베이터 너머로의 해저 장관이 눈에 들어오기 시작했다.

그것은 생각 외의 장관이었는데, 눈물이 나게 아름답기까지 한 것이었다.

제13편

유선형 - 형태와 실존의 모양: 안정과 평형을 찾아서

수백여 미터 아래의 어두움으로 감추어졌던 바다는 로켓 동체가 위로 상승하면서, 점차 명백한 파란색으로 드러났다. 형형색색의 형광색 꽃 모양 무늬를 배에 품은 투명 말미잘 떼가 천천히 상승하는 엘리베이터 주위로 몰려와서 마치 불꽃놀이를 하듯 같이 위로 헤엄쳤다.

대륙붕 200m쯤에 도달했을 때에는, 눈부신 햇빛이 비치기 시작해서 주는 눈을 감았는데, 아래에 보자기 연의 끈이 잘려지며 동체와 분리되면서, 동체는 천천히 떠오르기 시작했다.

반짝이는 은색 비늘을 가진 유선형 물고기 떼가 해양 절벽 주위에서 유유자적하게 헤엄치고 있었다.

그곳이 마치 자신들의 '집'이라고 말하듯이…….

안도의 눈물을 흘리는 줄에게 이수가 와서 안아주었다. 앤드류가 탐이 있는 쪽으로 자리를 옮겨 체임버의 균형을 맞추어 주었다.
사무엘은 그의 다이버 시계로 시간을 확인했다.
정확한 시간이었다.

그가 땅을 지으시고 그것을 만드셨으며 그것을 견고하게 하시되 혼돈하게 창조하지 아니하시고 사람이 거주하게 그것을 지으셨으니 나는 여호와라 – 사 45:18

제104편

엘리베이터 마린 로켓 1호가 드디어 바다 위에 도달했을 때에는 바다 위는 고요한 편이었다. 해상 시야도 좋아서 멀찍이서 해안과 해안선이 보일 정도였다.

크로스 클리프라고 불리는 언덕이 주와 이수의 눈에 들어왔다.

작가 후기

《주》를 읽어주셔서 감사합니다.

저는 이 이야기를 제가 한 9살 때 즈음부터 끄적이기 시작했는데, 그 때부터 등장인물들의 이름이 영어로 쓰여졌습니다. 한참을 의학 및 외국어 공부에 전념하다가 몇십 년이 지나서야 글을 완성하게 되었네요.

20대를 외국에서 공부하며 만난 사람들이 등장인물들의 설정에 영감을 주었습니다. 주인공 '주'는 영국계 한국인 정도로 설정하게 되었습니다.

♦

'뉴 마리너'에 대한 이야기가 과학 기술의 진보에 대한 회의적인 입장을 보여주는 것이 아니냐 하고 반문할 여지가 있다는 것을 알고 있습니다.

인류에게 프런티어 정신이 가져다준, 실질적이고 정신적인 부유함에 대한 예를 나열하기 시작한다면 이 책이 아닌 다른 자리를 빌려야 할 것입니다.

신이 우리에게 우주로의 프론티어를 약속하셨듯이

천연자원의 보고이자, 수많은 해양 동식물의 보금자리인

해저 또한 인류가 사랑하고 아껴야 할 공간이자, 가능성이 열려있는 '곳'입니다.

과학기술의 발전이 인간 문명에 기여한다는 것을 간과하는 것은 아니지만, 급진적인 과학기술의 발전과 실험들은 항상 인간은 무엇인가라는 깊은 이해와 인류에 대한 사랑이 동반 되어, 심여 깊게 다루어지고 이야기 되어야 한다고 생각합니다.

마치 물속을 헤엄치는 물고기가 유선형을 보이듯이, 인간의 존재도 그러한 이상적인 '바운더리' (경계 영역)이 있다고 합니다. 이것은 우리의 한계에 관한 이야기가 아닙니다.

이 '영역' 때문에 인류의 생활양식이 몇천 년간 비슷한 양상을 유지해 온 것처럼 보이고, 또, 그렇기 때문에 무분별한 과학기술 발전이 항상 인류 자유의 증진을 보장한다고 할 수도 없습니다.

오늘날은 순수학문을 하는 학자분들뿐 아니라, 실험과 연구에 종사하는 분들도 많은데, 간혹, 문명의 비이성적인 발전에 브레이크를 거는 천재 과학자들도 있습니다.

과학기술의 발전과 동반되는 여러 사회 문제들과 갈등 안에서 허우적대는 '사람'을 구해내는 영웅들도 있습니다. 그들은 희생과 용기 및 범인류적인 고귀함을 가진 '신인류'의 표본입니다.

이 책에서 설정한 '닐 아담' 같은 과학자 및 '사무엘' 같은 대원들, 그리고 훌륭한 당신에게 자리를 빌려 경의와 감사를 표합니다.

재미있게 읽으셨다면 전 정말 기쁩니다.

제105편

그러나 그와 같은 괴짜 천재 과학자들은 '사람'을 구해내기도 한다. 그는 '주'를 구했고, 그리고 자고 있는 성자도 구해낼 참이다.

◆

모비가 잠에서 깨어났을 때 그는 자신이 있는 방이 안전하게 봉쇄되어 있음을 알았다. 게다가 뉴 마리너의 기록들도 두터운 문 너머의 곳에 잘 보존되어 있다는 것을 알고 있었다.

희망이 있었다. 그는 구조될 것이다.

제106편

후에 우리는 뉴 마리너가 물고기들과 온갖 해조류, 바다 생물들의 아파트가 되었다는 것을 들었습니다.

그럼에도 불구하고, 사무엘과 그의 팀 덕택으로, 큰 인명 피해가 없었습니다.

해저 건물이나 해저레저타운을 건설하려는 의도는 한동안은 없을 듯한 분위기이지만, '주'의 이야기는, 영웅 정신을 가진 신의 사람들에 대한 추모의 일부로 기억될 것입니다.

그들에게 걸맞은 이름으로 기억될 때까지 그들의 이야기는 멈추지 않을 것입니다……. **메시지-쉴디드(메세지 보호됨)**

주

ⓒ 시온, 2018

초판 1쇄 발행 2018년 7월 20일

지은이   시온
펴낸이   이기봉
편집   좋은땅 편집팀
펴낸곳   도서출판 좋은땅
주소   경기도 고양시 덕양구 통일로 140 B동 442호(동산동, 삼송테크노밸리)
전화   02)374-8616~7
팩스   02)374-8614
이메일   so20s@naver.com
홈페이지   www.g-world.co.kr

ISBN   979-11-6222-582-0 (03810)

이 도서의 국립중앙도서관 출판시도서목록(CIP)은 서지정보유통지원시스템 홈페이지(http://seoji.nl.go.kr)와 국가
자료공동목록시스템(http://www.nl.go.kr/kolisnet)에서 이용하실 수 있습니다. (CIP제어번호 : CIP2018021574)